MARGIT KRUSE

Karpfen, Kerzen, Kohleofen

TÖDLICHER WEIHNACHTSTRUBEL Ein herrlicher Grusel unter dem Weihnachtsbaum – in den 24 Kurzkrimis wird gemordet, gemeuchelt, entführt und hereingelegt. Während einer kleinen Auszeit im Hotel Jammertal in Datteln stößt Margareta Sommerfeld auf einen lästigen Versicherungsvertreter, der nicht nur ihr gehörig auf den Keks geht. Fazit: Er muss weg! In der Westruper Heide in Haltern findet man auf einem Hochsitz einen toten Jäger. Wem war er im Weg? Und in der Zoom-Erlebniswelt in Gelsenkirchen wird in der kargen Blockhütte der Alaska-Welt am Heiligen Abend ein Toter gefunden. Nur wenige Meter vom Mechtenberg in Essen mit dem imposanten Bismarckturm wohnt Sandras neuer Arbeitskollege Carsten in einem angeblich tollen Haus. Er lädt die ganze Abteilung zum Schrottwichteln ein. Doch was Sandra erwichtelt, lässt ihr die Haare zu Berge stehen.

Weitere Tatorte sind unter anderem: Laternenweg Schwerte, Steinbruch Klosterbusch Bochum, Bergerdenkmal Witten, ehemalige Zechensiedlung Schüngelberg in Gelsenkirchen, Skulpturenwald Rhein-Elbe, Leuchtturm Essen, Ruine Hohensyburg in Dortmund und das Gradierwerk Essen.

Margit Kruse wurde 1957 in Gelsenkirchen geboren. Bekannt wurde sie vor allem durch ihre Revier-Krimis »Eisaugen«, »Zechenbrand«, »Hochzeitsglocken«, »Rosensalz« und »Bergmannserbe«. Sie ist ein echtes Kind des Ruhrgebiets. Seit 2004 ist die Gelsenkirchenerin als freiberufliche Autorin tätig. Neben etlichen Beiträgen in Anthologien hat sie zahlreiche Bücher veröffentlicht. Labrador Enja ist stets dabei, wenn sich Margit Kruse auf Recherche-Tour begibt. Besonders der Hauptfriedhof ihres Heimatortes hat es der Autorin angetan. Margit Kruse ist Mitglied im Verband deutscher Schriftsteller und war für den Literaturpreis Ruhr nominiert.

MARGIT KRUSE

Karpfen, Kerzen, Kohleofen

24 Weihnachtskrimis aus dem Ruhrpott

GMEINER

Immer informiert

NEWSLETTER

Spannung pur – mit unserem Newsletter informieren wir Sie regelmäßig über Wissenswertes aus unserer Bücherwelt.

Gefällt mir!

Facebook: @Gmeiner.Verlag
Instagram: @gmeinerverlag
Twitter: @GmeinerVerlag

FSC www.fsc.org
MIX
Papier | Fördert gute Waldnutzung
FSC® C083411

Besuchen Sie uns im Internet:
www.gmeiner-verlag.de

Im Ehnried 5, 88605 Meßkirch
Telefon 07575/2095-0
info@gmeiner-verlag.de

1. Auflage 2022

Lektorat: Christine Braun
Herstellung: Mirjam Hecht
Umschlaggestaltung: U.O.R.G. Lutz Eberle, Stuttgart
unter Verwendung eines Fotos von: © KatyaKatya / AdobeStock
Druck: CPI books GmbH, Leck
Printed in Germany
ISBN 978-3-8392-0270-8

Personen und Handlung sind frei erfunden.
Ähnlichkeiten mit lebenden oder toten Personen
sind rein zufällig und nicht beabsichtigt.

1 »VOM HIMMEL HOCH, DA KOMM' ICH HER«

Datteln

Nichts klappte in letzter Zeit. Alles ging schief. Was für einen Aufstand Thomas gemacht hatte, als sie ihr Köfferchen gepackt hatte, um zu diesem Wellnesswochenende hier ins Jammertal zu fahren. Er wollte mit, dieses Kleinkind in Männergestalt. Wieso durfte sie nicht mal alleine verreisen?

Wenn man überhaupt von verreisen sprechen konnte. Das Jammertal-Ressort war nur 24 Kilometer von Gelsenkirchen entfernt und in einer halben Stunde zu erreichen. Ein Stück grünes Ruhrgebiet mitten in der »Haard«, einer waldigen Sandsteinlandschaft im Naturpark Hohe Mark.

Sie atmete tief durch, schaute aus dem Fenster in die eiskalte Schneelandschaft. Mache das Beste daraus, schalte ab, sagte sie sich immer wieder, warf ihr Köfferchen aufs Bett und sah sich im Zimmer um. »Heidschnucke« hieß es, war klein, aber sehr komfortabel, sogar mit Balkon und Minitannenbäumchen. Sie setzte sich aufs Bett und überlegte, was sie zum Abendessen anziehen sollte. Ein klein wenig Wehmut verspürte sie. Wehmut und auch Sehnsucht nach Thomas. Er wird doch mal ein Wochenende ohne mich auskommen, sagte sie sich, erhob sich schwungvoll und brezelte sich im Bad ordentlich auf. Aber für wen? Sinnvoller wäre es, eine Runde im Schwimmbad zu drehen. Das würde allerdings ihre tolle Frisur ruinieren, für die sie am Morgen bei ihrem Lieblingsfriseur über 100 Euro bezahlt hatte. Auf wen sollte sie im Speisesaal denn treffen? Wollte sie überhaupt jemanden treffen? Wollte sie nicht ihre Ruhe haben? Den Winterspaziergang durch die waldreiche Landschaft des Jammertals verwarf sie hinsichtlich der Kälte. Das musste nicht sein. So schön war der Schnee auch wieder nicht.

Als sie auf dem Weg zum Speiseraum an einem kleinen Saal vorbeikam und einen Blick hineinwarf, glotzten sie zwei Riesenaugen aus einem runden Kopf an. Grunzendes Lachen, laute Stimmen, die aus den mit Krawatten umbundenen Hälsen von ungefähr 20 Anzugträgern kamen, und sich gegenseitig zu übertreffen versuchten. Großkotze, die hier wahrscheinlich ihre betriebliche Weihnachtsfeier abhielten. Diese Art von Männern liebte sie. Zuhause gehorsam und brav, aber wenn sich die Gelegenheit bot, beispielsweise auf der Weihnachtsfeier, ließen sie die Sau raus und mimten die großen Macker, schlepppten sich für die Nacht vielleicht noch eine billige Tussi ab.

Die Riesenaugen hefteten noch immer an ihrem roten Kleid, besonders an ihrem Ausschnitt. Nun stand der zu den Augen gehörige Körper auf und schlenderte lässig grinsend zur aufstehenden Doppeltür. Den karierten Anzug hatte er bestimmt aus der Erbmasse seines Vaters, oder trug man jetzt wieder so etwas Schräges? Die schmierig blonde Wellenfrisur stammte ebenfalls aus einer anderen Epoche. Oh nein, keine billige Anmache, dachte sie und legte einen Schritt zu, um von der Bildfläche zu verschwinden.

In einer Nische des großen Gastraums setzte sie sich an einen kleinen Tisch mit Blick nach draußen in die herrliche Winterlandschaft. Ein riesiger beleuchteter Weihnachtsbaum und unzählige in den umliegenden Bäumen verteilte Lichterketten sollten Weihnachtstimmung verbreiten, ebenso die entzückende Tischdeko, bestehend aus viel Kristallglas und rot glänzendem Schnickschnack. Für morgen hatte sie einige Wellnessbehandlungen gebucht, unter anderem eine Ganzkörpermassage sowie einen Stirnölguss. Ob sie damit ihren Kopf frei bekommen würde? Dieses Wochenende kostete sie eine Stange Geld. Ihre Mutter Waltraud hatte etwas beigesteuert. Von Thomas hatte sie nichts annehmen wollen, auch nicht als vorzeitiges Weihnachtsgeschenk, das er ihr regelrecht aufzwingen wollte. Bis Weihnachten waren es noch 14 Tage. Da konnte viel passieren. Damit hätte er wieder wer weiß was verbunden und Ansprüche geltend gemacht. Sie lebten noch immer in getrennten Wohnungen, obwohl Thomas nach dem Tod seiner Mutter inzwischen ein ganzes Haus bewohnte, das Platz genug für sie beide böte. Doch sie wollte nicht, es war ihr zu endgültig, mit ihm zusammenzuziehen. Sie brauchte ihre Freiheit. Außerdem maulte er dauernd an ihrem Job als private Ermittlerin herum. Natürlich war ihr Beruf nicht so krisensicher wie seiner, als Erster Kriminalhauptkommissar des KK 11 in Buer. Nicht selten gab sie ihm allerdings den entscheidenden Tipp, wenn er mit seinen Ermittlungen nicht weiterkam.

Unmögliche Aufträge flatterten ihr in letzter Zeit ins Haus: Beschattungen unseriöser Geschäftspartner und untreuer Ehemänner. In der vergangenen Woche hatte sie viel Zeit in einem großen Bioladen verbracht, zwischen Regalen mit erschlafftem Obst und Gemüse, trockenen grauen Vollkornbroten und Flaschen mit kaltgepressten Ölen aus irgendwelchen obskuren Dingen. Sie sollte dem Filialleiter im ekelbefleckten Kittel Unterschlagung nachweisen. Er hatte nach Murmeltierfett gerochen – ihr Vater hatte sich früher immer den Nacken damit eingeschmiert. Allein der Gedanke an diesen Geruch verursachte bei ihr noch immer Magenschmerzen. Schnell verscheuchte sie das Bild dieses unattraktiven Kaufhauskerls, sonst bekäme sie keinen Bissen des Essens hinunter, das ihr gerade serviert wurde.

Während sie ihr Rinderfilet mit Waldpilzen und gestoßenem Pfeffer verzehrte, trat der Schlipsträger mit den Kulleraugen an ihren Tisch, verneigte sich und stellte sich vor. Was für eine Frechheit! Brüsk wies sie ihn ab. Sie wollte ihren Frieden haben, nichts als Frieden. Ihr Herz klopfte, als er endlich abzog, und sie gab sich wieder ihrem Essen, dem Wein und der live gespielten weihnachtlichen Pianomusik hin.

Später an der Bar – sie hatte nicht direkt nach dem Essen ihr Zimmer aufsuchen wollen – saß der Typ nur zwei Barhocker weiter. Ihm gegenüber einige seiner Kollegen, die ihn eindeutig mobbten. Sie warfen ihm blöde Sprüche an den runden Kopf, drohten ihm an, dass er bald seinen Posten los sei, da er faul und hinterhältig wäre. Die schlechtesten Zahlen schreibe er.

Ein gewisser Markus – dunkle Haare, schlankes Gesicht – und ein neunmalkluger Tom – blonde Stoppelfrisur –, beide voll wie die Haubitzen, wiederholten Zitate ihres Chefs, die dieser angeblich bei seiner Ansprache fallen lassen habe. Ihr dämliches Lachen wurde immer lauter, und Margareta verspürte fast Mitleid mit dem armen Mann, der sie nun entdeckte, sich freute wie ein Schneekönig und ungefragt zu ihr aufrückte. Mittlerweile rasteten die Kollegen, die ihm schräg gegenüber saßen, total aus, bewarfen ihn mit Erdnüssen und Salzstangen. Spott und Häme schütteten sie kiloweise auf sein Haupt.

Ihr Mitleid bereute Margareta jedoch schnell. Alexander Gehling war eine Quasselstrippe vor dem Herrn. Er laberte und laberte, ohne Punkt und Komma. Er erzählte ihr in wenigen Minuten sein komplettes bisheriges Leben, um sie anschließend heftig anzubaggern. Nicht nur verbal, er legte irgendwann auch Hand an, schob die wulstigen Griffel auf ihren Oberschenkel und glotze sie gierig aus weiß bewimperten Augen an.

»Hey, was soll das?« Margareta schlug ihm kräftig auf die sommersprossige Pranke.

»Na, hab dich nicht so. Ist doch Weihnachten.« Seine spröden Lippen mit den Erdnusskrümeln, aus denen er die Worte lallte, waren einfach nur abstoßend. Sie fragte sich, wieso er eine solche Niete bei der Aron-Versicherung war – dass dies sein Arbeitgeber war, hatte er ihr lang und breit erzählt. Als Schwätzer müsste es ein Leichtes für ihn sein, Versicherungen zu verkaufen. Lag es an seinem Aussehen? Seine Kollegen, besonders Markus und Tom, amüsierten sich noch immer köstlich über den tollen Alexander.

Der nette, gut aussehende Barkeeper, der mit seinen roten Haaren wie ein Ire wirkte, stellte ihr den Drink hin, den er ihr zuvor empfohlen hatte. Einen weihnachtlichen Earl-Grey-Gin mit neckischem Lavendelzweig am Glasrand. Mit warnendem Blick flüsterte er ihr zu: »Wenn der Herr Ärger macht, geben Sie mir Bescheid.«

»Mit dem werde ich schon allein fertig, danke!« Vorsichtig nippte sie an ihrem Glas. Schmeckte nach mehr, stellte sie fest.

Der tolle Alexander wurde zahm, ließ die Hände bei sich und begann, seinen Posten bei der Aron-Versicherung zu bejammern. Dass er nicht anfing zu weinen, war alles.

»Lass uns auf dein Zimmer gehen. Du gefällst mir. Wozu lange reden?« Seine großen Augen glupschten sie wieder gierig an.

»Das wüsste ich aber. Troll dich! Ich gehe jetzt auf mein Zimmer, allerdings allein.« Sie schenkte diesem Kerl noch einen abfälligen Blick und verschwand von der Bildfläche. Was manche Männer sich einbildeten … Wahrscheinlich hielt er sich für unwiderstehlich, dieser Schmierlapp.

Wenig später bekam sie auf dem Gang mit, dass nur ein paar der Versicherungsmenschen im Hotel übernachteten. Die meisten fuhren heim trotz Schneegestöber, mit dem Taxi oder, die ganz Mutigen, die das Schicksal herauszufordern wollten, mit dem eigenen Pkw. Es interessierte Margareta reichlich wenig, ob Alexander im Hotel blieb oder nach Hause fuhr.

Eine Stunde später, Alexander Gehling war längst vergessen, klopfte es an Margaretas Zimmertür. Ein volltrunkener Versicherungsfuzzi jammerte und winselte um Einlass. Alle seien so böse zu ihm, sie möge ihn trösten. Kurzerhand rief Margareta an der Rezeption an. Keine fünf Minuten später entsorgte man den lästigen Kerl und entschuldigte sich bei ihr.

Am anderen Morgen, sie wollte sich gerade zum Frühstück nach unten begeben, schaute sie aus dem Fenster in den Hof und traute ihren Augen nicht. Mitten im Schnee lag mit verdrehten Armen und Beinen eine menschliche Gestalt in einem hellbeigen, karierten Anzug. Die hässlichen blonden Haare zu allen Seiten ausgerichtet. Das war doch Alexander Gehling, dieser nervige Versicherungsvertreter!

Margaretas Herz schlug schneller. Wieso hatte ihn noch niemand entdeckt? Sie trat vor Kälte schnatternd auf ihren Balkon und blickte an der Hausfront hoch. War er vielleicht vom Balkon gestürzt? Unfall oder Suizid? Oder hatten seine beiden Kollegen Tom und Markus nachgeholfen? Beide waren angeblich scharf auf seinen Posten, hatte er ihr erzählt. Ihr Mitleid mit der im Schnee liegenden Kreatur hielt sich in Grenzen.

Noch bevor sie ihr Zimmer verließ, hörte sie Polizeisirenen und nahm Blaulichtgeflacker wahr. Er wurde also bemerkt und alles ist in die Wege geleitet, dachte sie. Nicht gerade förderlich für ein Wellnesshotel, ein Toter im Hof zur Weihnachtszeit. Das schreckte ab. Aber nicht Margareta – sie steuerte in aller Ruhe den Speisesaal an.

Nach einem opulenten Frühstück begab sie sich zu den Anwendungen in die gut duftende Wellnessabteilung. Langsam kam sogar ein wenig Weihnachtsstimmung bei ihr auf. Durch die riesige Glasfront konnte sie die Sonne erblicken, die sich durch die grauen Wolken gekämpft hatte und die herrliche Schneelandschaft in ein wunderbares Licht tauchte.

Der Tote im Hof war natürlich Gesprächsstoff im ganzen Hotel und machte auch vor der Wellnessabteilung nicht halt. Wer tut so etwas, war die große Frage. Die Gerüchteküche brodelte. Es wurde von Selbstmord gesprochen, von bösen Kollegen und Streit bei der Weihnachtsfeier. Dass am Abend noch die Fäuste geflogen seien, glaubte Margareta nicht. Dass Alexander Gehling ein echter Stinkstiefel gewesen sei, allerdings schon. Obwohl der Kerl ihr am Allerwertesten vorbeiging, interessierte sie, ob seine Kollegen Markus und Tom im Hotel übernachtet hatten. Und Gehling? Hatte er ein Zimmer gebucht? Nach seinem Äußeren zu urteilen, eher nicht.

Margareta quetschte die Dame, die sich gerade an ihrem Rücken zu schaffen machte, ordentlich aus. Einer jungen Frau vom Zimmerservice sei er dumm gekommen, habe sie angebaggert und mit in ihr Zimmer gewollt. Also hatte Gehling kein Zimmer im Hause gebucht, schlussfolgerte Margareta.

Nach dem Stirnölguss, der tatsächlich für einen freien Kopf gesorgt hatte, verließ Margareta den Wellnessbereich. Der Mann von der Rezeption kam auf sie zu. Er habe schon versucht, sie telefonisch zu erreichen, da ein Herr von der Kripo sie sprechen wolle.

Ein Milchbübchen, Akne und dicke Brille, höchstens Ende 20, wartete im Restaurant auf sie, rührte genervt in seiner Kaffeetasse herum. Er stellte sich ihr als Kommissar Martin Sommer vor. Sein Blick war äußerst skeptisch. Was wollte er von ihr, dieser Nerd?

»Sie kannten Herrn Gehling näher? Der Herr von der Rezeption sagte mir, es gab Ärger mit ihm? Er habe gegen 23 Uhr an Ihrer Tür geklopft und wollte zu Ihnen ins Zimmer?«

»Bei Ihnen piept es wohl! Wieso sollte ich ihn näher gekannt haben? Nur weil er mir lästig wurde? Er saß neben mir an der Bar und wurde zudringlich, was der Barkeeper bezeugen kann. Was weiß ich, was der für Probleme hatte, dieser Penner!« Margareta setzte sich dem Mann gegenüber und seufzte tief. Wieso immer ich, fragte sie sich.

»Mäßigen Sie sich in der Wahl Ihrer Worte, Frau Sommerfeld!« Martin Sommer schaute sie an, als hätte sie eine schwere Verfehlung begangen.

»Danke gleichfalls, Herr Sommer. Wissen Sie, solche Idioten gibt es wie Sand am Meer. Ich habe beruflich viel mit solchen Typen zu tun und gebe da nichts mehr drum.«

»Was machen Sie beruflich und warum sind Sie hier?«

»Ich bin private Ermittlerin.« Das musste genügen. Der Grund ihres Aufenthaltes hatte ihn nicht zu interessieren.

»Aha. Und wann haben Sie Gehling zuletzt gesehen?«

»Gesehen in der Bar gegen 22.30 Uhr. Gehört eine halbe Stunde später an meiner Tür. Werde ich etwa verdächtigt? Weil mich so ein hirnloser Kerl angemacht hat? Sie sollten seine Kollegen Markus und Tom fragen, die ihn in der Bar ordentlich gemobbt haben.«

»Die beiden wurden bereits befragt. Nein, Sie stehen nicht unter Verdacht, sind aber möglicherweise eine Zeugin.« Langsam wurde der Kommissar zugänglicher. Margaretas Beruf schien Eindruck auf den kleinen Kerl zu machen.

»Wie kam er zu Tode? Weiß man schon was Genaues?« Margareta dachte kurz daran, Thomas zu informieren, doch sie ließ es. Es wäre ja gelacht, wenn sie nicht allein damit fertig werden würde.

Kommissar Sommer überlegte wohl, ob er ihr Auskunft geben sollte, und entschied sich nach einigen Sekunden dafür. »Er wurde mit großer Wahrscheinlichkeit vergiftet und dann vom Balkon gestoßen.«

»Aber er hatte hier kein Zimmer, oder?«

»Der kleine Balkon ist vom Gang aus zu betreten.« Mehr sagte der Mann nicht, sondern verabschiedete sich eilig.

»Dort oben, wo die Damen vom Zimmerservice wohnen, soll er einer jungen Frau lästig geworden sein«, rief er Margareta noch zu.

Margareta griff nach dem Kärtchen, das er ihr mit den Worten »Falls Ihnen noch etwas einfällt …« auf den Tisch gelegt hatte.

Als sie nach ihrem Mittagsimbiss – sie hatte sich für eine rote Currysuppe mit Linsen und Koriander entschieden – ihr Zimmer betrat und in den Hof blickte, war nichts mehr vom Leichenfundort zu sehen. Schnee geräumt, Blut entfernt, Gehling längst weggeschafft in die Rechtsmedizin. Nur noch ein dicker BMW parkte im Hof. Ob das der Wagen dieses milchgesichtigen Kommissars war? Kaum vorstellbar.

Die Karaffe Spätburgunder Weißherbst zum Mittagessen hatte sie müde gemacht. Sie schaltete den Fernseher ein, legte sich aufs Bett und schlief sofort ein. Gegen 17 Uhr wurde sie durch einen Anruf von Thomas geweckt. Ob sie ihm von dem toten Gehling erzählen sollte? Sie ließ es, hörte sich stattessen sein Einsamkeitsgejammer an. Am Abend wollte er sich mit ihrer Mutter Waltraud zum Karten spielen treffen. Na, Prost Mahlzeit! Alles war besser, als dem beizuwohnen.

Beim Abendessen herrschte im gesamten Restaurant eine eisige Stimmung. Ob es an dem grausigen Fund vom Morgen lag? Wussten alle davon? Mit wenig Appetit verspeiste sie ihren gegarten Hirschrücken mit Lebkuchensauce. Auf den Wein verzichtete sie, nahm sich stattdessen vor, an der Bar noch einmal solch einen leckeren Drink zu sich zu nehmen wie am Abend zuvor.

»Es soll die nächsten Tage so kalt bleiben, und Schnee wird es auch wieder geben«, begann Oisin ein Gespräch mit Margareta und mixte ihr den »Schneemannstraum« von gestern Abend, der ihr so gut gemundet hatte.

Er gefiel ihr, dieser gepflegte junge Mann mit den rötlichen Haaren. Oisin bedeute »kleiner Hirsch«, erzählte ihr der Barkeeper, der tatsächlich aus Irland stammte. Oder war das seine Masche? Die Bar war schwach besucht, einige einsame Männergestalten sowie eine abgewrackte Frau hockten herum, tranken glitzernde Drinks aus Gläsern mit klimpernden Eiswürfeln.

Schwungvoll zelebrierte Oisin die Zubereitung ihres Mixgetränks und schwang den Shaker bis hoch in die Luft. »Furchtbar mit dem Toten. Gestern hat er hier noch große Sprüche geklopft, und nun gibt es ihn nicht mehr. Hat man Sie auch verhört?«

»Ja, ich wurde auch befragt. Was mich wundert, ist, dass die Kripo und die Polizeibeamten so schnell wieder verschwanden. Sind die Ermittlungen schon abgeschlossen? Ich kenne das ganz anders.« Margareta erzählte Oisin, dass ihr Partner Kommissar war und sie selbst private Ermittlerin. Statt Bewunderung erntete Margareta allerdings nur skeptische Blicke.

»Kein Angst, ich bin privat hier. Muss mal abschalten. Habe eine Scheißwoche hinter mir. Und ich habe auch nicht vor, sie vollzulabern. Sie müssen sich bestimmt einiges anhören, oder?«

»Das ist mein Beruf. Erzählen Sie nur, was Sie loswerden wollen. Wieso die Kripo so schnell weg war? Die meisten der Versicherungsvertreter werden sie zu Hause aufsuchen, da die nicht mehr im Hotel waren. Mit all den anderen, die Kontakt mit diesem Gehling hatten, wurde gesprochen, soviel ich weiß.«

»War noch was, nachdem ich die Bar verlassen habe?«

»Nein, kurz darauf verschwand Alexander Gehling ebenfalls. Er war ganz schön abgefüllt. Eine Angestellte vom Zimmerservice, die Loni, soll er angegraben haben. Doch sie ist nach oben in ihr Zimmer. Eine von den Damen hat am Wochenende Bereitschaft und muss im Hotel bleiben. Die beiden Kollegen Markus und Tom haben sich noch köstlich über ihn amüsiert, bevor sie nach oben in ihr Zimmer gegangen sind. Heute Morgen sind beide abgereist. Ich sah sie zufällig ins Auto steigen.«

»Komischer Typ, dieser Gehling. Ich ziehe solche Versager regelrecht an, müssen Sie wissen. Dabei will ich doch nur meine Ruhe haben. Vergiftet worden soll er sein und dann vom Balkon gestoßen. Komischerweise von dem Balkon aus der Etage, wo die Dame vom Zimmerservice wohnt. Zufall?«

»Ach, lassen Sie uns von was anderem reden. Er ist nicht mehr und basta!« Mit einem hinreißenden Lächeln schaute er Margareta an.

Er wusste mehr, da war sie sich sicher. Was verbarg er vor ihr? Niedlich sah er aus in seinem schwarzen Westchen mit der passenden Fliege. Das weiße Hemd strahlte vor Sauberkeit. Klar, er war einige Jahre jünger als sie, doch wieso nicht mal so ein Bübchen abschleppen? Wenn es der Sache dienlich war …

Sie schalt sich eine Närrin. Was habe ich damit zu tun? Was geht es mich an, wer diesen ekeligen Kerl umgebracht hat?

Der Abend wurde trotzdem sehr lustig. Oisin war ein fantastischer Unterhalter. Hatte er das auf der Barkeeper-Schule gelernt? Gehling war schnell vergessen. Gegen 23.30 Uhr verabschiedete sie sich von dem Jüngling. Auf die Frage, ob er sie nachher noch besuchen dürfe, antwortete sie mit Nein und, fragte sich, ob er es ernst gemeint hatte. Er konnte ganz andere Frauen haben als sie, eine

Alte von fast 50 Jahren. Oder war es ein Test? Mit schweren Beinen kroch sie über den roten Teppich der Gänge, vorbei an der dunkelhaarigen Loni vom Zimmerservice, die in einem der Räume verschwand. Ein sogenannter Notfall? Hatte jemand Rotwein verschüttet und sie musste den Fleck sofort entfernen?

Endlich erreichte Margareta ihr Zimmer und fiel regelrecht ins Bett.

Am anderen Morgen präsentierte der Winter sich von seiner schönsten Seite. Wolkenloser Himmel, romantische Schneelandschaft und Sonne pur. Margareta beschloss, eine Wanderung durchs herrliche Jammertal zu unternehmen. Immer wieder schaute sie auf ihre neuen bunten Lederstiefel und konnte sich nicht satt daran sehen. Sie schlug den Weg Richtung Tennisplatz ein, der natürlich zugeschneit war. Sie folgte einem Hinweisschild, das den Weg zum Gernetal wies. Es war noch Zeit, bis sie gegen 16 Uhr das Zimmer räumen musste, um die Heimfahrt anzutreten. Um 15 Uhr war sie zu einer Kaminlesung mit Kaffee und Kuchen geladen, verspürte allerdings keine Lust auf süße Heile-Welt-Weihnachtsgeschichten. In der Ferne hörte sie ein Martinshorn, und wieder musste sie an Alexander Gehling denken. Unbegreiflich, dass so kurz nach dem Vorfall normaler Hotelalltag herrschte, der Tote, so dämlich er auch war, bereits Geschichte war. Sie wäre keine gute Ermittlerin, wenn sie sich keine Gedanken um den Täter machen würde. Waren die beiden Kollegen die Mörder, oder steckte der Chef dahinter, der ihn loswerden wollte? Wem war er in der Nacht noch zu nahe gekommen?

Sie blieb stehen und atmete die eisige Winterluft ein. Herrlich, so eine Waldwanderung im Winter, die sie bisher mangels Energie immer vermieden hatte. Menschenleer der Wald. Das Gernetal sah auch nicht anders aus als der übrige Wald, stellte sie bei der Durchwanderung fest und kehrte um. Sie passierte einen Vögel fütternden alten Mann und legte einen Schritt zu. Bevor sie das Hotel betrat, suchte sie den Parkplatz auf, um ihren Wagen vom Schnee zu befreien.

Direkt neben ihrem Polo parkte ein roter Golf, in dem sich zwei Personen heftig stritten. Die Scheiben waren von innen beschlagen. In der Frau erkannte Margareta die Servicekraft Loni wieder. Neugierig geworden, fegte Margareta ihren Wagen an der Seite ab, die sich neben der Fahrerseite des Golfs befand, auf der der junge Mann saß. Er startete plötzlich den Motor, gab Gas, fuhr rückwärts aus der zugeschneiten Parklücke und verschwand.

Margareta traf fast der Schlag. Sie hatte den Kerl mit der raspelkurzen blonden Frisur sofort erkannt, und er sie anscheinend auch. Es handelte sich um keinen Geringeren als um Tom, den Kollegen von Alexander Gehling. Angeblich war er längst daheim. Er und diese Loni hatten gemeinsame Sache gemacht, wurde ihr klar.

Margareta wusste, was sie zu tun hatte.

2 »WENN DIE HEIDE NICHT MEHR BLÜHT«

Haltern

Haltern lag unter einer dichten weißen Schneedecke. Sämtliche Wege in der Westruper Heide unkenntlich. Wo noch vor vier Monaten die Erica blühte, nur noch eine schneeweiße Landschaft. Auf den Büschen und kleinen Bäumen Hauben wie Mützen, am Waldesrand traumhaft schneebedeckte Fichten und vereinzelte Birken.

Vor dem verschneiten Hochsitz mitten im Wald lag ein Mann. Am liebsten wäre Dieter Kibeck weitergegangen, hätte den am Boden liegenden Kerl ignoriert. Er wollte seine Ruhe haben. Stressige Woche und Probleme zu Hause reichten ihm. Das erste Adventswochenende, an dem er frei hatte. Nach seinem Morgenspaziergang wollte er Brötchen holen und heimkehren an den Frühstückstisch zu dem sich zankenden Volk. Da konnte er sich nicht mit einem Toten aufhalten. Vielleicht lebte der Mann noch? Sein schlechtes Gewissen meldete sich.

Er hinterließ Spuren, darüber war er sich im Klaren, als er durch den Schnee zum Hochsitz schritt, an dessen Leiter der Mann lag. Zweifelsohne ein Jäger, unschwer an seiner Kleidung zu erkennen. Sein Gewehr hing noch um seinen Hals, die Arme und Beine total verdreht. Er blickte an dem Hochsitz hinauf und sah, dass die zweite Sprosse von oben durchgebrochen war. War sie angesägt worden? Dieser Schussel, was stieg der auch bei dem Wetter da hinauf? Schnell noch den Sonntagsbraten sichern?

Mit dem Fuß schob Dieter den Hut des Mannes zur Seite und erschrak. Auch das noch, sein Nachbar Björn, leidenschaftlicher Jäger und erster Vorsitzender der KJS Hubertus in Recklinghausen. Wenn er die Polizei alarmierte, müsste er ihr mitteilen, dass er den Mann kannte. Dann würde dessen Jäger-Alte ihn tagelang ausquetschen, alles haarklein wissen wollen: wo gefunden, wann genau, war jemand dabei? Diese neugierige, eifersüchtige Fregatte.

Dieter ließ sich nun doch dazu herab, dem Mann an den Hals zu fassen und nach dem Pulsschlag zu fühlen. Nichts. Der war mausetot. Verärgert zog er sein Handy aus der Tasche und rief die Polizei. Sie würden seine Fußabdrücke im Schnee sehen, da machte Weglaufen keinen Sinn. Irgendein Trottel hatte ihn vermutlich ohnehin beobachtet. Wieso gerade ich, fragte Dieter sich und seufzte. Und dann noch dieser Björn Bergjohann.

Neben dem Kopf des Toten glitzerte etwas. Dieter bückte sich und fand im Schnee einen winzigen silbernen Schutzengel. Kopfschüttelnd steckte er ihn in seine Hosentasche.

Katja machte sich zu Fuß auf zum Friedhof am Brinkweg, der nur 700 Meter von ihrem wunderschönen Einfamilienhaus im Schlingenkamp entfernt lag. Wieso sie gerade heute Morgen, am dritten Adventssonntag, bei Schnee und Eis sowie Minusgraden zur Gruft ihrer Eltern hetzte, konnte sie selbst nicht sagen. Brauchte sie mal wieder den väterlichen Rat? Björn war mitten in der Nacht los, um einen Hasen zu schießen, da er Appetit auf Hasenbraten gehabt hatte. Als Jäger und Vorsitzender der Kreisjägerschaft hatte er das Privileg, das zu tun, wann immer er wollte. Deshalb war ihre Gefriertruhe voll mit geschossenem Zeug, angefangen bei Fasanen bis zum zerteilten Wildschwein und jeder Menge Hasen, die einmal sehr kuschelig gewesen waren.

Katja hasste dieses ganze Getier. Besonders hasste sie, es zuzubereiten. Überall im Haus roch es nach altem Blut. Oft hatte sie das Gefühl, ihr Ehemann stank selbst schon nach den toten Viechern. Ansonsten sah er noch immer gut aus mit seinen 42 Jahren: volles dunkles Haar, blaue Augen, der Körper durchtrainiert bis zum letzten Muskel, kein Gramm Fett zu viel. Sie hingegen hatte in den 20 Jahren Ehe ein paar Kilo zugelegt, war jedoch noch sportlich aktiv, Mitglied im Turnverein und passionierte Schwimmerin. Der Größenunterschied der Eheleute von zehn Zentimetern fiel heute mehr auf als damals, was Katja aber wenig interessierte.

Die Häuser im Schlingenkamp im Ortsteil Sythen waren zu beiden Seiten weihnachtlich geschmückt. In fast jedem Vorgarten befand sich eine beleuchtete Tanne, und in den Bäumen und Sträuchern hingen Lichterketten. In den Fenstern schimmerten ebenfalls Lichter, Schwippbögen taten ein Übriges. Auch ihre Töchter, acht und neun Jahre alt, waren fleißig gewesen und hatten ihre Bastelwerke überall im Haus angeklebt.

Der Fußweg zum Friedhof tat Katja gut, langsam beruhigte sie sich. Trotzdem war sie gefrustet. Mit eisiger Miene kam sie vor der Familiengruft der Eltern zum Stehen. Ein imposantes Grabmal, das größte und schönste im Umkreis.

Sie hatte ihren Eltern, besonders ihrem Vater, viel zu verdanken und deshalb auch nicht an der Bestattung gespart, ordentlich was locker gemacht von ihrem Erbe. Wäre ihr Papa, der damalige Aufsichtsratsvorsitzende eines Großkonzerns, zu Lebzeiten nicht so großzügig gewesen, würden sie heute nicht in dem wunderschönen Haus sitzen.

Sie bückte sich, wischte mit einem Taschentuch den Schnee von den goldenen August-Buchstaben und gab ihrem Vater mal wieder Recht. Er hatte sie vor Björn gewarnt, als sie ihn, kaum 20 Jahre alt, angeschleppt hatte. Ein Hallodri sei er, ein Egoist, ein Taugenichts und Weiberheld. Katja hatte ihm widersprochen, schließlich ging Björn einer soliden Arbeit bei den Wasserwerken nach, und auch gegen sein Hobby, die Jagd, konnte man nichts Schlechtes sagen. Schnell war sie jedoch dahintergekommen, dass er seine zarten Jägergriffel nicht von fremden Weibern lassen konnte. Mehrmals hatte sie ihm ein Ultimatum gestellt, hatte gefordert, es entweder zu unterlassen oder seine Koffer zu packen und das Weite zu suchen. Er hatte jedes Mal klein beigegeben, ihr das Blaue vom Himmel versprochen, sie verwöhnt, wie er gemeint hatte, mit allerlei geschossenem Wild und heißen Küssen.

Seit einigen Jahren war Ruhe gewesen. Wäre sie in der vorigen Woche nicht im Salon Gertrud gewesen, um sich eine neue Frisur verpassen zu lassen, wüsste sie noch immer nichts von seinem Verhältnis zu Ines, der kleinen blonden Ines, die ihre Zähne kaum auseinander bekam. Aber das musste sie bei Björn auch nicht. Es reichte ihm, wenn *er* Reden hielt. Ines brauchte er für etwas ganz anderes.

Diese zarte Ines arbeitete ausgerechnet in der gleichen Sparkassenfiliale wie Katja. Mehr als einmal hatte sie sich seit letzter Woche gefragt, ob bereits über sie getuschelt wurde. Was hatte dieses blonde Fliegengewicht, was sie nicht hatte?

Katja befreite nun auch den Namenszug der Mutter vom Schnee. Bei »Anna« ging es schneller. Sie hatte es auch nicht leicht gehabt, ihre Mutter, hatte ständig vor August kuschen müssen. Obwohl, in ihren letzten Lebensjahren – sie verstarb vor 11 Jahren, ein Jahr nach dem Gatten – hatte sie sich nicht mehr so viel gefallen lassen, oft gegen ihren dominanten Ehemann aufbegehrt. Von ihrer Freundin Hedwig aus dem Kirchenchor hatte sie Tipps vom Allerfeinsten bekommen. Katja war überzeugt, dass ihre Mutter, würden ihre Eltern noch leben, längst Reißaus vor August genommen hätte.

Tränen liefen Katja über die Wangen, während sie leise »Macht hoch die Tür« sang.

»Sag schon, Papa, was soll ich machen? Gib mir ein Zeichen!« Sie trat wütend gegen die schwere Messinglaterne, unter der ihr Vater die ewige Ruhe gefunden hatte.

Es war, als würde sie seine sonore Stimme vernehmen. »Das weißt du doch wohl am besten. Du bist schließlich meine Tochter und nicht dumm.«

Eine große Krähe flog kreischend tief über die Gruft und hinterließ genau auf dem Grabmal ihre Hinterlassenschaft, die, kaum im Schnee eingesunken, zu dampfen anfing. Katja deutete das als klares Zeichen. Sie trocknete ihre Tränen, straffte die Schultern und ging nach Hause.

Die Sache war anders gelaufen, als Holger Goretzki gedacht hatte. In seinem Sack hatte er den perfekten Knüppel verstaut, den er Björn über den Kopf ziehen wollte. In aller Frühe, noch in der Dunkelheit. Doch dann kam alles anders …

Gestern Abend hatte er Björn angerufen, wollte ein wenig schön Wetter machen beim Vorsitzenden der Jägerschaft. Ihm war es sowieso ein Rätsel, wieso bei der letzten Wahl ausgerechnet wieder Björn das Rennen gemacht hatte und zum ersten Vorsitzenden gewählt worden war. Wieso nicht er, Holger? Er wäre, als Schießobmann und Schatzmeister des Hegerings, für den Posten viel prädestinierter als dieser Schmachtlappen. Schließlich hatte er seinen Jagdschein schon seit 2003, wogegen Björn seinen ersten Schein erst 2012 gelöst hatte. Auch beruflich hatte Björn es besser getroffen als Holger, war die Karriereleiter ständig höhergestiegen, während Holger bei der Gelsenwasser AG immer noch der kleine Popel war. Das war nicht gerecht, fand er. Schon allein, wie Björn wohnte. Ein Traum von Haus, in dem er mit seinen Lieben lebte, während er sich mit einer kleinen Dreizimmerwohnung begnügen musste.

Gut, Björns Katja stammte aus wohlhabendem Hause, hatte einen schönen Posten in der örtlichen Sparkasse, während seine Manuela in der Obstabteilung bei Edeka zwischen Kartoffeln und Möhren schuftete und sie trotzdem auf keinen grünen Zweig kamen. Seine beiden Söhne waren faul wie Brot und hangelten sich auf der Hauptschule von Schuljahr zu Schuljahr. Wenn sie ihn mit offenen Mündern anstarrten und frühestens beim zweiten Mal kapierten, was ihr Vater von ihnen wollte, musste er seine Hand oft bei sich behalten, um ihnen nicht einen Schlag an den Hinterkopf zu verpassen, damit das Hirn endlich anspränge. Die kleinen Björn-Töchter waren echte Überflieger, lernten Klavier und besaßen ein Pony. Das war nicht gerecht!

Trotzdem wollte er am gestrigen Abend ein paar Pluspunkte sammeln und hatte Björn angerufen. Ein wenig

Small Talk, nach der Gattin gefragt, nach den Kindern, und ihm vom letzten Schießgruppentreffen berichtet, das jeden zweiten Montag im Monat stattfand. Dann ganz mutig ihn um ein Karnickel oder einen Vogel angebettelt. »Wann gehst du mal wieder jagen? Kannst du mir nicht einen schönen Hasen oder einen Fasan mitbringen?« Bereits als er die Worte ausgesprochen hatte, hatte er sie bitter bereut. Hatte er echt gehofft, Björn würde ihm etwas schenken?

»Morgen früh will ich los. Ich habe Appetit auf einen Hasenbraten, obwohl die Truhe voll ist. Frischfleisch schmeckt jedoch besser«, hatte Björn zunächst gesagt, dann aber draufgesetzt: »Deine Manuela bekommt doch bei Edeka Prozente. Soll sie da einen Hasen kaufen.« Mit einem dreckigen Lachen hatte er grußlos aufgelegt.

Holger hätte sich in den Hintern beißen können. Wie konnte er sich bloß so erniedrigen lassen? Dieser Drecksack! Das war außerdem nicht rechtens, was der liebe Vorsitzende da trieb, ohne Absprache loszuziehen und zu schießen, was ihm vor die Flinte kam. Holger hatte sich vorgenommen, das bei der nächsten Vorstandsitzung zur Sprache zu bringen. Jawohl!

Nach einer durchwachten Nacht – die Wut hatte Holger nicht schlafen lassen – war er im Morgengrauen aufgestanden und hatte beschlossen, Björn aufzulauern. Die Stellen in Haltern, an denen der freche Kerl sich bediente, kannte er. Björn hätte ihn, den Schießobmann Holger, bitten können, mitzukommen. Was war das bloß für ein Kollege? Geht so Verein? Der schoss sich, was er wollte, und ließ die anderen leer ausgehen. Das war bestimmt nicht im Vereinssinne und so auch nicht erlaubt, ohne jegliche Absprache.

Wie Knecht Ruprecht war Holger sich vorgekommen, als er durch den dunklen Winterwald stapfte, nachdem er sein Auto am Hotel Seehof geparkt hatte. Knecht Ruprecht mit seinem Sack in der Hand, in dem der herrliche Knüppel steckte, würde es Björn Bergjohann zeigen. Den Schädel würde er ihm einschlagen.

Waidmannsheil!

Ines Hüsgen schwebte monatelang auf Wolken, wähnte sich in einer Liebesschmonzette. Wenn sie in seine blauen Augen schaute und sein verschmitztes Lächeln sah, glaubte sie ihm alles, was er ihr erzählte. Dagegen war ihr Ehemann Benno, mit dem die zarte, blonde 35-Jährige seit zehn Jahren zusammen war, kalter Kaffee. Was hatte sie nur an ihm gefunden, diesem furztrockenen städtischen Beamten, damals, als sie sich im Fundbüro der Stadtverwaltung nach ihrem verschwundenen Fahrrad erkundigen wollte und ihm gegenüberstand? War es die Zuverlässigkeit, diese solide Art, die er ausstrahlte, der große blonde Mann mit der Schmalztolle, die ihm tief ins Gesicht fiel? Gegen ihren Geliebten Björn wirkte Benno wie ein großer Bär.

Björn war klein und schmal, jedoch total durchtrainiert. Sie hatte ihn beim Joggen am Halterner Stausee kennengelernt. Er war ihr mit seiner smarten Jägeruniform über den Weg gelaufen, war quasi aus dem Unterholz gekrochen. Wie süß, hatte sie gedacht, der kleine Jäger aus Kurpfalz. Sie waren ins Gespräch gekommen, hatten sich anschließend immer wieder im Wald getroffen, zuerst nur zu Spaziergängen, später auf Hochsitzen. Während die knospenden Bäume ihren Duft verströmten und die Amseln fröhlich sangen, hatte er ihr zarte Worte ins Ohr und ganz woanders hin geflüstert. Die Grübchen in seinen Pfirsichwangen hatten sie einfach verzaubert.

Doch bald reichten ihr diese schnellen Nummern auf den Hochsitzen im Halterner Wald nicht mehr, und die abendlichen Telefonate kamen ihr immer gehetzter vor. Sie wollte mehr. Wollte weg vom biederen Fundbüro-Benno, hin zu Björn, wollte den kleinen Jäger ganz für sich. Obwohl Björn sich ständig über seine burschikose Katja beschwerte, die Ines in der Sparkasse direkt gegenübersaß, unternahm er trotz vieler Versprechungen nichts, um sich von seiner Familie zu trennen, von dieser angeblich langweiligen Bande. Er bat Ines um Geduld und Verständnis, schenkte ihr laufend frisch geschossene Hasen und Fasane, die vor lauter Ekel bei ihr zu Hause in der Biotonne landeten, bevor Benno sie fand.

Bald, bald würde er die Familie verlassen, vielleicht schon zum Fest, versprach er ihr an einem grauen Novembertag hoch oben auf dem Hochsitz. Als sie ihn fragte, ob sie sich nicht mal woanders treffen könnten, in einem schönen Hotel vielleicht, wo es warm und kuschelig war, knurrte er nur: »Zu teuer!« Ihr Zuhause schied von vornherein aus, da sie mit Benno und mit ihrer Oma zusammenwohnte.

Nachts im Traum spürte Ines die starken Arme von Björn, den zärtlichen Mund, sehnte sich nach ihm, konnte nach solchen Träumen nicht mehr schlafen und saß am nächsten Tag entsprechend müde ihrer Nebenbuhlerin gegenüber. Diese schwärmte von Weihnachten, von ihren tollen Töchtern und von ihrem Mann Björn. Eine intakte Familie und ein gemütliches Heim seien das A und O. Wieder einmal machte sie das kinderlose Dasein von Ines nieder. Oft war Ines kurz davor, ihr alles zu beichten, die flotten Nummern mit ihrem Ehemann, die jahreszeitlich bedingt gar nicht so flott waren, die Sprüche, die er über seine »Alte« abließ, und dass er sie bald verlassen wollte. »Schau doch mal in den Spiegel, du ungepflegte Kuh«, wollte sie ihr zurufen, beherrschte sich jedoch.

Der erste Advent verstrich und nichts geschah. Eine Verabredung ließ er platzen, weil er für seine Liebsten Geschenke kaufen wollte. Ja, ging es noch? »Du brauchst keine Geschenke, wenn du noch vor dem Fest ausziehen willst«, warf sie ihm an seinen winzigen Kopf.

»Tja, das ist nicht so einfach«, druckste er herum. »Lass mir Zeit«, jammerte er wieder, wie ein Bittsteller.

Als er sie am zweiten Adventswochenende erneut versetzte – diesmal hatte er ihr versprochen, sich mit ihr im Hotel Seehof zu treffen und es sich ganz gemütlich zu machen –, wurde ihr klar, dass er seine Katja niemals verlassen würde und sie nur hinhielt. Die Zimmerrechnung durfte sie auch noch bezahlen. Dieses Schwein! Ihre Cousine Gretel, die Einzige, der sie sich anvertraut hatte, grinste nur, als sie ihr davon erzählte. »Er kann seine Familie nicht verlassen, du Dummchen. Die Villa und das Vermögen gehören seiner Frau. Er wäre eine arme Sau, würde er gehen und sich für dich entscheiden. Wache auf, Ines!«

Ja, sie wachte auf, spät, aber nicht zu spät. Das sollte sein Todesurteil sein, schwor sie sich. So etwas machte er mit ihr nicht! Nicht mit Ines Hüsgen!

Am dritten Advent stand sie besonders früh auf, zog sich warm an, als sie nach draußen in den frisch gefallenen Schnee blickte, und machte sich auf zur Westruper Heide. Sie wusste, dass Björn dort in der Nähe immer Hasen schoss. Nur ein einziges Mal hatte er sich in der letzten Woche gemeldet, ein Treffen sei ihm wegen der vielen Termine momentan nicht möglich. Plätzchen backen mit den Kindern, Gefriertruhe abtauen, Weihnachtskarten schreiben.

Ines schäumte vor Wut und ließ den Plan, den sie sich in der schlaflosen Nacht zurechtgelegt hatte, bei einer Tasse Kaffee und Spritzgebäck reifen. Benno und Oma schliefen noch.

Auf geht's, sagte sie sich eine halbe Stunde später, nachdem sie im Keller nach einem bestimmten Werkzeug gesucht hatte. Schreiten wir zur Tat.

Halali!

Benno Hüsgen war geduldig. Sehr sogar. Doch irgendwann war auch bei ihm Schluss mit lustig. Dachte seine Ines etwa, er würde nichts merken? Nicht merken, dass sie ein Verhältnis mit diesem Jägerwürstchen hatte?

Manchmal muss man eben Dinge tun, die große Opfer bedeuten. Als er sich dem bewusst wurde und Pläne schmiedete, ging es ihm besser. Wenn alles vorbei war, sagte er sich, würde sein kleines Blondchen endlich auf dem Boden der Tatsachen landen und wieder gefügiger werden. Diese Aufmüpfigkeit passte nicht zu ihr. Was war sie am Anfang ihrer Ehe für ein kleines Schäfchen gewesen, stets hatte sie auf ihn gehört, seine Ratschläge beherzigt. Hatte sie nicht ein gutes Leben? Er kümmerte sich um alles, erledigte die Einkäufe und den Papierkram, Oma kochte und versorgte den Haushalt. Im Frühjahr hatte er noch gedacht, sie sei glücklich, doch bald hatte er sich eines Besseren belehren lassen müssen. Oft starrte sie verträumt in die Gegend, putzte sich besonders hübsch heraus. Dann verschwand sie immer häufiger von der Bildfläche, angeblich fuhr sie zu ihrer Cousine Gretel oder zu Sabine, ihrer schnatterigen Kollegin. Dreimal die Woche ging sie joggen und wollte ihn nicht dabei haben. Sie sagte, sie brauche ihre Ruhe. Im Bett verweigerte sie sich ihm, da sie angeblich müde war oder Migräne hatte.

Kinder, ihr fehlten ein paar Kinder, meinte sein Fundbürokollege Bastian. Das gab Benno Aufschwung. Ja, das war die Lösung: Kinder! Er wollte sein Vorhaben gleich in die Tat umsetzen, da die Oma noch munter war und ordentlich zur Hand gehen konnte. Doch Ines trotzte seinen Verführungskünsten, wies ihn immer wieder ab.

Eines Morgens am Küchentisch, er feierte Überstunden ab und beobachtete den geilen Schafbock, der mit seinem Harem munter auf der Wiese des Nachbarn graste. Der hat es gut, dachte er neidisch und feilte an einem Konzept, wie es ihm gelingen könnte, seine Ines zurückzugewinnen.

Die Adventszeit rückte näher, ganz Haltern war bereits festlich geschmückt. Die Oma hatte die hübsche Wohnung ebenfalls in ein Weihnachtsparadies verwandelt. Ach, so eine Oma war Gold wert, dachte er. Eigentlich brauche ich diese keifende Ines nicht, zu der sie sich entwickelt hat. Doch diesem Blödmann den Weg freigeben und ihm seine Ines überlassen? Niemals, dachte er, und der Kampfgeist in ihm erwachte.

Noch ein einziges Mal versuchte er es im Guten. Am Abend vor dem zweiten Advent bereitete er Ines einen besonders schönen Abend. Gab Schweinefilet bei Oma in Auftrag und befahl ihr, vor dem Essen in ihr Zimmer zu verschwinden. Er stellte Sekt kalt und eine Schale mit Trüffeln, die Ines so gerne aß, bereit. Genervt und geistesabwesend verspeiste sie die leckere Mahlzeit, fragte nach Oma und starrte wieder in die Gegend. Dem kleinen Geschenk, einem silbernen Schutzengel, würdigte sie nur einen kurzen Blick und legte es lieblos auf den Tisch. Als er ihr aus dem Harry-Potter-Buch – sie war ein großer Fan von diesem Zauberlehrling – vorlesen wollte, rastete sie völlig aus, und er musste sich eingestehen, dass er verloren hatte.

Sollte er Björn zum Duell auffordern? Nein, in der heutigen Zeit gab es andere Möglichkeiten. Und wieso sollte er sich der Gefahr aussetzen, selbst draufzugehen? Es reichte, wenn der Jägersmann von der Bildfläche verschwinden würde. Dann wäre alles okay.

In ihm reifte das Vorhaben, Björn zu beseitigen. Wie es danach mit Ines weiterging, lag ganz an ihr. Wenn sie sich ihm nicht wieder zuwendete, sollte sie ihrem Björn eben folgen, dafür würde er dann sorgen …

3 »ES IST FÜR IHN EINE ZEIT ANGEKOMMEN«

Buer

Erich lief durch das heftige Schneetreiben. Was zog ihn einen Tag vor dem Fest auf den Friedhof?

Er hatte seinen alten Golf aus der Garage geholt, war zum Einkaufen gefahren und hatte anschließend die Waren ins Haus getragen. Dort hatte ihn ein Geistesblitz getroffen. Von einer inneren Macht gelenkt war er zum Hauptfriedhof nach Buer gefahren, hatte seinen Wagen an der Trauerhalle geparkt und war losgelaufen, den Hauptweg immer geradeaus. Nicht rechts zum Grab seiner geliebten Roswitha, nein, er wollte zu Monika, seiner alten Jugendliebe, mit der er vor seiner Ehe ein Techtelmechtel gehabt hatte. Er hatte sie abgöttisch geliebt und verehrt, doch sie hatte sich für seinen Zechenkumpel Alwin entschieden. Er hatte Alwin lange nicht mehr gesehen, auch keinen Wert darauf gelegt. Nachdem beide in Ruhestand gegangen waren, hatten sie sich aus den Augen verloren, obwohl sie nicht weit voneinander wohnten. Erich hatte ihm nie verziehen, dass Monika ihm den Vorzug gegeben hatte. Es hatte damals nicht lange gedauert, und er hatte beim Karneval in der Eckkneipe seine Roswitha kennengelernt. Hauptsächlich aus Trotz hatte er sie schnell geehelicht.

Sein Lodenmantel war inzwischen total durchnässt, der Schnee fraß sich geradezu in den Stoff, der Hut war schwer vor Nässe. Er hatte das Grab, in dem Monika ruhte, erreicht. Alles vom Feinsten, ein teurer Grabstein mit goldglitzernden Buchstaben, Lampe und Vase aus schwerer Bronze, wogegen seine Holde nur in einem Reihengrab beerdigt worden war. Mehr war nicht gegangen.

Plötzlich spürte er ein Atmen in seinem Nacken.

»Erich«, sprach ihn jemand an. Einfach nur »Erich«, mehr nicht.

Ohne sich umzudrehen, wusste Erich, um wen es sich handelte.

»Alwin.«

»Wie lange ist es her?«

»Ich weiß nicht!«

»Was willst du am Grab meiner Frau?«

»Ist ein öffentlicher Friedhof. Ich kann hingehen, wo ich will.«

»Bei dem Wetter?«

»Du bist doch auch hier.« Erich drehte sich endlich um und sah in ein gelbliches, wächsernes Gesicht. Der macht es nicht mehr lange, dachte er. Wann hatten sie sich zuletzt gesehen? Vor drei oder gar vier Jahren? Beim Einkaufen hatte er ihn mal getroffen, kurz nach der Pensionierung. Alwin wollte damals einen Kaffee mit ihm trinken, doch Erich hatte ihm nur den Stinkefinger gezeigt und war weitergegangen.

Schweigend standen die beiden alten Männer vor dem zugeschneiten Grab.

»Sie hat immer nur dich gewollt, die Monika«, sagte Alwin irgendwann und legte eine Rose auf das Grab. »Wenn sie dich irgendwo traf, konnte ich mir tagelang Lobeshymnen über dich anhören.«

»Sie hat sich für dich entschieden und das war gut so. Ich habe mit meiner Frau eine gute Ehe geführt. Okay, unsere Kinder waren keine Senkrechtstarter, und auch heute machen sie mir noch Kummer. Aber was soll ich machen?«

»Unsere Söhne haben beide promoviert, tragen ihre Nasen hoch und kennen die Eltern nicht mehr. Meinst du, das ist besser?«

Wieder minutenlanges Schweigen.

»Ich habe Monika damals belogen. Habe ihr Lügen über dich erzählt, wollte, dass sie dich vergisst. Doch noch auf dem Sterbebett hat sie deinen Namen geflüstert.«

»Du brauchst dein Gewissen nicht zu erleichtern. Ich will nichts hören. Es ist vorbei. Außerdem sind wir quitt.« Ein hämisches Grinsen zeichnete sich auf Erichs Gesicht ab.

»Wieso?« Alwin riss seine großen, wässrigen Augen weit auf.

»In der Nacht vor eurer Hochzeit haben wir miteinander geschlafen, Monika und ich. Eine heiße Sommernacht. Wir haben uns oben auf der Halde getroffen und uns im duftenden Gras gewälzt.«

»Du lügst!« Der Rotz floss Alwin aus der großen Nase. Er zitterte. Plötzlich schien er eine Eingebung zu haben. »Wir haben uns mal so gut verstanden. Komm doch mit zu mir. Ich koche dir einen Kamillentee. Ich wohne noch immer in der Ostfalenstaße, nicht weit von dir entfernt.«

»Ich habe keinen Bedarf, mich vor dem Fest vergiften zu lassen. Außerdem habe ich zu tun. David kommt übermorgen.«

»Ich habe nicht mehr lange zu leben.«

»Das ist Pech, mach's gut.« Erich drehte sich um, schüttelte den Schnee von seinem Hut und ging seines Weges.

»Komm nie wieder her«, rief Alwin ihm hinterher.

Der Stachel der Wut bohrte sich tiefer und tiefer in Alwins Herz. Erich hatte mit seiner Monika geschlafen. Auch er ging wenig später. »Das wird er mir büßen«, sprach er grummelnd vor sich hin.

Schon als er die Gertrudstraße entlanglief, hatte er den Geruch von Entenbraten nach Mutters Rezept in der Nase. Gefüllt mit Äpfeln und Zwiebeln, dazu Reibeklöße, natürlich selbst gemacht. Seit drei Jahren war sie nicht mehr, und sein alter Vater lebte allein in der kleinen Wohnung. Gelegentlich rief er ihn an, stellte die obligatorischen Fragen, um irgendwann erleichtert das Gespräch zu beenden. Pflicht erfüllt.

Die Siedlung war wie ausgestorben. Häuser, hier und da ein weihnachtlich geschmücktes Fenster, beleuchtete Vorgärten, verschneite Bäume. Schmale Straßen. David ließ den Blick schweifen und fragte sich, ob sich etwas verändert hatte in dem Jahr, in dem er nicht hier gewesen war. Ein Auto hatte er nicht mehr. Kam von Essen mit öffentlichen Verkehrsmitteln nach Gelsenkirchen-Buer in die Schüngelbergsiedlung, in der er aufgewachsen war. Und das am ersten Weihnachtsfeiertag. Eigentlich hatte er absagen wollen. Den ganzen Tag mit dem trübsinnigen Alten zu verbringen und sich sein Gejammer anzuhören, war kein Pappenstiel. Doch sicherlich machte er ein paar Scheinchen locker, wenn er einen sitzen hatte. Bei entsprechendem Alkoholpegel würde er auch nicht mehr an ihm herummeckern: Versager, Nichtsnutz, Taugenichts. Ja, klar hatte er Recht. Aber waren nicht auch die Eltern Schuld, wenn aus der Brut nichts wurde? Seine Schwester Saskia hat es nur bis zur Friseurin geschafft. Heute lebte sie mit ihren vier Kindern von Hartz IV.

Alles, was David angefangen hatte, war wenig später in die Hose gegangen. Mit Ach und Krach hatte er den Realschulabschluss geschafft und eine Ausbildung zum Bankkaufmann begonnen. Als er mit seinen Griffeln in die Kasse gelangt hatte, war er rausgeflogen, hatte sich als Discjockey versucht, als Altenpfleger und als Zeitungsbote, war in eine WG gezogen, wo er noch heute in einem winzigen Zimmer hockte. Auf der Zeche Hugo sollte er damals anfangen. Der Vater hatte schon mit seinem Steiger gesprochen. David hatte ihm nur einen Vogel gezeigt. Jeden Tag in die Grube einzufahren wie er, dazu hatte er keine Lust.

Er lief auf das imposante Torhaus zu, in dessen Nebenhaus rechts im Obergeschoss sich die Wohnung des Vaters befand. Wie früher, dachte David, nichts hatte sich verändert. Die Siedlung war für die Bergleute ab dem Jahr 1897 erbaut worden. 1993 waren 200 neue Wohnungen dazugekommen. Eine Treppe führte auf die Halde Rungenberg, von der man eine herrliche Aussicht über das Zechengelände und das Ruhrgebiet hatte. Als Kind ein Paradies zum Spielen.

Die alten Wohnungen waren irgendwann restauriert worden, verfügten jedoch noch immer über Sprossenfenster, grüne Fensterläden und hellrote Dachziegel. Bei der Renovierung musste was schiefgelaufen sein, denn die Wohnung des Vaters wurde noch mit Kohleöfen beheizt. Hatte der Alte aus Kostengründen den Heizungseinbau verhindert? David wusste es nicht mehr. Als er noch ein kleines Kind war, wurde jeden Samstag die Volksbadewanne aus dem Keller heraufgeschleppt und in der Küche gebadet. Später war ein primitives Badezimmer installiert worden, und das Baden in der Küche war vorbei.

In der Wohnung unter ihnen hatten die Güttels gewohnt. Ein armseliges Gesindel, Vater Säufer, Mutter fremden Männern zugetan, die Tochter wurde von allen Jungen nur »Perlen-Paula« genannt, weil sie sich ständig herausputzte wie ein Flittchen. Perlen-Paula war es, die ihm in der Waschküche das Küssen beibrachte und ihn mit 14 Jahren zum Rauchen verführte. Bei seinem letzten Besuch im vergangenen Jahr hatte Paula mit ihrer abgewrackten Mutter noch immer in der Wohnung gehaust. David hoffte, ihr heute nicht über den Weg zu laufen.

Ob sein Vater wieder mit Mutters Schürze am Herd stand und einen Nackenbraten zauberte, der nach nichts schmeckte? Dazu wie immer Dosenerbsen und Salzkartoffeln? Das Küchenfenster, das zur Straße lag, war zu, alle Gardinen der Wohnung vorgezogen. Da stimmte etwas nicht!

David schloss mit zittrigen Händen die alte Tür auf, nachdem der Vater auf das Läuten unten an der Haustür nicht reagiert hatte und er die alten Holzstiegen hinaufgestiegen war. Er besaß noch immer einen Haustürschlüssel.

Stickige Luft schlug ihm entgegen, als er die finstere Diele betrat. Mehrmals rief er nach dem Vater. Nichts. Der reagierte nicht auf »Vadder« und auch nicht auf »Erich«.

David fand ihn in der Wohnküche. Der Vater saß in seinem Fernsehsessel, den Kopf zur Seite geneigt. Als würde er schlafen. Neben ihm der uralte Plastikweihnachtsbaum mit den bunten Lichtern.

»Der Ofen«, schoss es David sofort in den Kopf. Er riss das breite Küchenfester auf und starrte auf den alten Kohleofen. Kein Topf auf dem Herd, keine Vorbereitungen für ein Essen getroffen. Er trat an den Sessel und fühlte den Puls an des Vaters gelbhäutigem Hals. Tot. Er war mausetot.

Ein übler Essensgeruch stieg ihm in die Nase. Wahrscheinlich trug Erich dieses karierte Flanellhemd schon mehrere Wochen. Die gelbe Cordhose mit den Uralthosenträgern zeigte zahlreiche Flecken in allen Farben.

David zog sein Smartphone aus der Tasche und wählte die Notrufnummer. Kohlenmonoxydvergiftung, war er überzeugt. Der einzige Ofenbesitzer der Siedlung war an seiner Starrköpfigkeit gestorben.

Nichts mit warmer Weihnachtsmahlzeit und ein paar Scheinchen Weihnachtsgeld.

Wenig später nahm David, der inzwischen mit aufgestütztem Kopf am Küchentisch saß, Polizeisirenen war. Es erschienen Polizisten sowie ein Notarztteam. Sofort berichtete er den Beamten seinen Verdacht und zeigte auf den Ofen. Im Gegenzug wurde er skeptisch gemustert, als hielte man ihn für den Täter. Er musste an diese Klappe am Kamin auf dem Dachboden denken, eine Etage höher. Die konnte man mit einem Schieber schließen und somit den Kamin abriegeln, woraufhin die Öfen in der Wohnung darunter qualmten und ausgingen. Ein Kinderstreich, damals, um die kochende Mutter zu ärgern.

Kurz darauf traf auch die Kripo ein, und David erzählte dem Hauptkommissar seine Vermutung.

Auf dem Weg zum Dachboden – David schloss sich der Kripo und der Spurensicherung an – kam ihnen die alte Güttel entgegen. Äußerlich hatte sie sich verändert, war aufgemotzt. Wahrscheinlich hatte sein Vater recht gehabt mit seiner Behauptung, die Güttel habe einen neuen Lover.

»Ach nee, der David. Zu Weihnachten taucht er auf«, moserte sie. »Na, was willste schon wieder auf dem Dachboden? Warst doch gestern erst oben. Haste was in den Kamin gestopft, um dem armen, einsamen Vater den Garaus zu machen? Ich hab dich gestern gesehen.«

David wurde wütend. »Was wollen Sie mir in die Schuhe schieben? Ich war gestern nicht hier! Habe für den ganzen Tag ein Alibi. Wer wollte meinen Vater denn loswerden? Erich hat mir erzählt, dass Sie einen neuen Freund haben, der es auf Erichs Wohnung abgesehen hat, um aus zwei Wohnungen eine große zu machen.«

»So ein Unsinn! Alles gelogen. Du warst immer schon scharf auf meine Tochter. Konntest nie verwinden, dass sie dich abblitzen ließ.«

»Ich weiß zwar nicht, was das mit dem Tod meines Vaters zu tun haben soll, aber das ist Quatsch. Perlen-Paula war lästig wie eine Schmeißfliege und hat sich jeder Hose an den Hals geschmissen. Hatte sie mit ihrer Methode inzwischen Erfolg und einer der Typen ist geblieben?«

»Du Penner! Verpiss dich!«, war das Letzte, was sie ihm an den Kopf warf, bevor zwei uniformierte Polizisten sie nach unten begleiteten.

Für den Vortag hatte er tatsächlich ein Alibi. Er hatte seinem WG-Kumpel Alex in der Kneipe ausgeholfen. Im tiefsten Essen.

Kommissar Scheffel hörte aufmerksam zu, als er die Lebensgeschichte der Güttel-Paula samt Mutter zu hören bekam.

Und bald stand fest, dass David mit seiner Vermutung richtig lag: Am Kamin war manipuliert worden, was den Tod des Vaters verursacht hatte. Todeszeitpunkt: in der Heiligen Nacht gegen 2 Uhr.

Wolfgang Gatzemeier, ein Stinkstiefel vor dem Herrn, schaute aus dem Fenster. Es hatte wieder zu schneien begonnen. Schade, dass er nicht genau verfolgen konnte, was in dem Haus zwei Eingänge weiter passierte. Polizeiwagen, Notarzt und ein schwarzer BMW parkten den Eingang zu. Er bewohnte die linke Haushälfte, die sich dem Torhaus anschloss. Das Unglück war in der rechten Hälfte geschehen. Gerade hatte er am Telefon von einem Freund erfahren, dass der alte Erich an einer Kohlenmonoxydvergiftung gestorben war.

Erichs Wohnung war die einzige in der Siedlung, die noch mit Kohle beheizt wurde. Was hatte er damals auf den Kerl eingeredet, als er die drei Häuser aufgekauft und notdürftig saniert hatte. Er hatte gehofft, der alte Mann würde das Feld räumen, doch dem war nicht so. Sollte er sich nun freuen, dass sich sein Problem von selbst gelöst hatte?

Erst letzte Woche hatte ihm nämlich die Siedlungsgenossenschaft – auch dahin hatte er gute Beziehungen, die er eigentlich gar nicht haben durfte – ein Angebot für die drei alten Häuser gemacht. Gesetzt den Fall, er würde die Mieter mit den langjährigen Verträgen vorher los. In dem Haus, das er bewohnte, befanden sich keine Mieter mehr. Im Torhaus lebten zwei seiner Neffen, die Zeitverträge hatten. Den Güttels hatte er schon einen Vorschlag unterbreitet, von dem die Alte gar nicht begeistert gewesen war. Doch das würde er hinkriegen, da war er sich sicher. Mutter und Tochter Güttel waren blöd wie eine Scheibe Stuten. Erich hatte sich jedoch zäher als erwartet gezeigt. Stundenlang hatte er mit ihm diskutiert, wollte ihm sogar eine kleine Neubauwohnung mit Heizung besorgen.

Er starrte in die Küche, wo seine neue Flamme, die er beim Speeddating kennengelernt hatte, dabei war, einen Gänsebraten zuzubereiten. Was hatte er da bloß abgeschleppt? Sie war von den alten Tanten noch die beste Wahl gewesen, 45 Jahre alt, eher älter aussehend, sprach kaum Deutsch. Kochen konnte sie auch nicht. Die Ente gestern Abend war zäh wie Leder, eine Soße hatte es nicht dazu gegeben. Na ja, sie war von Anfang an gegen Geflügel zum Fest gewesen. Immer wieder hatte sie ihn gefragt: »Du Paella essen willst?«

»Nix Paella«, hatte er geantwortet. »Du machen Gans und Ente. Basta!« Wenn das mit dem Hausverkauf klappte, würde er sich ein Haus am Baldeneysee kaufen. Vorher müsste Alba aus Bilbao ihre wenigen Sachen packen und verschwinden. Außer fürs Bett war sie uninteressant. Okay, putzen konnte sie, und auch im Schneefegen war sie gut. Dass Wolfgang mit seinen 65 Jahren gesundheitlich sehr angeschlagen und längst nicht mehr als gutaussehend zu bezeichnen war, ignorierte er.

Er nahm den Telefonhörer in die Hand und überlegte, wen er anrufen könnte. Alles kribbelte in ihm. Er stellte sich hinter die Gardine und schaute auf die Straße. Soeben trugen sie den Zinksarg mit dem alten Erich aus dem Haus und verluden ihn in einen Leichenwagen.

»Tschüss, Erich«, flüsterte er grinsend und begab sich zu Alba in die Küche, eine moderne weiße Designerküche, die nicht in dieses alte Haus passen wollte. Aber so war er, der gute Wolfgang, ein Mann der Gegensätze. Sogar ein Weihnachtsbäumchen hatte er in der Ecke aufgestellt.

Henning Rentmeister, ein rotgesichtiger Bauerssohn aus Lembeck, der vor gut einem Jahr bei der alten Güttel untergekrochen war, da er sich mit seinem Sohn überworfen und ein neues Zuhause gesucht hatte, schaute aus dem Fenster, dem Erich-Sarg hinterher, der gerade verladen wurde.

Er hatte Mutter und Tochter Güttel an einem nebligen Tag in der Vorweihnachtszeit letztes Jahr beim Tannenbaumschlagen kennengelernt. Damals hatte er einem Bekannten beim Baumverkauf geholfen. Dass es so ein kurioses primitives Gespann noch gab, hatte ihn sehr gewundert. Allein vom Äußeren hoben sie sich von anderen Menschen ab. In billige pinkfarbene Plüschmäntel gehüllt, stark geschminkt und mit viel Schmuck behangen, waren sie mit ihren gefärbten Köpfen durch die Tannenschonung geschlurft und hatten ihn Löcher in seinen hervorstehenden Bauch gefragt. Billiges Pack, hatte er gedacht und versucht, die Kaugummi kauenden Gestalten loszuwerden.

Mutter Güttel, ausgehungert nach Sex, war jedoch nicht gewillt gewesen, ihre speckigen Pfoten von ihm zu lassen, und hatte ihn für den nächsten Abend zum Bratkartoffelessen nach Buer in die Schüngelbergsiedlung eingeladen. Der Beginn eines echtesn Bratkartoffelverhältnisses, die Erbringung einer sexuellen Leistung gegen die Versorgung mit Nahrungsmitteln. Und Kochen konnte die Güttelmutti. Gute alte Hausmannskost, so wie Henning sie liebte, schön fettig und schweinisch.

Nichts gab es umsonst im Leben, sagte er sich. Von der Bruchbude, in der die beiden Weiber hausten, war er ganz angetan, wunderte sich täglich aufs Neue über dieses Panoptikum aus Sperrmüll gepaart mit Außergewöhnlichem.

An den penetranten Geruch nach Mittagessen und billigem Parfum hatte er sich schnell gewöhnt.

Der Frührentner Henning war zehn Jahre jünger als die Mutter und zehn Jahre älter als Perlen-Paula, die immer wieder Kerle für eine Nacht anschleppte. Henning hatte sich in der Siedlung schnell wohlgefühlt. Dieses einfache, aber ehrliche Volk, die halbe Zeche und die Halde, Industriekultur pur, hatten in ihm den Entschluss reifen lassen, dauerhaft herzuziehen.

Da die Güttelwohnung nicht gerade groß war, hatte er die Idee, die obere Wohnung, in der der alte Erich wohnte, dazuzumieten. Er hatte sich häufiger mit dem ehemaligen Bergmann darüber unterhalten. Als er erfahren hatte, wie wenig Miete der zahlte, da keine Heizung vorhanden war, hatte er sich ausgemalt, wie und was er in beiden Wohnungen umbauen könnte, um ein schnuckeliges Heim zu schaffen. Mit dem Vermieter, dem ollen Gatzemeier, würde er schon einig werden. Und Erich? Na ja, der hatte immer wieder über vorhandene Krankheiten geklagt. Lange würde er es nicht mehr machen und wenn doch, müsste man nachhelfen. Er könnte seine Perle öfters zu ihm schicken, die es ihm ordentlich besorgen würde. Das hielte sein krankes Herz bestimmt nicht lange aus. Und wenn die nicht mitspielen würde, müsste Perlen-Paula, dieses Flittchen, sich eben opfern. So hatte er gedacht.

Nach Hause fahren oder bleiben, fragte sich David, als die Polizei und die SpuSi sich am späten Nachmittag vom Acker gemacht hatten. Erste Befragungen in der Nachbarschaft waren erledigt, sie wollten morgen wiederkommen. Nach Verwandten hatten sie ihn noch gefragt. Da war seine Schwester Saskia, die mit ihren vier Kindern auf der Horster Straße ganz in der Nähe wohnte. Ob er sie informieren musste, wusste er nicht. Saskia und er hatten kein gutes Verhältnis.

Er konnte sich nicht aufraffen, zurück nach Essen zu fahren, zumal er am nächsten Tag ins Präsidium nach Buer kommen sollte, um seine Aussage zu unterschreiben. Außerdem war er traurig – unerwartet traurig. Erich – so streng er auch manchmal mit ihm umgegangen war – war immerhin sein Vater gewesen. Und nun war er tot.

David blickte in den Kühlschrank. Da lag tatsächlich eine Ente im rohen Zustand. Er schaute in die Wurstdose, rollte sich zwei Scheiben Aufschnitt zusammen und schob sie sich in den Mund. Aus dem Küchenschrank daneben nahm er sich ein Paket Spekulatius und setzte sich aufs Sofa.

Was tun? Ob Perlen-Paula was mit dem Tod des Vaters zu schaffen hatte? Eher würde er es dem alten Gatzemeier zutrauen, der Erich unbedingt aus dem Haus haben wollte.

David schaltete den Fernseher ein und ließ sich von einer weihnachtlichen Sing-Sang-Sendung einlullen, bis er in einen unruhigen Schlaf fiel.

Eine Stunde später. Dunkelheit um ihn herum. Nur das Flimmern der alten TV-Kiste war zu sehen. Ein Geräusch ließ ihn aufmerken. Schritte auf dem alten Holzboden. Kamen sie aus dem Schlafzimmer? Er stand auf und schlich durch die Diele ins Schlafgemach. Eisig kalt war es in der gesamten Wohnung.

Und da stand sie. Vor dem geöffneten Kleiderschrank. Sie wühlte hektisch zwischen der Wäsche, als suche sie etwas Bestimmtes. Er erkannte sie sofort. Ihre ungepflegte, abgemagerte Gestalt, nahm er im Schein der Nachtischlampe wahr. Sein Vater hatte ihm erzählt, wie schlecht es ihr ging. Ständig geriet sie an die falschen Männer. Na ja, vier Kinder von drei verschiedenen Kerlen sagte alles.

»Na, Bruderherz«, lallte sie und sah ihn spöttisch an.

»Was machst du da?«, fragte David völlig perplex.

»Ich suche das, was mir zusteht.«

»Was soll dir denn zustehen? Vater hatte nur eine kleine Rente. Meinst du, er hortete Geld in seinem Kleiderschrank?«

»Ja, sicher. Schau her.« Saskia nahm aus einer kleinen Schachtel ein Bündel 50-Euro-Scheine und warf sie aufs Bett. »Da muss noch mehr sein. Der alte Geizkragen! Als ich vorige Woche hier war, um mir was von ihm zu leihen, schickte er mich weg. Ich sei selbst schuld an meiner Situation, sagte er. Ich soll aufhören zu rauchen und zu saufen, dann würde die Stütze reichen. Nicht mal für die Kinder hatte er was locker gemacht.«

David konnte nicht fassen, was er sah. »Wie bist du überhaupt reingekommen?«

Sie fing an zu lachen und strich sich ihre blonden Locken nach hinten.

»Tja, denkst wohl, ich bin ganz blöd, oder? Ich kenne schon Mittel und Wege, Bruderherz.«

»Woher weißt du von Vaters Tod?«

Wieder lachte sie, und er spürte Ekel in sich aufsteigen, als er in ihr aufgedunsenes Gesicht sah.

»Sag mal, bist du so dämlich oder tust du nur so?« Sie stopfte sich das Geldbündel in die Hosentasche, zog ihre Jacke über und verließ die ausgekühlte Wohnung.

4 »KOMMET, IHR WANDERER, IHR MÄNNER UND FRAU'N«

Gelsenkirchen

Dominik Schedlbauer hatte die Faxen dicke. Diese Weihnachtswanderung der »Lustigen Wandervögel e. V.« bei eisiger Kälte ging ihm gehörig gegen den Strich. Er hielt Wandern für vertane Zeit, nutzlos und lästig. Wieso er sich diesen Idioten angeschlossen hatte, konnte er sich nicht erklären.

Er blickte zur Seite. Nadja, seine Frau, sang aus Leibeskräften mit den anderen das Weihnachtslied »Es ist für uns eine Zeit angekommen« und schien auch noch Spaß daran zu haben. Für Dominik war die Zeit auch gekommen, und zwar die, sich vom Acker zu machen. Wie seine Angetraute wieder aussah. Diese dunkelblaue Thermojacke mit den 840 Knötchen besaß sie schon viele Jahre. Ihre Haare hingen strähnig herunter, wie immer war sie ungeschminkt. Er hatte Nadja damals im Bayerischen Wald kennengelernt, wo seine Eltern noch immer eine Pension betrieben. Sie hatte dort Urlaub gemacht, war eine mondäne, kaum 25-jährige Frau gewesen, knackig, geschminkt und topgekleidet. Sie hatte ihm den Kopf verdreht, so sehr, dass er kurze Zeit später zu ihr nach Gelsenkirchen in die Bochumer Straße gezogen war. Seiner Verliebtheit war es geschuldet gewesen, dass er nicht gesehen hatte, in was für einer Bruchbude sie hauste – damals wie heute. In einem uralten Kabachel in einer unschönen Gegend mit bimmelnder Straßenbahn direkt vor der Tür. Sie wollte nicht wegziehen.

Er hatte schnell eine Stelle als Versicherungskaufmann im nahe gelegenen Wissenschaftspark gefunden und recht gut verdient. Nadja hatte zügig ihr Architekturstudium beendet und in der Bruchbude, in der sie wohnten, ihr eigenes Architekturbüro eröffnet, das super lief. Geld kam genug herein, sie könnten längst anders wohnen, nicht in dieser Absteige ohne jeglichen Luxus.

In den 15 Jahren, in denen sie nun zusammen waren, hatte bei Nadja eine Wandlung stattgefunden. Aus der tollen Frau von damals war eine echte Ökotussi geworden. Vor fünf Jahren war sie auf die Idee gekommen, sich diesen Wandervögeln anzuschließen und die Gegend zu erkunden. Er konnte nicht jedes Mal irgendein Leiden vorschützen, um diesem lästigen Durch-die-Gegend-Rennen zu entkommen.

Heute nun stand eine Weihnachts-Rundwanderung um den Rheinelbepark auf dem Programm mit Besteigung der Himmelstreppen. Gerade durchschritten sie den Skulpturenwald. Dominik blieb ein wenig zurück und schaute auf die muntere, singende Truppe, die den Eindruck erweckte, es handelte sich um die Zeugen Jehovas. Wenn er an das anschließende Essen in dieser biederen Gaststätte »Haus Grittel« dachte, wo eigens ein Raum für sie angemietet worden war, könnte er sich übergeben. Dieses Jetzt-wollen-wir-alle-fröhlich-sein-Getue mit Austausch von kleinen Geschenken und einem Mittelalter-Mahl würde ihm den Rest geben. Allein der Geruch in dieser holzvertäfelten, nach Hefe und Klo riechenden Kneipe mit dem verklebten Erdnussautomat und den löchrigen Tischdecken zwang ihn regelrecht zum Verschwinden. Letztes Jahr hatte ihm gereicht! Einfach grausam, dieser billige, mit viel Plastik geschmückte Raum, diese ätzende Bedienung und das »Weihnachtsessen«, bestehend aus lauter Fertigpäckchen. Den ganzen nächsten Tag hatte er Magenschmerzen vom Glutamat gehabt.

Was die alle für Schuhe trugen! Von Waldläufern bis hin zu echten maßangefertigten Kübeln war alles vertreten. Nadja kam auf ihn zu und fragte, was er denn habe, gab ihm einen Kuss, wobei ihn ihr ekliger Atem streifte. Sie benutzte keine Zahnpasta mehr, sondern nur noch Miswak, einen Zweig des Zahnbürstenbaumes Salvadora persica. Dominik konnte nicht verstehen, dass sie überhaupt noch Klienten hatte, die ihre Bude aufsuchten. Ihre Haare wusch sie mit einem festen Shampoostück, das nach sauren Gurken roch, so wie inzwischen ihr ganzer Kopf.

Hau ab, schrie eine Stimme in ihm. Mach dich endlich davon!

Mühsam, als einsames Schlusslicht – Nadja hatte sich wieder zu den anderen gesellt –, bestieg er die Himmelstreppen und fragte sich, wozu das Ganze. Oben angekommen wurde er von »Ahs« und »Ohs« der wandernden Kleidersammlung empfangen. Dass man ihn nicht mochte, war unschwer an ihrem Verhalten zu erkennen.

Er befand sich auf dem Tafelberg, der von Weitem aussah wie ein Spitzkegel. Von hier oben hatte man einen tollen Blick auf den Rheinelbewald, auf alte Werkshallen, die zu Künstlerateliers umgebaut worden waren, in weiter Ferne auf die Zeche Zollverein in Essen, auf den Gasometer von Oberhausen und auf die Schalke-Arena. Wahrlich ein toller Blick, doch dafür sich die vielen Treppen hinaufquälen? Gute zwölf Kilometer sollte der heutige Wanderweg dauern, und erst ungefähr vier davon hatten sie hinter sich gebracht.

Hinunter ging es in südlicher Richtung, vorbei an Grünflächen und Sportstätten. Er bildete noch immer das Schlusslicht, hing seinen Gedanken nach. Dachte an seine Kollegin Sabine Gottesbühren, mit der er seit einem Jahr ein intimes Verhältnis hatte. Obwohl sie einige Jährchen älter war als er – in wenigen Wochen feierte sie ihren 45. Geburtstag –, konnte sie rein äußerlich seiner Nadja locker das Wasser reichen. Ihre moderne Kleidung, ihr fein geschminktes Gesicht und ihre stylische Frisur gefielen Dominik. Die überschlanke Figur tat ein Übriges. Obwohl er Elefanten eigentlich sehr gerne hatte, war Nadja ihm zu dick geworden. Sabine war die Abteilungschefin der Deutschen Rentenversicherungs-Zweigstelle, und so führte sie sich auch auf. Doch gerade das gefiel ihm, dass jemand ihm sagte, wo es langging. Sabines schicke Wohnung in der Essener City in einem zwölfstöckigen Hochhaus war das krasse Gegenteil zu der Wohnung, in der er mit Nadja hauste. Klein, aber fein, wenig Möbel, alles sehr sauber.

»Du kannst erst einmal zu mir ziehen, bist du was anderes gefunden hast«, hatte Sabine nach einer flotten Nummer verlauten lassen. Immer, wenn er es in der muffigen Oma-Bude in der Bochumer Straße nicht mehr aushielt, träumte er sich in dieses schicke Apartment.

Die »Lustigen Wandervögel« schienen ihn vergessen zu haben, schnatterten und schnatterten, erörterten wahnsinnige Themen und sangen zwischendurch Weihnachtslieder. Das war die Gelegenheit!

Auf halber Strecke zum Mechtenberg verschwand er unbemerkt in die Büsche zu seiner Linken. Ein letzter Blick auf die Himmelsleiter zu den Wandervögeln – niemand drehte sich zu ihm um. Er lief quer durch den kleinen Wald zur Leithestraße, wo er am Abend zuvor seinen Wagen geparkt hatte. Im Kofferraum seines Golfs befand sich eine gepackte Reisetasche mit dem Nötigsten. Den Rest würde er später holen. Sein Für-alle-Fälle-Sparbuch befand sich in seiner Jackentasche, ebenso etwas Bargeld. Auf nach Essen, auf zu Sabine!

Ob sie ihn suchen würden, diese Vögel? Würden sie den ganzen Tafelberg nach ihm absuchen? Würde Nadja verzweifelt sein? Denken, dass ihm etwas Schlimmes zugestoßen war? Er freute sich richtig, wenn er daran dachte, dass die Vögel sich das Essen in der Kneipe abschminken konnten.

Er konnte es kaum abwarten, Essen zu erreichen. Die A40 war an diesem dritten Adventssonntag wenig befahren und er kam zügig voran. Als er endlich einen Parkplatz schräg gegenüber des Grugaparks gefunden hatte, hastete er auf das Wohnhaus zu und betätigte die Klingel. Sabines Stimme klang gereizt, was Dominik auf die Sprechanlage zurückführte. Oben im zwölften Stock angekommen, öffnete sich die Wohnungstür und Sabine erschien in einem schwarzen Kostümchen, leider ohne Lächeln auf ihren geschminkten Lippen.

»Willst du noch weg? Oder erwartest du Besuch?« Verwundert schaute er seine aufgebrezelte Geliebte an.

»Wieso? Weil ich gepflegt herumlaufe? Ich denke, die Klamotten deiner Alten nerven dich. Da müsstest du dich doch freuen, wenn ich stets gut gekleidet bin.« Ein abfälliger Blick streifte seine Reisetasche und die braune Wolldecke, die er unter den Arm geklemmt trug.

»Ich friere leicht, musst du wissen«, erklärte er.

Kaum hatte er ihr hypersauberes Heim betreten, griff sich Sabine seine Tasche und donnerte sie in eine Ecke der Diele. »Schauen wir mal, was du davon behalten kannst. Ich wusste übrigens nicht, dass du heute schon auftauchst.«

Er ging ins Wohnzimmer und wollte sich auf das weiße Ledersofa setzen.

»Hast du eine saubere Hose mit? Das Leder ist sehr empfindlich. Und wenn du bitte die Schuhe ausziehen könntest ... Der Teppich war sehr teuer. In der Diele stehen ein paar Latschen für dich. Ich hoffe, die Größe kommt hin.«

Geknickt schlurfte er in den Korridor und starrte auf die Birkenstock-Latschen an der Garderobe.

»Die sind noch von deinem Vorgänger. Er hat sie nicht oft getragen.«

»Hast du nicht geschmückt? Keinen Adventskranz?« Er schaute sich mit den fremden Schlappen an den Füßen und frischer Jeans gründlich um. Wenn er bisher hier gewesen war, hatten sie sich meistens nur im Schlafzimmer aufgehalten.

»Bist du verrückt? Das macht nur Dreck, dieser Kitsch. Ich hasse saisonale Dekoration. Das ist was für dumme Menschen. Einen Tannenbaum gibt es auch nicht. Wozu? Ich dachte, du magst dieses Getue ebenfalls nicht und wir schwimmen da auf einer Welle.« Kopfschüttelnd sah sie ihn an.

Kalt, sie sah ihn kalt an. Dominik, pass auf, Dominik, kleckere nicht, Dominik schlürfe nicht so.

Es kam keine Stimmung auf an diesem Abend. Leise Klassik-Musik klang aus dem CD-Player, der Fernseher blieb aus. Der wurde nur für bestimmte Sendungen eingeschaltet, machte Sabine ihm klar. Bevor sie ins Bett gingen, staubsaugte Sabine noch den Teppichboden. Von ihm in den Arm genommen werden wollte sie nicht, was ihm ganz recht war. Fast sehnte er sich nach Nadja. Da durfte er kleckern, krümeln und schlürfen. Der Fernseher lief ständig, ob jemand hinschaute oder nicht.

Es kam noch schlimmer. Wo war das Wohlgefühl, das ihn so faszinierte, wenn er mit Sabine zusammen war? Sie waren doch immer einer Meinung gewesen, egal, um was für ein Thema es sich handelte. Und nun begegnete ihm nur Kälte und Gereiztheit. Kein TV-Schauen, dafür klassische Musik rund um die Uhr. Zum Abendessen hatte es nur einen Joghurt gegeben, während die Wandervögel einschließlich Nadja sich mit Sicherheit ein Schnitzel mit Beilagen einverleibt haben. Und der Frühstückstisch war auch nicht gedeckt, wie er nach dem Aufstehen feststellte.

Mehrmals klingelte sein Handy, bis Sabine dem ein Ende bereitete und es konfiszierte. Sie würden ihn suchen, versuchte er ihr klarzumachen. Nadja würde sich um ihn sorgen. Dominik wurde schlecht. So hatte er sich das nicht vorgestellt. Er hatte geglaubt, Sabine empfange ihn mit offenen Armen. Doch so schnell wollte er nicht aufgeben. Wahrscheinlich musste sie sich erst an das Leben zu zweit gewöhnen, redete er sich selbst gut zu.

»Mach dir nicht in die Hose. Ich dachte, du wolltest weg von deiner Alten. Das hast du ja nun geschafft. Die wird schon nicht gleich zur Polizei rennen. Die würde dich ohnehin erst nach 24 Stunden suchen.«

»Das ist ein Ammenmärchen und von Fall zu Fall verschieden.« Brummig schaute Dominik Sabine an, um festzustellen, dass sie ungeschminkt nicht die Attraktivste war. »Was ist mit Frühstück? Ich decke gerne den Tisch und bin dir behilflich«, versuchte er, ihre Laune zu verbessern.

»Das fehlt mit gerade noch, hier alles zu verkrümeln. Wozu? Jeder macht sich was fertig und setzt sich an den Tisch. Ich habe allerdings nur Zwieback und Knäckebrot im Haus. Als Belag Schmierkäse oder Marmelade.«

Na toll, dachte Dominik. Da war ihm die Spießigkeit von Nadja, die immerhin auf gutes Essen Wert legte, fast lieber, als dieses Getue von Sabine. Schicke Bude, in der man nichts schmutzig machen durfte. Dass sämtlicher Schmutz sie regelrecht hysterisch werden ließ, hatte sie bisher gut verheimlicht.

Schlimmer noch empfand er ihre Sparsamkeit, die er auf der Arbeit für eine gute Tugend gehalten hatte. Kurz nachdem er die peinlich saubere Dusche mit den blitzenden Fliesen betreten hatte und sich das warme Wasser über den Körper laufen ließ, polterte sie mit der Faust gegen die Tür.

»Stell das Wasser ab! Das kostet Geld. Man kann es doch nicht nonstop laufen lassen. Beim Einschäumen stellt man es ab.«

Völlig verdattert folgte er ihrer Anordnung und fror vor sich hin, zumal die Heizung in der ganzen Wohnung auf 18 Grad gedrosselt war.

Minuten später saßen sie im Wohnzimmer, und es folgte die erste Grundsatzdebatte, in der Sabine ihm klarmachte, wie sie sich das Zusammenleben mit ihm vorstellte. Länger als vier Wochen gedachte sie außerdem nicht, ihn aufzunehmen. Sie brauche ihre Freiheit, betonte sie mehr als einmal.

Er landete auf dem Boden der Tatsachen und sehnte sich wieder ein klein wenig nach Nadja, ihrer Schlampigkeit und der gammeligen Gemütlichkeit der alten Wohnung in der Bochumer Straße.

Zur Arbeit fuhren sie natürlich nicht gemeinsam. Dominik musste Sabine versprechen, den Kollegen nicht auf die Nase zu binden, dass sie jetzt zusammenwohnten, da es sowieso nicht für die Dauer sei.

Er musste sich eingestehen, dass er sie völlig falsch verstanden hatte. Enttäuschung machte sich in ihm breit. Sein Handy hatte sie ihm auch noch nicht zurückgegeben.

Als sie nach Feierabend in die kalte Wohnung zurückkamen, wurde er sehr direkt und legte ihr seine Sicht der Dinge dar. Er bestand darauf zu kochen, hatte von unterwegs Hackfleisch und Nudeln mitgebracht, versprach etliche Male, die Küche hinterher wieder zu säubern.

Ihr Sauerkrautgesicht hellte sich nicht auf, auch ansonsten war die Stimmung frostig, Sex stand nicht auf dem Stundenplan. Dabei war der kostenlos, verbrauchte weder Wasser noch Strom.

Mit festem Handgriff packte er sie am Arm und verlangte die Herausgabe seines Handys. 19 Anrufe in Abwesenheit. Alle von Nadja, darunter auch Sprachnachrichten und WhatsApps.

Als Madame Sabine sich zurückzog, rief er Nadja an. Die begann vor Erleichterung zu weinen. Sie sei schon bei der Polizei gewesen. Diese habe ihr geraten, noch abzuwarten.

Die Woche zog sich dahin. Jeden Abend, wenn Sabine schlief, telefonierte er mit Nadja. Nein, zurück wollte er nicht mehr. Doch das Leben bei Sabine war kaum auszuhalten.

Immerhin konnte er sie am Wochenende überreden, ausgiebig zu frühstücken. Er bereitete Rührei, deckte den Tisch, besorgte Wurst vom Metzger sowie Brötchen vom Bäcker. Äußerst angespannt saß ihm Sabine gegenüber, rieb mit ihrer Serviette da, wo sie einen Fleck vermutete. Sie konnte einfach nicht aus ihrer Haut, mutmaßte Dominik und schob es auf ihre verkorkste Kindheit, dass sie so war, wie sie war. Als Kompromiss musste er eine weiße Stoffserviette um den Hals tragen, um sich nicht zu bekleckern. Obwohl das großer Quatsch war, denn seine Wäsche musste er ohnehin selbst waschen.

Nach dem Frühstück stand Sabine auf und verließ die Küche, während er sie in den ursprünglichen Zustand versetzte. Danach schritt sie alles ab, legte den Kopf schief, bückte sich hier und bückte sich dort, um eventuelle Unreinheiten zu entdecken. In solchen Momenten war Dominik felsenfest überzeugt, dass sich das niemals legen und er nie mir ihr zurechtkommen würde. Der Sex, der inzwischen wieder auf dem Programm stand, konnte ihre Macken auch nicht aufwiegen.

Nur noch wenige Tage bis zum Fest. Alle Vorschläge, die Dominik bezüglich des Essens an den Feiertagen machte, redete sie nieder. Sie wollte weder Gans noch Braten. Kartoffelsalat könne man fertig kaufen, argumentierte sie, ansonsten plädierte sie für Dosengerichte. Ihm wurde wehmütig ums Herz, wenn er an die früheren Weihnachtsfeste dachte. In der TV-Zeitung durfte er sich mit einem Textmarker Sendungen anstreichen, die er gerne schauen wollte, aber bitte nicht zu viele, bemerkte sie.

Er dachte an die Weihnachtswanderung zurück und fand sie gar nicht mehr so schlimm. Okay, die »Lustigen

Wandervögel« waren alle ein wenig lalla, aber nicht bösartig. Was sollte er bloß tun, fragte er sich in den schlaflosen Nächten. Zurück zu Nadja in die Ökohölle wollte er nicht. Da musste es noch was anderes geben.

Während sich Dominik wohl oder übel dem Abwasch widmete – der Geschirrspüler wurde nicht angestellt – und das scharfe Brötchenmesser in der Hand hielt, kamen ihm urplötzlich fiese Gedanken.

»Wir müssten mal reden, Dominik«, sagte Sabine, die unbemerkt hinter ihn getreten war. »Über das Finanzielle, meine ich. Du kannst hier nicht umsonst wohnen. Das siehst du doch ein, oder?« Ihr feister Mund kam ihm ganz nahe.

»Wieso umsonst? Die Lebensmittel der letzten Tage habe alle ich bezahlt, falls dir das entgangen sein sollte.« Er verstand die Welt nicht mehr. Sparsam okay, aber diesen Geiz, den sie an den Tag legte, konnte er nicht nachvollziehen.

»Ich meine die anteiligen Kosten: Miete, Wasser und Strom. Ich rechne das nachher mal aus.«

»Du zahlst keine Miete, die Wohnung gehört dir.«

»Na und? Mir, aber nicht dir!« Und schon verschwand Madame von Welt.

Er würde ihr eine Gegenrechnung aufmachen, beschloss er wütend. Ein guter Callboy – und er war ein guter Liebhaber – hatte auch seinen Preis. Alles pochte in ihm. Ein gellender Schrei aus dem Badezimmer ließ ihn zusammenzucken. »Dominik! Komm sofort her«, keifte sie.

Was hatte er nun schon wieder getan? Lag etwa ein Haar im Ausguss? Hatte er das Badehandtuch nicht ordentlich aufgehängt? Seine Unterhose nicht adrett genug in den Wäschekorb gepackt?

Er betrat, noch mit dem Messer in der Hand, das Bad. Minutenlang hatte er daran herumpoliert und nach Sabines Ansage ganz vergessen, es in die Schublade zu legen.

Sabine starrte auf das Messer und riss ihre geschminkten Augen weit auf. »Was hast du vor? Was willst du mit dem Messer? Mich abstechen?« Ein hämisches Lachen verließ ihren Mund.

Ehe er ihr erklären konnte, dass er es unbeabsichtigt mitgebracht hatte, stürzte sie auf ihn zu. Mit aller Kraft versuchte sie, ihm das blinkende Brotmesser der Marke Böker aus der Hand zu reißen. Ein wildes Gerangel entstand. Letztendlich gelang es Sabine, das Messer an sich zu nehmen. Dominik stieß sie weg, sie knallte gegen die Duschtür und rammte sich dabei unglücklicherweise das Messer in die Brust. Nach wenigen Sekunden sackte sie in sich zusammen.

Dominik reagierte ausnahmsweise sehr schnell, holte aus dem Dielenschrank einen großen blauen Müllsack, zog das Messer aus Sabines Brust, reinigte es provisorisch mit dem Geschirrtuch und packte es in seine Reisetasche. Das würde er irgendwo entsorgen. Dann schnappte er sich die zarte Frau, hüllte sie in seine Wolldecke, stopfte sie in den Sack, zerrte diesen zum Müllschlucker in der Diele und hievte ihn hinein.

»Tschüss, du Miststück«, gab er erleichtert von sich.

Anschließend reinigte er, so gut es ging, das Badezimmer. Wenn er Glück hatte, landete Sabine unbemerkt auf der Müllhalde, und kein Hahn krähte mehr nach ihr.

Ein Unfall! Es war ein Unfall! Würde man ihm glauben? Er musste verschwinden, und zwar sofort.

Eilig packte er seine wenigen Sachen zusammen, zog sich Jacke und Schuhe an und verließ, irgendwie erleichtert, diese dämliche Wohnung. Noch im Fahrstuhl wusste er plötzlich, wohin er wollte.

Heim! Heim in den Bayerischen Wald. Nach Bodenmais. Zum großen Arber. Dort am Fuße des Berges würde er das Messer vergraben. Wo seine Eltern die Pension hatten. Was würden die sich über sein Erscheinen freuen!

In knapp acht Stunden könnte er dort sein. Das würde ein Weihnachtsfest werden!

5 »FRÖHLICH SOLL MEIN HERZE SPRINGEN«

Moers

Seine Oma war nun mal so, hatte strenge Moralvorstellungen und bestimmte Ansichten von Gut und Böse. Völlig umsonst war er die 40 Kilometer von Gelsenkirchen nach Moers gefahren, eine Stadt am westlichen Rande des Ruhrgebiets. Okay, er hatte sich ordentlich satt gegessen, am 22. Dezember, zwei Tage vor dem Fest.

Eine kalte Feuchtigkeit war ihm entgegengeschlagen, als er die Wohnung betreten hatte. In der Ecke hatte seine Oma den Plastiktannenbaum aufgebaut, den sie schon einige Jahrzehnte besaß. Der Esstisch mit der Wachtuchtischdecke darauf stand immer noch in der Mitte des Raumes. Die alten braunen Holzstühle mit den knarrenden Sitzpolstern reihten sich um ihn. Das Sofa befand sich an der Wand gegenüber dem Schrank.

Essensmäßig ließ der knickerige Vogel sich nichts nachsagen. Sie tischte Entenbraten, Reibeklöße und selbstgemachten Rotkohl auf. Eine gute Rinderbrühe vorweg und einen Schokoladenpudding als Nachtisch. Dann kam sie schnell auf den Punkt, nachdem sie sein Geschenk, einen Taschenschirm von Rossmann, dazu eine Packung Muschelpralinen, ausgepackt hatte.

»Lass mich raten, du bist mal wieder knapp bei Kasse und willst dir etwas leihen? Am liebsten wäre es dir, wenn ich dir Geld schenken würde. Oder?« Um ihre Augenfalten pochte es. Mit zittrigen Händen strich sie das Geschenkpapier glatt, wie immer.

Verlegenheit oder eine Macke, fragte sich Malte. Er zuckte nur mit den Schultern und schaute sie aus traurigen Augen an. Als sein Opa, Bergmann mit dicker Rente, noch lebte, hatte der ihm hin und wieder ein Scheinchen zugesteckt. Er hatte es auch verstanden, seine Holde mit seiner feinen Art auf den Boden der Tatsachen zurückzuholen.

»Na ja, du kannst ja nichts dafür, dass du bei diesen Chaoten aufgewachsen bist. Jawohl, meine Tochter ist eine Chaotin. Sie hat es nie verstanden, dir ein ordentliches Zuhause zu schaffen, diese Egoistin. Hat sie mir wenigstens Grüße ausrichten lassen?«

»Lass uns nicht über sie reden.« Sein Elternhaus war ein wunder Punkt. Seine Mutter, die jüngste Tochter seiner Großeltern, war ein echter Querschläger. Von seinem Vater, einem Kneipenwirt aus dem Viertel, sprach seine Oma gar nicht erst. Ein Wunder, dass Malte es überhaupt so weit gebracht hatte. Immerhin hatte er einen vernünftigen Realschulabschluss und eine Ausbildung zum Bankkaufmann absolviert. Danach hatte man ihn in der Bank nicht weiterbeschäftigen wollen, wieso auch immer. Nun arbeitete er in einem mittelständischen Elektrobetrieb in der Verwaltung, nachdem er ein halbes Jahr lang arbeitslos gewesen war. Auto noch nicht bezahlt und Mietschulden. Wie sollte er auch mit 1.100 Euro im Monat zurechtkommen?

Oma schnaufte, stand vom Küchentisch auf, ging wankend zum alten Schrank – Original Gelsenkirchener Barock –, zog ihre schmierige Börse heraus und legte ihm einen 50-Euro-Schein auf den Tisch.

Wütend schaute er ihr in die kleinen Augen, die tränten wie verrückt. Diese olle Ziege, dachte er. Kein Wunder, dass seine Mutter gestern Amok gelaufen war, als er ihr erzählt hatte, dass er Oma besuchen würde.

»Die geizige Hexe wird sowieso nichts locker machen«, hatte sie spöttisch gemeint. Sie konnte nicht verwinden, dass ihre Brüder hatten studieren dürfen und sie nicht. »Heiratest ja sowieso bald«, hatte es immer geheißen.

Malte riss sich zusammen und schaute die Oma flehend an. »Vielleicht kannst du mir was leihen? Ich verdiene nicht viel, dann das Auto. Seit zwei Monaten kann ich die Miete nicht bezahlen«, sagte er leise.

»Dann schaffe das Auto ab und fahre mit der Bahn. Wie stellst du dir das vor mit dem Leihen? Wann bekomme ich es zurück? Und an wie viel hast du gedacht?« Der Gedanke, ihrem Enkel Geld zu borgen, missfiel der alten Frau.

»Vielleicht 2.000 Euro? Ich zahle es dir in Raten zurück.«

»Wie lange soll das dauern? Das erlebe ich doch gar nicht mehr.«

Da könntest du recht haben, wollte er ihr an den runzeligen Kopf mit den vertrockneten Haaren werfen. Würde er ihr beispielsweise monatlich 50 Euro zurückzahlen – mehr war ihm unmöglich – würde sie seine Schuldenfreiheit mit Sicherheit nicht mehr erleben. Sie sah jetzt schon mehr tot als lebendig aus, fand er. Was wollte sie hingegen mit ihrer Knete, wenn sie den Löffel abgab, was nur eine Frage der Zeit war? Ihm fielen ihre lilafarbenen Tränensäcke auf und die braunen Altersflecken, die ständig mehr wurden. Die stand echt mit einem Bein im Grab. Hatte er es überhaupt nötig, so zu betteln? Soll sie an ihrer prall gefüllten Börse doch ersticken, dachte er, stand auf und ging zum großen Küchenfenster, um auf die Straße zu blicken.

Polizeisirenen waren zu hören. Gegenüber ein Pulk Menschen vor der Hauptstelle der Sparkasse. Ein Polizeiauto nach dem anderen fuhr mit quietschenden Reifen auf den Gehsteig, direkt bis vor die Eingangstür des Gebäudes.

»Ein Banküberfall. Das ist das einzig Wahre. Ich wäre mit einem Schlag meine Geldsorgen los«, sagte Malte grinsend und verfolgte das Spektakel vor der Sparkassenfiliale.

»Du könntest auch zu mir ziehen. Das dritte Zimmer, in dem Onkel Manfred gewohnt hat, steht leer. Dann hättest du die Miete gespart.« Oma lächelte angesichts der Tatsache, dass sie dadurch nicht mehr alleine wäre.

Sein Onkel Manfred, der jüngste Bruder seiner Mutter, hatte bis vor drei Jahren in dem kalten Loch gehaust. Trotz Studium hatte er nichts auf die Kette gekriegt und bis zum 55. Lebensjahr bei Mutti gewohnt. Danach war er von heute auf morgen nach Thailand ausgewandert.

Malte kannte das dritte Zimmer. »Nein, das kannst du vergessen.« Eine feuchte Bude mit Palmentapete und Uraltsofa. Die nostalgische Nähmaschine aus Omas Jugendzeit stand dort ebenso herum wie etliche Fässchen mit eingelegten Gurken und Heringen. Und natürlich das tolle Röhrenfernsehgerät samt Videoplayer. Beides hatte der Onkel gebraucht, um sich bestimmte Filme anzusehen. Prost Mahlzeit. Selbst im Gefängnis war es komfortabler. Eigentlich ein Wunder, dass Onkel Manfred es so lange in diesem Zimmer ausgehalten hatte.

Während die uniformierten Polizisten, drei an der Zahl, in die Bank stürmten, nahm Malte einen schmuddeligen Mann mit blauer Pudelmütze wahr, der mit einer alten Aktentasche unter dem Arm in Richtung Baerler Straße verschwand und sich dabei hektisch umsah. Die Polizisten registrierten ihn nicht. Der Schnellste war der Kerl nicht, es schien, als würde er humpeln.

Blitzartig kam Leben in Malte. Er schnappte sich seine Jacke, rief kurz »Tschüss, Oma« und verschwand aus der Wohnung. Wie ein Irrer jagte er die Treppen hinunter, überquerte die viel befahrene Straße und rannte dem vermeintlichen Bankräuber hinterher. Den erwische ich noch, sagte er sich. Doch was dann?

Kaum war er in die Baerler Straße eingebogen, erkannte er den alten grünen Parka und die blaue Pudelmütze in weiter Ferne. Es fiel im schwer, so schnell zu laufen. Braten und Knödel drückten aufs Herz und nahmen ihm die Luft zum Atmen.

Der Mann war scheinbar auch außer Puste. An der McDonald's-Filiale blieb der Penner kurz stehen, um zu verschnaufen. Bis auf 20 Meter kam Malte an ihn heran. Die alte Lederaktentasche sah ähnlich aus wie die Pütt-Tasche seines Opas. War in der Tasche tatsächlich das erbeutete Geld? Wie war der Kerl bloß entkommen?

Ein Polizeiwagen fuhr im Schritttempo an Malte vorbei und schaute ihn skeptisch an. Den Bankräuber indes, der nur noch fünf Meter von Malte entfernt war, beachteten sie nicht.

Hey, ihr Bullen, seid ihr bescheuert? Ich bin der Falsche, da vorn läuft er, der Bankräuber, wollte er ihnen zurufen.

Nun drehte der Mann – Malte schätze ihn auf 65 Jahre – sich um und starrte Malte mit seinen blauen Augen an.

Unter der Pudelmütze lugten flusige graue Locken hervor. Nun gab der Alte Fersengeld und rannte humpelnd weiter.

Zwei Kilometer entfernt, an der Römerstraße, musste er sich an einem Abfallkübel festhalten und erneut durchatmen. Die braune Aktentasche hielt er fest an sich gepresst. Malte fragte sich, wo der Kerl hinwollte, und blieb auf Abstand. Ein weiterer Polizeiwagen fuhr im gemäßigten Tempo die Römerstraße entlang. Sie suchten den Bankräuber, das war Malte klar.

Der Kerl war am Ende seiner Kräfte. Wozu brauchte ein alter Mann so viel Geld? Wenn er nicht genug Rente hatte, bekam er doch Hartz IV. Der Rotz lief ihm aus Nase und Mund. Seine Gesichtshaut war tiefrot, die Nase dunkelblau. Ein Säufer, assoziierte Malte. Einen solchen Zinken kannte er von Alkoholikern.

Der Aktentaschenmann entschied, die Straße rechts hoch zu laufen, in Richtung Halde Rheinpreußen. Wollte der Kerl dort seine Beute verstecken? Oder gar sich selbst? Malte war kurz davor aufzugeben. Wenn er ihn zu fassen kriegte, was dann? Ihn zusammenschlagen und das Geld an sich reißen? Malte war noch nie mit dem Gesetz in Konflikt geraten.

Erst 16 Uhr durch und die Dunkelheit legte sich langsam über Moers. Ein tiefes Nachtblau war bereits am Himmel zu erkennen. Malte sollte Recht behalten, der Kerl bog in die Straße hinter dem Deutag-Werk ein, die zum Parkplatz Halde Rheinpreußen führte. Die beginnende Dunkelheit war sein Verbündeter. Das machte es der Polizei nicht leichter, ihn zu finden. Oder hatten sie sich auf jemand anderen konzentriert und diesen bereits festgenommen? War der alte Säufer bloß ein Trittbrettfahrer, der irgendwie an die Tasche gelangt war?

Vom Parkplatz aus, der Kerl hatte inzwischen 20 Meter Vorsprung, hatte Malte einen wunderbaren Blick auf die größte Grubenlampe der Welt, die die 74 Meter hohe Halde zierte. Sie war rot angeleuchtet und strahlte mystisch in der Dunkelheit. Als Kind war er mal mit seinem Vater hier gewesen, der ihm eine tolle Geschichte zu dieser großen Grubenlampe aufgetischt hatte. Ein Geist sollte in ihr gewohnt haben. Das war Quatsch. Richtig aber war, dass es sich um das größte Montankunstwerk der Welt und eines der eindrucksvollsten und schönsten Landmarken des Ruhrgebiets handelte. Der Lichtturm konnte sogar besichtigt werden. Eine Innentreppe führte zu der neun Meter hohen Aussichtsplattform.

Wenn der Penner vorhatte, seine Tasche da oben zu verstecken, hatte er Pech, denn um diese Zeit war der Turm mit Sicherheit nicht mehr für die Öffentlichkeit zugänglich. Malte sah, wie der Kerl sich mit letzter Kraft zu einer Bank schleppte und sich setzte, um zu verschnaufen. Der Weg, an der die Bank sich befand, führte serpentinenartig auf die Halde zum Turm. Malte erinnerte sich, dass der Weg nicht ohne war, er zog sich mit Sicherheit über einen Kilometer steil nach oben. Das schaffte der Kerl niemals mehr.

Wieder fuhr ein Polizeiauto an Malte vorbei, direkt auf den Weg zum Aussichtsturm. Das war aber auch ein Anblick. Dieses leuchtende Rot. Einmalig! Der Turm toppte jeden Weihnachtsbaum.

Nun hatte die Polizeiwagenbesatzung den Kerl auf der Bank entdeckt, obwohl der Weg nur schwach beleuchtet war. Die Polizisten hielten an, verließen den Streifenwagen und gingen auf den Mann zu. Eine heiße Diskussion entstand. Malte versteckte sich hinter einem Busch ungefähr zehn Meter von der Bank entfernt.

Kurz und gut: Sie packten den protestierenden Mann rechts und links an seinem Parka, schoben ihn zum Fahrzeug und nahmen ihn mit. Wie ein nasser Sack ließ er sich auf den Rücksitz des Passats plumpsen. Sie schützten dabei mit der Hand seine Rübe, damit er sich nicht stieß. Wenig später fuhren sie ab.

Was Malte wunderte, war, dass er die Tasche nicht mehr bei sich getragen hatte. Gleich würde es hier vor Bullen nur so wimmeln, war Malte sich sicher. Schnell sprintete er zu der Bank und suchte nach der Tasche. Irgendwo muss er sie gelassen haben. Im Abfallkorb war nichts, hinter der Bank ebenfalls nicht. Gut, dass kein Schnee lag, das machte die Suche um einiges leichter.

Zur Rechten der Bank befand sich ein Streusalzbehälter. Malte öffnete die Klappe des Kastens und siehe da, die olle Tasche kam zum Vorschein. Wahrscheinlich hatte der Kerl sie dort deponiert, kurz bevor er sich auf die Bank gesetzt hatte. Malte schnappte sich die Tasche und machte sich mit seinem Fund in die entgegengesetzte Richtung zum Parkplatz Waldsee davon. Am liebsten wäre er stehen geblieben, um einen kurzen Blick in die Tasche zu wagen, hielt es jedoch für zu gefährlich. Vom Parkplatz aus lief er über die Römerstraße zurück zu seinem Auto, das er am Ostring geparkt hatte. Ein wenig riskant, da jetzt mit der Tasche unter dem Arm aufzukreuzen. Er hoffte, dass in Banknähe keine Polizisten mehr waren.

Sollte er die Tasche mit dem Geld wirklich behalten? Wie viel wohl drin war? Niemals war er bisher straffällig geworden. Sollte er nun, mit 26 Jahren, damit anfangen, ein Vorstrafenregister zu füllen?

Es behagte ihm nicht, auf der viel befahrenen Straße aufzukreuzen. Doch wie sollte er sonst zu seinem Auto kommen? Es war viel zu auffällig, mit der Tasche unter dem Arm durch die Gegend zu laufen. Vielleicht hätte er sie besser oben an der Halde irgendwo versteckt und sie am helllichten Tag geholt. Du Dummkopf, schalt er sich selbst. Obwohl – dort werden sie spätestens morgen jeden Stein umdrehen.

Vor der Sparkasse standen noch zwei Polizeifahrzeuge, ansonsten war alles unauffällig. Er blickte zum Küchenfenster seiner Oma hoch, doch auch hier alles ruhig, keine Großmutter zu sehen.

Endlich saß er in seinem Wagen. Er schaltete das Radio ein, in der Hoffnung, der Regionalsender würde vom Banküberfall berichten. Und richtig, keine fünf Minuten später, während er Richtung Gelsenkirchen fuhr, erzählte der Radiosprecher in den Nachrichten vom Bankraub in der Sparkassen-Hauptfiliale in Moers. 120.000 Euro seien erbeutet worden. Es handele sich um zwei Täter, einen jüngeren und einen älteren, die inzwischen beide gefasst worden seien. Von der Beute fehle jedoch jede Spur. Einer der beiden Täter habe die Aktentasche mit dem Geld nach eigener Aussage in einen Streugutbehälter an der Halde Rheinpreußen gesteckt. Dort sei sie aber nicht gefunden worden.

Malte konnte sich gut vorstellen, wie die Halde und die gesamte Umgebung inzwischen abgesucht wurden. Ein gefundenes Fressen, sagte er sich und freute sich, dass man ihn nicht entdeckt hatte. Er steuerte auf der A42 einen Rastplatz an, der um diese Zeit – inzwischen war es fast 19 Uhr – nur schwach frequentiert wurde, fuhr in eine Ecke, parkte und schnappte sich mit klopfendem Herzen endlich die Tasche.

Er öffnete das miefende Ding vorsichtig und schaute hinein. Dieser Geruch! Furchtbar! Aber diese Scheine – wunderbar! Er wühlte mit den Händen in dem Geld, und seine

Augen begannen zu leuchten. Waren das 120.000 Euro? Ihm war noch immer völlig unklar, wie der alte Mann so problemlos entkommen konnte. Durch seine Anstellung in der Bank hatte Malte schon des Öfteren große Geldbeträge in den Händen gehalten, doch das hier war etwas anderes. Unten in der Tasche stieß er auf eine Spielzeugpistole und musste lachen. Was für ein komischer Typ, dieser alte Mann. Und so unprofessionell.

Plötzlich durchzuckte Malte ein Geistesblitz. Nein, er wollte sich nicht an dem Geld bereichern. Jedenfalls nicht an der ganzen Summe. Etwas würde er sich nehmen, als kleines Weihnachtsgeschenk sozusagen, und dann die Tasche mit dem Rest entsorgen. Er zählte 20.000 Euro in 50er- und 100er-Scheinen ab, steckte das Geld in einen Beutel, den er im Handschuhfach fand, und deponierte diesen unter dem Sitz. Auf ihn würde niemand kommen, freute er sich. Sie würden einen der Bankangestellten verdächtigen, falsche Angaben bezüglich der Summe gemacht zu haben.

Er fuhr weiter. Dabei schaute er ständig in den Rückspiegel, weil er das Gefühl hatte, verfolgt zu werden. Seine Gefühle spielten verrückt. Irgendwann wechselte er auf die B224 in Richtung Gladbeck. Am Wittringer Schloss bog er kurz entschlossen links ab und stellte sich auf den vereinsamten Parkplatz. Das angeleuchtete Schloss mit dem Weihnachtsbaum davor bildete eine mystische Kulisse. Direkt neben ihm ein Streugutbehälter. Er musste grinsen. Wenn das kein Zeichen war. Er stieg aus, drehte sich mehrmals um und stopfte anschließend die alte Aktentasche in die Kiste.

Aufatmend fuhr er heim, versteckte die Plastiktüte mit dem Geld unten in seinem Kleiderschrank und setzte sich vor den Fernseher.

Am späten Abend rief seine Oma an, um zu erfahren, wieso er so plötzlich verschwunden war. Und sein Geld habe er auch vergessen. Sie würde ihm gerne etwas leihen, sagte sie mit zittriger Stimme, egal, wann er es zurückzahlen würde. Sie habe es sich anders überlegt, er sei doch ein Guter.

Sag jetzt nichts Falsches, mahnte Malte sich, bedankte sich mehrmals für das tolle Essen, versprach, an einem der Weihnachtstage noch einmal vorbeizuschauen. Anschließend ließ er sich ausführlich von dem Bankraub berichten, den Oma vom Fenster aus live mitbekommen habe. In etwa deckte sich ihre Erzählung mit dem, was er im Radio gehört hatte. Zum Glück hatte sie nicht gesehen, dass er dem alten Mann gefolgt war.

Sein schlechtes Gewissen bezüglich des zurückbehaltenen Geldes hielt sich in Grenzen. Jeder musste sehen, wo er blieb.

Was war schon groß passiert? Kein Mensch war zu Schaden gekommen, keine Geisel wurde genommen und kein Kunde verletzt. Wieso hatte der Trottel von Kassierer den Alarmknopf nicht rechtzeitig gedrückt und dem Bankräuber das Geld ohne Weiteres ausgehändigt? Die Plastikknarre war unten in der Tasche gewesen, was besagte, dass der Täter sie nicht benutzt hatte. Malte war noch immer schleierhaft, wieso der Kerl mit dem Geld gleichzeitig mit Eintreffen der Polizei verschwinden konnte, während der andere an Ort und Stelle festgenommen wurde. Egal, er war nun jedenfalls in der Lage, seine Mietschulden zu bezahlen, den Autokredit abzulösen und hatte sogar etwas im Rücken, bis er eine vernünftige, besser bezahlte Arbeit gefunden hatte.

Den Heiligen Abend würde er in der Kneipe seiner Eltern im Kreise von einsamen Menschen verbringen.

Nicht die ideale Weihnachtsumgebung, aber besser als alleine zu sein. Seine stets gestresste Mutter würde ihren Gulaschtopf anbieten für alle verlassenen Seelen, die es nötig hatten, den Weihnachtsabend in der Kneipe zu verbringen. Geschenke würde er keine verteilen, er legte auch keinen Wert darauf, welche zu bekommen.

In der Hoffnung, nicht erwischt zu werden, fiel er bald in einen unruhigen Schlaf.

In der WDR-Lokalzeit im TV berichteten sie am nächsten Tag von dem Banküberfall in Moers. Im Wesentlichen nichts anderes als das, was er schon am Vortag erfahren hatte. Allerdings hatten sie inzwischen die Tasche gefunden, 30 Kilometer entfernt in einem Streugutbehälter. Die große Frage, die sich die Kripo stellte, war, wie das Geld dorthin gelangen konnte. Man fragte sich, ob es einen dritten Täter gab.

Und Malte bekam Angst. Es wäre schlauer gewesen, sich direkt vor Ort etwas von dem Geld zu nehmen und die Tasche wieder dahin zurückzulegen, wo er sie gefunden hatte.

Er konnte nur hoffen, dass man ihm nicht auf die Schliche kam.

6 »ZUM GLÜCK ZWINGEN?«

Dortmund

Es war kurz vor dem vierten Advent. Seit dem Mittag schneite es in Dortmund, was echt eine Seltenheit war in der Großstadt im Ruhrgebiet. Sascha wusste nicht, ob er sich über den weihnachtlichen Ausflug, der ihm bevorstand, freuen sollte oder nicht. Es ging zur Spielbank Hohensyburg, unweit der Ruine Hohensyburg. Das hatten seine beiden Chefs, Dr. med. Kurt und Dr. med. Anton Jagusch – Vater und Sohn – sich einfallen lassen. Sie waren bekannt dafür, es zu Weihnachten ordentlich krachen zu lassen. Diesmal eben Spielbankbesuch mit feinem Essen im Restaurant Palmgarden im selben Haus. Die kastenartige Bude war von außen weihnachtlich geschmückt, was Saschas Laune trotzdem nicht hob.

Der dunkelblonde, hochgewachsene Jüngling studierte Medizin an der Ruhr-Uni in Bochum. Dazu gehörte ein Praktikum, das er in besagter Gemeinschaftspraxis Jagusch absolvierte, einer akademischen Lehrpraxis der Ruhr-Uni Bochum. Äußerst interessant, jedoch auch gelegentlich langweilig, da er außer Akupunkturnadeln ziehen und Patientengejammer anhören nicht viel zu tun hatte. Die meiste Zeit saß er auf einem Hocker im Sprechzimmer, während einer der Ärzte mit Patienten sprach und sie untersuchte. Okay, gelegentlich, wenn die Zeit es erlaubte, erörterte einer der Mediziner, was besagter Patient hatte, ließ Sascha hier und da auf den Bauch oder Unterleib drücken und erklärte, was er dagegen zu tun gedenke.

Das Praxisteam bestand aus acht Köpfen, seinem eingeschlossen. Von den fünf Helferinnen, die sich inzwischen medizinische Fachangestellte nennen durften, gefiel ihm die unscheinbare Michelle besonders gut. Eben weil sie so nichtssagend aussah. Sascha hatte, obwohl erst 25 Jahre alt, die Erfahrung gemacht, dass gerade die von der Natur benachteiligten jungen Frauen sich am besten eigneten, Kontakt zu ihnen aufzunehmen. Sie fühlten sich geehrt, von einem gutaussehenden Typen, für den Sascha sich hielt, in Augenschein genommen zu werden. Meistens hatte er leichtes Spiel und kam schnell zum Ziel, ließ sie dann allerdings fallen wie eine heiße Kartoffel, um sich eine Neue zu suchen.

Michelle war 24 Jahre alt und seit fünf Jahren in der Allgemeinarztpraxis Jagusch beschäftigt. Sie bildete einen starken Kontrast zu den anderen Kolleginnen, allein äußerlich. Sie trug keine modernen Klamotten, keine schicke Frisur und war nicht geschminkt. Sie wirkte eher bieder in ihrem altmodischen Kittel, der an die Schwarzwaldklinik erinnerte, und dem unauffälligen, knabenhaften Haarschnitt. Ein schlankes, kurvenloses Wesen, schüchtern, jedoch hilfsbereit. Vor allem bei den alten Patienten war sie äußerst beliebt, wahrscheinlich, weil sie an frühere Zeiten erinnerte. Wenn sie lächelte – was selten vorkam –, erschrak man im ersten Moment, da sich eine verkümmerte Kiesgrube auftat. Sascha fragte sich, wieso dieses Mädel überhaupt eingestellt worden war, erfuhr jedoch, dass der Dr. Sohnemann dem gleichen Sportverein angehörte wie Michelles Vater. Das war Erklärung genug. Na ja, und da war noch das erstklassige Zeugnis, mit dem sie aufwartete.

Michelle half Sascha, wo und wann immer sie konnte, erklärte ihm die verschiedenen Verbände, das EKG-Gerät, wie man die Instrumente nach einer Magen- oder Darmspiegelung reinigte und vieles mehr. Sie roch gut, stellte er jedes Mal fest, wenn sie ihm nahe kam. Nach Veilchen und Natur. Trotzdem hatte er kein leichtes Spiel bei ihr. Seine Einladungen wies sie schroff ab, während die Kolleginnen gerne ihren winzigen Helferinnenkittel für ihn ausgezogen hätten und ihm eifrig Avancen machten.

Jetzt oder nie, sagte Sascha sich, während er Michelle im Restaurant gegenübersaß. Heute, so kurz vor Weihnachten, wollte er sie klarmachen. In seiner kleinen Studentenbude, unweit der Uni in Bochum, würde er es später richtig krachen lassen.

Mit Hingabe säbelte die junge Frau an ihrer Forelle aus dem Königssee herum, pickte das Gemüse mit der Gabel auf und schob es skeptisch in den Mund. Sascha hatte sich für einen Burger entschieden, was die beiden Ärzte mit einem hochnäsigen Lächeln kommentierten. Das Essen sowie Jetons im Wert von 50 Euro für jeden Mitarbeiter gingen auf Kosten der Arztpraxis. Klar, war alles steuerlich absetzbar. Was darüber hinaus konsumiert wurde, musste jeder selbst zahlen.

Während die aufgebrezelten Frauen das Gespräch mit Sascha suchten, war Michelle sehr kurz angebunden, antwortete nur mit Ja und Nein, was Sascha noch mehr anstachelte. Die wollte er haben, die biedere Maus in blauer Jeans und engem beigen Rolli.

Später am Spieltisch wurde sie langsam zutraulicher, doch Sascha merkte, dass diese Nuss schwer zu knacken war. Vorsicht war geboten, bevor die Tür vorzeitig ins Schloss fiel.

Gegen 22 Uhr – die Truppe saß inzwischen an der Bar – hatte Sascha keine Lust mehr, weder auf Glücksspiele und dämliche Gespräche mit den Ärzten, die eh alles besser wussten, noch auf die bunten Drinks, die gereicht wurden. Er schlug Michelle vor, eine kleine Wanderung zu unternehmen.

Entsetzt starrte sie ihn an, stellte ihre Pfefferminzteetasse beiseite. »Jetzt spazieren gehen? Bei der Dunkelheit und Kälte? Wo willst du denn hin? Lieber würde ich heimgehen.«

»Ich würde gern zur Ruine Hohensyburg laufen. Sind doch nur 450 Meter. Komm, gib dir einen Ruck.« Bittend sah er sie aus braunen Augen an.

Der junge Dr. Jagusch warf Michelle einen warnenden Blick zu und bot ihr als Alternative an, sie heimzufahren. Wahrscheinlich hatte er ihrem Vater versprochen, auf die Tochter aus gutem Hause aufzupassen. Es schien, als ahnte er die Absichten von Sascha.

Trotz der leisen Zweifel, die Michelle blieben, verabschiedete sie sich von der Runde, ließ sich an der Garderobe ihre Jacke geben und zog mit Sascha los in Richtung Burgruine. Eine eisige Kälte schlug ihnen entgegen, als sie sich auf den Weg machten. Sie sprachen wenig. Er nahm ihre Hand, wollte sie an sich ziehen.

Michelle wehrte sich jedoch und schubste ihn zur Seite. »Was soll das? Lass mich los. Was willst du von mir?«

Die Drinks, die er an der Bar zu sich genommen hatte, ließen ihn mutig werden. »Na, was will ich schon? Du wirst gemerkt haben, dass du mir nicht gleichgültig bist. Oder etwa nicht? Ein kleines Küsschen wirst du doch für mich haben, oder?«

Sie hatten den breiten Weg rechts eingeschlagen und liefen auf das Plateau zu. Bald sahen sie das angeleuchtete Kaiser-Wilhelm-Denkmal. Trotz der Dunkelheit hatten sie einen fantastischen Ausblick auf das Ruhrtal und den Hengsteysee. Wie glitzernde Punkte leuchteten die wenigen Laternen. Doch für die Schönheit der Natur hatten beide keinen Blick. Sascha hatte nur ein Ziel vor Augen und krallte sich erneut an Michelle. Das musste einfach klappen, sagte er sich. Wo sollte er an diesem Freitagabend noch was anderes aufreißen?

»Ich habe dich niemals ermutigt, mir näher zu kommen. Mehr als Freundschaft ist nicht drin, Sascha. Kapier das endlich!« Michelle zögerte, war drauf und dran, zurück zum Casino zu laufen.

An der angeleuchteten Burgruine sah Sascha sich staunend um und überlegte, wie er es anders angehen konnte. »Geil, das soll früher ne echt tolle Bude gewesen sein, diese Burg.« Er ließ seine ergoogelten Weisheiten über die Burg vom Stapel, während er auf das beleuchtete Kaiser-Wilhelm-Denkmal starrte.

Doch beeindrucken konnte er Michelle damit nicht. Sie zitterte vor Kälte und wollte nach Hause. Nach einigen Überlegungen zog sie ihr Smartphone aus der Hosentasche und kündigte an, sich ein Taxi zum Casino zu bestellen. Das war sicherer, falls die Kollegen nicht mehr vor Ort waren.

»Hey, was soll das? Der Abend fängt gerade erst an. Wir können zu mir fahren. Dann zeige ich dir meine tolle Studentenbude.« Sascha wollte sie unbedingt aufhalten.

»Sascha, ich will weder was von dir noch deine Studentenbude sehen. Mir ist kalt. Außerdem kannst du nicht mehr fahren.« Sie rieb sich mit ihren Händen die Oberarme.

»Hab kaum was getrunken. Und bis Bochum ist es nicht weit.« Diese blöde Kuh ging ihm langsam auf den Keks, genauso wie die dämliche Weihnachtszeit. Nächste Woche war es so weit. Die Zusammenkunft am Heiligen Abend bei seinen Eltern. Er hatte nicht mal eine Freundin, die er mitschleppen konnte. Das mit Michelle würde nicht klappen. Er sah seine Mutter vor sich, wie sie emsig durch die Gegend lief, um all das aufzutischen, was ihm bereits aus den Ohren kam. Selbst zubereitetes Mahl, was sie immer wieder betonte. Ob Gans, Ente, Fasan oder Reh, alles schmeckte beschissen. Dann diese blöden Verwandten, die er einmal im Jahr zu Gesicht bekam und die ihre Weisheiten in das prall geschmückte Spießbürgerwohnzimmer ausstießen.

Er schüttelte die Heiligabend-Gedanken ab. Jetzt und hier musste es weitergehen. Grinsend schlang er seine Arme um die zarte Person und wollte sie auf den Mund küssen. Michelle drehte sich angeekelt weg, so dass er nur ihren Hals traf, an den er sich nun hartnäckig andockte.

Genervt stieß sie ihn von sich, und er kam ins Straucheln. Michelle sah den steilen Abhang hinunter. Hatte sie etwa vor, ihn da hinunterzustoßen? Das traut sie sich nicht, dachte Sascha.

Mit seiner Geduld war es nun vorbei. »Dir werde ich es zeigen, du dummes Stück. Was glaubst du, wer du bist? Hast du keinen Spiegel?«

Sie schüttelte abfällig den Kopf, zog sich die Mütze tief ins Gesicht und trat mit großen Schritten den Rückweg Richtung Casino an.

Er hatte es vergeigt. Blödes Weihnachtsessen, blöder Casinobesuch. Überhaupt fand er Weihnachten mehr als überflüssig. Während er Michelle hinterherstapfte, dachte er wieder an frühere Weihnachtsfeste.

Letztes Jahr hatte er noch mit Bärbel bei seinen Eltern gefeiert. Die hatten sie schon als Schwiegertochter gesehen. Drei Tage nach Weihnachten hatte sie ihn verlassen. Er sei ihr zu arrogant und viel zu egoistisch. Dabei hätte er sich vorstellen können, mit Bärbel etwas Festes einzugehen. Sie war grundsolide, häuslich, arbeitsam und treu gewesen, jedoch zählte auch sie zu den von der Natur benachteiligten Menschen. Eben eine graue Maus, allerdings eine Kanone im Bett. Und dann hatte sie die Flatter gemacht, wie vorher Melanie, Leonie und die stark bebrillte Katja. Mit Michelle durfte ihm das nicht passieren. Er musste versuchen, das Ruder herumzureißen. Oder war es schon zu spät?

Die letzten Meter bis zum angeleuchteten Casino. Sascha sah seine Felle endgültig davonschwimmen, hörte Michelle schluchzen. Sie hatte Angst, und das freute ihn.

»Bleib stehen, du Schnepfe«, rief er und bekam ihre Kapuze zu fassen.

»Lass mich los, du oller Penner«, schrie sie und drehte sich wütend zu ihm um. »Du bist genau wie alle anderen. Willst nur das Eine. Hätte ich mir denken können. Dein Ruf ist schließlich nicht ohne.« Ihre Wut schäumte langsam über.

Der Wald war fast zu Ende, der Weg wurde ebenmäßiger. Es fing erneut an zu schneien.

Ein letzter Versuch. Sascha griff mit beiden Händen nach ihr und hielt sie fest, küsste sie auf den Mund, wieder und wieder.

Vor Wut biss sie ihn so kräftig in die Lippe, dass er sie vor Schreck losließ. »Du mieses Stück. Sag mal, spinnst du? Wer will dich schon?« Er tastete nach seiner Lippe, aus der das Blut auf seine Jacke tropfte. Jetzt reichte es ihm. Er hatte genug von der unscheinbaren Michelle! Er holte mit dem rechten Arm aus und schlug ihr seine Pranke mitten ins Gesicht.

Michelle war zwar gutmütig, aber alles ließ sie nicht mit sich machen. Außerdem war sie äußerst standfest. Der Schlag schien ihr nicht viel anzuhaben. Sie griff blitzschnell nach einem dicken Ast, der am Wegesrand wohl von einem Hund vergessen worden war, und donnerte diesen mehrfach auf Saschas tolle Fönfrisur. Dazu einen kräftigen Tritt in seine Genitalien. Zum Schluss kam ein Stoß nach hinten, der den jungen Mann straucheln ließ.

Schreiend fiel er die Böschung hinunter und rief ihr unflätige Worte hinterher. Sie gab Fersengeld und lief dem Casino entgegen. Von dort aus wollte sie die Polizei verständigen. Sie bekam schlecht Luft, war völlig fertig. Sie blieb kurz stehen, tastete vergeblich nach ihrem Smartphone. Hatte der Kerl es an sich genommen? Oder war es aus der Tasche gefallen? Sie beruhigte sich langsam, starrte den dunklen Abhang hinunter, konnte Sascha jedoch nicht ausmachen. Dadurch fühlte sie sich sicherer. So schnell würde er ihr nicht hinterherkommen, hoffte sie. Nachdem ihre Atemfrequenz sich normalisiert hatte, setzte sie ihren Weg fort.

Etwa 100 Meter weiter, kurz vor ihrem Ziel, schnappte sie jemand von hinten und drückte ihr die Kehle zu.

»Ho, ho, ho! Hier kommt Santa Claus! Ich habe eine Überraschung für dich«, vernahm sie die krächzende Stimme von Sascha.

Wie war er ihr so schnell gefolgt? Er musste blitzartig den Abhang hinaufgeklettert sein. Sie rang nach Luft, versuchte nach hinten zu treten und sich umzudrehen. Vergebens. Er war nicht nur blöd, sondern auch stark. Es entstand ein Handgemenge vom Allerfeinsten.

Mit letzter Kraft zog Michelle eine Spritze aus ihrer Jackentasche, drehte sich voller Power um und donnerte diese Sascha wieselflink in den Hals. Seitlich an einer Vene am Hals musst du ihn treffen, da wirkt sie am besten, und dann rammst du ihm das Ding mit einem festen Ruck hinein, hatte Toni ihr erklärt und ihr das kleine Teil ausgehändigt.

Sascha verdrehte die Augen, öffnete seinen Mund, als wollte er etwas sagen, knickte jedoch wie ein nasser Sack in sich zusammen.

Mit letzter Energie – sie bekam immer noch schlecht Luft – wankte sie ins Casino.

Im Foyer kam ihr Dr. Anton Jagusch entgegen und fing sie regelrecht auf. Tröstend, als hätte er auf sie gewartet, begleitete er sie zu seinem Wagen und brauste in der Dunkelheit mit ihr davon.

Noch drei Arbeitstage bis zum Weihnachtsfest hatte Michelle zu überstehen. Nein, die Blöße, sich nach der Weihnachtsfeier Arbeitsunfähigkeit attestieren zu lassen, wollte sie sich nicht geben, obwohl die Hämatome an Hals und Oberarm sehr ausgeprägt waren. Geschickt hatte sie einen Schal bis zum Kinn drapiert, als sie am Montagmorgen in der Praxis erschien.

Gesprächsthema Nummer eins war der Leichenfund eines jungen Mannes im Hengsteysee. Die Angestellten tuschelten sich gegenseitig die Ohren heiß, bis der ältere der beiden Ärzte dem ein Ende setzte und sie ermahnte, weiterzuarbeiten.

Als eine Stunde später – es ging bereits auf 10 Uhr zu – noch immer nichts vom tollen Sascha zu sehen war und zwei Kripobeamte auftauchten, wurde allen schnell klar, dass es sich bei dem Toten um ihren Praktikanten handeln musste. Die Kripo hielt sich zur Todesursache geschlossen, stellte nur Fragen über Fragen. Auch Michelle kam an die Reihe, da sie laut Aussage der Kolleginnen die Letzte war, die ihn lebend gesehen haben sollte. Die beiden seien nach der Weihnachtsfeier zusammen verschwunden, wussten alle Damen zu berichten.

Wahrheitsgemäß erzählte Michelle der Polizei von der Wanderung zur Burgruine und wieder zurück. Das Handgemenge und dass Sascha zudringlich geworden war, ließ sie weg. Gegen Mitternacht hätten sie sich am Casino voneinander verabschiedet, was ja irgendwie stimmte. Er sei zum Parkplatz gelaufen und sie in die Spielbank, wo sie zufällig auf Dr. Jagusch getroffen war. Der sei so nett gewesen und habe sie heimgefahren.

Das bestätigte der Doktor.

Keiner der Kripoleute zweifelte an den Aussagen der beiden. Dass sie sich am frühen Morgen im EKG-Raum im Groben abgesprochen hatten, fiel niemandem auf.

Als wieder Ruhe in der Praxis einkehrte und Michelle gegen Mittag die Tür schloss und sich zur Pause zurückzog, atmete sie tief durch, kochte sich einen Kaffee und holte ihr Brot aus der Tasche. Ihre Kolleginnen und der Senior-Doktor waren bis zum Nachmittag heimgefahren. Das Gespräch ging Michelle nicht aus dem Kopf. Wenn sie die Kommissare richtig verstanden hatte, vermuteten die einen Mord.

Die Tür zum Hinterzimmer ging auf, und Anton Jagusch setzte sich zu ihr an den Tisch.

»Puh, das ist gerade noch einmal gutgegangen, was?« Er strich Michelle über das raspelkurze Haar. »Bist ja ganz blass geworden. Alles klar?« Toni zwinkerte ihr liebevoll zu.

»Wieso ist Sascha tot? Du hast gesagt, das sei ein harmloses Betäubungsmittel, das ihn in einen tiefen Schlaf versetzen würde. Wieso ist er nun tot?««

»Vergiss es, Mädchen. Ich denke, er hat dich bedrängt? Die Spritze habe ich dir für alle Fälle mitgegeben. Zur Beruhigung für dich. Ich wusste ja nicht, dass du dich mit dem Kerl vom Acker machst, um durch den kalten Wald zu spazieren. Was für ein Unfug.« Der schöne Toni fuhr sich durch seine gesträhnte Haarpracht. Wahrlich ein schöner Anblick, dieser durchtrainierte Arzt. Kaum zu verstehen, dass er sich eine Geliebte wie Michelle gesucht hat. Oder war das Taktik?

»Besser als wenn ich mit in seine Bude gefahren wäre, was er übrigens vorschlug.«

»Wie auch immer – anscheinend wurde er zudringlich, so dass du die Spritze benutzt hast.«

»Damit ich abhauen kann. Der hatte echt eine Schraube locker. Und was heißt hier »anscheinend«? Glaubst du mir etwa nicht? Schau dir doch meinen Hals an. Total blau. Ich dachte, der erwürgt mich!« Sie lüftete den Schal und präsentierte ihre Verletzungen.

»Na, dann sei froh, dass er weg vom Fenster ist.«

»Aber er sollte nicht gleich sterben. Wie kam er überhaupt in den See? Das ist noch ein ganzes Stück bis dahin. Hattest du da deine Finger im Spiel?«

»Nachdem ich dich nach Hause gefahren habe, bin ich zurück, habe ihn mir über die Schulter geworfen und ihn zum See geschleppt, um ihn darin zu versenken. Meinst du, ich bin blöd?«

Michelle beäugte den Arzt skeptisch. Gar nicht so weit hergeholt, diese Version, dachte sie nur.

»Beruhige dich, Michelle. Die obduzieren ihn und werden feststellen, an was er genau gestorben ist. Aber auf uns kommen sie nicht, sie haben uns geglaubt. Jeder aus der Praxis oder von seinen Studienkollegen könnte es gewesen sein. Du hast jetzt deine Ruhe, er kann uns nicht mehr gefährlich werden, weil er vielleicht hinter unser Verhältnis gekommen wäre und es breitgetreten hätte.«

Wollte er ihn deshalb loswerden, fragte sich Michelle argwöhnisch. »Wieso darf eigentlich niemand von uns wissen?« Tränen liefen über ihre Wangen.

»Sag mal, bist du so dämlich oder tust du nur so? Ich bin verheiratet und habe zwei Kinder.«

»Du wolltest dich scheiden lassen, hast du versprochen.«

»Ja, irgendwann, aber nicht jetzt. Die Kinder sind noch klein und brauchen mich.« Was verspricht man nicht alles, wenn man rattenscharf ist, dachte er schmunzelnd.

»Kommst du heute Abend zu mir?« Bittend schaute sie ihn an.

Anton Jagusch, genannt Toni, kratzte sich am Hals, der inzwischen feuerrot war. Diese Flecken bekam er immer bei Stress.

»Sicher nicht! So kurz vorm Fest habe ich noch viel zu tun. Es ist sowieso besser, wenn wir uns eine Zeit lang nicht sehen.« Mit »eine Zeit lang« meinte er für immer. Das Kapitel Michelle war für ihn abgeschlossen. Er konnte nur hoffen, dass bezüglich der Todesursache von Sascha nichts mehr nachkam.

7 »DIE HEXENRACHE«

Schwerte

Bea Kleinebudde schaute verträumt aus dem Fenster ihres Büros in der ersten Etage der Firma »Werkzeugbau Femgen« in den Hof. Schnee war gefallen und ließ ganz Schwerte wie eine Eisenbahnlandschaft aussehen. In einer Woche war Weihnachten, und sie hatte noch viel zu tun. Ihr großer Haushalt mit zwei kleinen Kindern und einem bequemen Mann erforderte ihre ganze Kraft. Nicht zu vergessen das Chaos in der Firma. Ihr Schreibtisch quoll über vor Dingen, die sie zu erledigen hatte. Die Lust fehlte ihr jedoch gänzlich.

Sie träumte sich in die Weihnachtszeit ihrer Kindheit. Wie gern hatte sie Weihnachten gefeiert. Tannenbaumschlagen mit dem Vater im Wald, Plätzchenbacken mit der Mutter an den Adventssonntagen, Geschenke einpacken, die sie von ihren paar Markstücken für die Familie gekauft hatte. Alles war spannend gewesen, die Geschichten, die ihre Mutter ihr allabendlich vorgelesen hatte, und das tägliche Öffnen des selbstgebastelten Adventskalenders. Streit hatte es kaum gegeben unter den Geschwistern. Anders als bei ihren beiden Terroristen, acht und zehn Jahre alt, die sich schon am frühen Morgen verbal die Köpfe einschlugen.

Sie zupfte an ihrer Frisur herum, starrte ein weiteres Mal auf den Stapel unerledigter Akten, dachte an die vier Briefe, die ihr Chef ihr diktiert hatte und die bis mittags unbedingt raus sollten.

Schon flog die Tür auf, und Peter Pfeiffer, ein drahtiger junger Mann von 35 Jahren, stand vor ihr.

»Bea? Träumst du? Mal ein bisschen zackig! Dein Schreibtisch sieht noch genauso aus wie heute Morgen um 8 Uhr. Keine Lust? Die anderen warten schon.«

Sie zuckte mit den Schultern und sah ihn müde an. »Mach es doch selbst, wenn du es schneller kannst.«

Bea durfte so mit ihm sprechen, obwohl er als Prokurist der Firma ihr Chef war. Mit dem Kerl, der sie einmal die Woche nackig sah und der an ihren Brüsten herumknabberte, konnte man so reden.

Aus Pfeifers Büro hörte sie die Kollegen lachen und scherzen. Der allgemeine Aufbruch zur Besprechung im Foyer der Firma hatte begonnen. Man unterhielt sich über die bevorstehende Weihnachtsfeier in zwei Tagen. Bea fragte sich, wie sie ihre Arbeit schaffen sollte, wenn zwei Stunden für diese dämliche Zusammenkunft wegfielen.

»Los, lass gehen, du faules Stück«, sagte Peter Pfeiffer und zwinkerte ihr zu.

Faules Stück, dachte sie spöttisch. Seine Alte, die er zu Hause durchfütterte, war ein faules Stück, aber nicht sie. Was sie alles wuppte! Wogegen sein Eheweib nichts anderes zu tun hatte, als Haus und Ehemann zu versorgen. Nicht einmal stopfen konnte sie. Bea musste schmunzeln, wenn sie an seine Socken und Pullis dachte, die voller Löcher waren. Davon konnte sie sich einmal die Woche im Hotel Rosenhof überzeugen. Das einfache Doppelzimmer für 72 Euro pro Nacht, obwohl sie es gar nicht die ganze Nacht nutzten. Immer bevor sie das Hotel betraten, verlangte Peter ihren Anteil, darauf achtete er akribisch. »Gleichberechtigung« nannte er es. Na ja, der Sex mit ihm war nicht schlecht. Besser als der mit ihrem Ehemann Sven allemal.

Wie sie das heutige Treffen am Abend hinbekommen sollte, wusste sie noch nicht. Ihre Freundin Jenni Ziese hatte sie überredet, am Abend an der Nachtwächterführung durch die Schwerter Altstadt teilzunehmen und anschließend einen Glühwein zu trinken. Vor 21 Uhr könnte sie nicht im Hotel Rosenhof sein. Da Peter nur bis 22.30 Uhr Ausgang hatte, würde es knapp werden.

Jenni Ziese war als Kulturbeauftragte im Wuckenhof, einem Kulturzentrum, beschäftigt und wusste über bevorstehende Events bestens Bescheid.

»Geh schon vor, ich komme gleich«, rief sie Peter hinterher und griff gedankenverloren nach der Schneekugel, die Nick, ein Kollege aus dem Vertrieb, ihr zum letzten Weihnachtsfest geschenkt hatte. Ganz schön schwer, stellte sie fest, während sie das Ding in ihrer rechten Hand wog. Ein niedlicher kleiner Bär saß inmitten von weißen Schneekristallen im roten Mäntelchen auf einem Stein und grinste. Bea schüttelte die Schneekugel, und der kleine Bär verschwand im Schneegestöber. Ach, Nick, dachte sie. Einen besseren und zuverlässigeren Kollegen als ihn gab es nicht. Schade, dass er nicht so aussah wie der dunkelhaarige, superschlanke Peter. Klein und dick war er, stets fröhlich, wenn auch ohne Haare, und das schon mit 40 Jahren.

Sie betrat als Letzte das Foyer. Die Lobesreden von Peter schallten bereits durch die Halle, und sie wollte auf der Stelle kehrtmachen, Durchfall vorschützen oder Magenkrämpfe. Nur weg von hier. Während er seine

TOPs vortrug, ging sie im Geiste ihre To-do-Liste fürs Fest durch. Ihre Eltern hatten sie samt Familie eingeladen, Weihnachten auf Malle in ihrer herrlichen Finca zu verbringen. Doch ihrem Gatten war das zu warm, er wollte deutsche Weihnachten mit deutscher Schwiegermutter und allem, was dazugehörte. Klar, sein fauler deutscher Hintern würde sich bedienen lassen, und sie konnte sich mal wieder die Hacken abrennen. Wieso nahm sie stets so viel Rücksicht auf Sven? Wären die beiden Kinder nicht, wäre sie längst weg. Einen neuen Anfang mit Peter wagen? Peter brachte sie stets zum Lachen und strotzte nur so vor Energie. Träum weiter, sagte sie sich und lauschte seinen Ausführungen.

Schick sah er aus, der Nachtwächter. Mit Gewand, Hellebarde und Laterne führte er die sieben Interessierten an, die trotz Kälte mit ihm durch die Schwerter Altstadt spazierten. Um 19 Uhr ging es los. Treffen war vor dem Brunnen auf dem Marktplatz. Die Truppe startete. An fünf Stationen – alles Originalschauplätze – machten sie Halt, und der Nachtwächter erzählte die Sagen locker und keinesfalls abgedroschen. Obwohl Bea die Orte und die Sagen auswendig kannte – schließlich war sie damit aufgewachsen –, war es immer wieder ein Vergnügen, hier entlangzuschreiten.

Als sie an der entsprechenden Laterne unter dem riesigen Baum die Sage von der Hexenrache hörte, musste sie schmunzeln. Ein Nachtwächter soll zwei Schwestern gleichzeitig den Hof gemacht und ihnen die Ehe versprochen haben. Doch für ihn war das nur ein Spaß. Mehrmals erinnerten ihn die Schwestern an sein Versprechen, beim letzten Mal gemeinsam. Als auch das nichts nutzte, schworen sie Rache. Sie klopften eines Nachts an sein Fenster, und als er öffnete, packten sie sich den Kerl und flogen mit ihm davon. Zuerst hatten sie vor, ihn in die Ruhr zu werfen, setzten ihn dann jedoch nackt in einen Baum, wo Passanten ihn am anderen Morgen halb tot fanden.

Das sollte man öfters mit einem Mann machen, dachte Bea.

Nach einer Stunde bedankte man sich brav beim Nachtwächter trennte sich wieder am Markt.

Jenni und Nick, der sich den beiden Frauen angeschlossen hatte, schlugen vor, in der Bierstube noch etwas zu trinken. Bea konnte das nicht abschlagen, obwohl sie auf heißen Kohlen saß und ständig nervös auf die Uhr schaute.

Nach einigen Schlucken aus ihrem Glühweinglas kam sie innerlich ein wenig zur Ruhe. Es wurde gelacht, geschäkert und sich lustig gemacht, natürlich über Peter Pfeiffer, den Choleriker.

Wahrscheinlich lief er inzwischen vor dem Hotel Rosenhof nervös auf und ab und wartete auf sie, nahm Bea an. Doch immer, wenn sie aufbrechen wollte, hielt Jenni sie davon ab und überredete sie zum Bleiben.

Irgendwann resignierte Bea, schickte Peter eine WhatsApp und lehnte sich entspannt zurück. Heim zu Sven zog sie auch nichts.

Als Jenni zur Toilette ging, ritt Bea der Teufel und sie griff zu deren Smartphone, das sie auf dem Tisch hatte liegen lassen. Bea kannte die PIN der Freundin und war schnell da, wo sie hinwollte. Sie schaute sich die Fotogalerie an. Nick grinste nur. Neugierig, wie von einer inneren Macht getrieben, besah sie sich die Fotos, und schon nach wenigen uninteressanten kam eins, das ihr den Atem stocken ließ. Ein Selfie von Jenni und Peter, halb nackt auf einem Bett sitzend. Das Zimmer kannte sie. Die altertümlichen Vorhänge in Senfgelb, die halbhohe Holzverkleidung, die hohen Decken, das gammelige Interieur. Das durfte doch nicht wahr sein! Blitzschnell schickte sie das Foto an ihre gespeicherte WhatsApp-Adresse.

Nick, der ihr über die Schulter geschaut hatte, grinste immer noch. »Du wusstest nicht, dass die beiden ein Verhältnis haben?« Er sonnte sich in seinem Wissen und freute sich, dass Bea geschockt war.

Bea wusste, was er dachte: So sind die Frauen, nur aufs Äußere schauen. Und die schönen Männer sind treulose Tomaten. Nick hatte bestimmt noch nie eine Freundin betrogen, wenn er denn mal eine hatte.

»Nein, das ist mir neu«, antwortete Bea mit geschlagener Stimme. »Dieses Schwein!«

»Auch mit dir trifft er sich dort, nicht wahr?« Mit glühenden Augen schaute Nick sie an. »Wie bei den Hexenschwestern. Bloß dass ihr nichts voneinander wisst. Jedenfalls du nicht.«

»Du meinst, Jenni weiß es?«

»Nein, ich glaube nicht. Sonst würde sie das nicht mitmachen.«

Bea legte das Handy zurück. »Pfeifen es die Spatzen in der Firma bereits von den Dächern?«

Nick schaute betreten auf den Tisch, fixierte ein Brandloch in der Tischdecke. »Nein, zumindest ist mir nichts bekannt. Ich habe zufällig ein Gespräch zwischen dir und Peter belauscht. Unfreiwillig!«

Bea riss die Augen weit auf. »Du musst mir helfen, Nick. Du fährst doch Gabelstapler, und außerdem hast du Kraft in den Armen.« Bittend starrte sie ihn an und ergriff seinen Unterarm.

»Vergiss es! Damit will ich nichts zu tun haben. Macht das unter euch aus.« Nick betrachtete sein Spiegelbild im Fenster.

Vermutlich wird ihm gerade klar, dass er weder das Aussehen noch den Charme vom Pfeiffer hat, dachte Bea. Ob er eifersüchtig ist und auch gerne der Geliebte von Jenni oder mir wäre – oder von uns beiden?

Jenni kam zurück an den Tisch und setzte sich zu den Kollegen. Argwöhnisch schaute sie die beiden an. »Was habt ihr? Wieso schweigt ihr plötzlich?«

Es wollte keine Stimmung mehr aufkommen. So verabschiedeten sich die drei wenig später voneinander.

Immer wieder nahm Bea sich vor, Jenni darauf anzusprechen, traute sich jedoch nicht. Was für eine miese Sache. Sie würde Peter zur Rede stellen.

Zwei Tage später, kurz vor Beginn der Weihnachtsfeier in der Firma, kam Peter an ihren Schreibtisch und schaute sie lange an. Von unten aus dem Foyer hörte man fröhlich lachende Kollegen, die es kaum abwarten konnten, sich auf Firmenkosten satt zu essen und ordentlich zu bechern.

»Wo warst du am Donnerstag? Mich wie einen Trottel vor dem Hotel stehen zu lassen. Starkes Stück! Wir sehen uns jetzt nicht mehr vor Weihnachten. Das dürfte dir klar sein, oder?« Wie ein dummes Blag mahnte er sie ab.

»Am Dienstag können wir uns treffen«, ließ sie cool verlauten und schaute ihn selbstbewusst an.

»Sag mal, spinnst du? Zwei Tage vor dem Fest? Unser Tag ist Donnerstag, falls du es vergessen haben solltest. Dein Pech, dass du beim letzten Mal nicht konntest. Wo warst du überhaupt? Hat Sven dich nicht weggelassen?«

»Ich habe mich mit Jenni und Nick in einer Kneipe getroffen, nachdem wir mit dem Nachtwächter eine Runde gedreht haben. Das wurde noch richtig lustig.«

»Du ziehst mit dem Nachtwächter durch die Gegend? Bei der Kälte? Das kennst du doch alles. Und anschließend gehst du in die Kneipe und lässt mich warten? Hey, hörst du dir eigentlich selbst zu? Also, das mit Dienstag kannst du vergessen. Zwei Tage vor Weihnachten. Bei dir piept es wohl!« Peter Pfeiffer stöhnte laut auf und lief in Beas Büro unruhig auf und ab, kratzte sich den Drei-Tage-Bart und schaute sie wütend an, sagte jedoch nichts mehr.

»Du kommst. Ist das klar? Ansonsten müsste ich einige brisante Fotos aus dem Hotel Rosenhof zu deiner Frau schicken. Die Fotos zeigen dich und Jenni. Schlimm genug, dass du deine Frau mit mir betrügst. Nun auch noch mit meiner besten Freundin Jenni. Wo lebst du denn?«

»Das war ein einmaliger Ausrutscher, die Nummer mit Jenni. Ich weiß auch nicht, wieso es passiert ist. Vergiss es. Lass uns nach Weihnachten noch mal darüber sprechen.«

»Nächsten Dienstag! Wehe, du bist nicht pünktlich! Sag mal, musste Jenni auch die Hälfte vom Zimmerpreis dazugeben?«

»Nein, natürlich nicht. So dicke hat die es nicht!« Entsetzt starrte er sie an.

»Aber ich, oder wie?« Bea zweifelte an seinem Verstand. Was bildete sich dieser eitle Fatzke Peter Pfeiffer bloß ein?

Ohne an der Weihnachtsfeier teilzunehmen, verschwand Bea von der Bildfläche.

Die Lichter des Tannenbaumes vor dem Haus und die Beleuchtung der Sterne auf der Straße flossen ineinander. Die hässlichen Vorhänge waren nicht geschlossen. Bea wusste nicht, ob das nötig war. Den Obolus für die wöchentliche Nummer hatte sie diesmal nicht bezahlt. Sie wusste, dass sie nicht auf ihre Kosten kommen würde, darum ließ sie es.

Peter sagte nichts dazu, saß grummelnd auf der Bettkante. Dass er überhaupt gekommen war, am Dienstag vor dem Fest, wunderte Bea schon sehr.

Sie setzte sich neben ihn und überlegte, wie sie beginnen sollte. Klar war, dass sie die Sache mit Peter beenden wollte, hier und jetzt. Doch sollte er ungeschoren davonkommen? Sie bereute es, dass sie keine Hexe war und nicht wie in der Sage mit ihm davonfliegen, ihn irgendwo fallen lassen konnte und fertig.

Mit ihrer Freundin Jenni hatte sie noch nicht gesprochen. Sie wirkte so verliebt und gelöst, was Bea auf die Beziehung mit Peter schob. Von wegen einmalige Angelegenheit. Wüsste Jenni die Wahrheit, nämlich dass Bea mit im Boot saß, würde ihr das Lachen schnell vergehen.

Mit Engelszungen hatte sie auf den lieben Nick eingeredet, später zum Hotel zu kommen und Peter wegzuschaffen, um ihn auf den Baum zu setzen. Nick hatte dagegengehalten, dass man Peter betäuben müsste, da er nie und nimmer freiwillig mitgehen würde. Und handgreiflich werden wollte Nick nicht. Dann hatte er auf den Portier hingewiesen, diesen lahmen Trottel, der sicher nicht schweigend zuschaute, wenn man einen Gast über die Schulter geworfen hinaustrug. Also hatte er versucht, Bea die Sache auszureden.

Doch so schnell gab Bea nicht auf. Zeit gewinnen. Erst einmal müsste sie Zeit gewinnen und Peter in Sicherheit wiegen, dann käme die Abrechnung.

Peter stöhnte. Das konnte er schließlich am besten. »Also, sag, was du zu sagen hast, und anschließend beenden wir das. Ich denke nicht, dass du noch Lust auf Sex hast.«

»Da liegst du völlig richtig. Die Sache mit dir ist hiermit vorbei. Ich habe keine Lust, eine von vielen zu sein. So toll bist du auch wieder nicht.« Abfällig fing sie an zu lachen. Eine paradoxe Reaktion.

»Danke gleichfalls!«

»Wieso hast du was mit Jenni angefangen? Das will mir nicht in den Kopf.«

»Vielleicht weil dein Kopf zu klein ist? Zu klein und nichts drin!«, sagte Peter und bekräftigte damit Beas Entschluss. Spätestens als er anfing, über seinen vermeintlichen Witz, der nicht ankam, laut zu lachen.

Bea zog sich ihre Jacke über, ging zum Nachttisch, nahm den Glühwein und kippte ihm diesen über den Kopf.

»Blöde Ziege«, war alles, was er dazu zu sagen hatte.

Trotz der vielen Arbeit am Vormittag des Heiligen Abends fühlte Bea sich entspannt und ausgeglichen. Alles würde so laufen, wie sie es geplant hatte. Der Wettergott hatte reichlich Schnee über Schwerte abgelassen. Die Kinder tobten fröhlich im Garten herum und bauten Schneemänner. Sven schmückte den Weihnachtsbaum.

Es hatte sie viel Überredungskunst gekostet, Nick von ihrem Vorhaben zu überzeugen. Nach etlichen Versuchen und zahlreichen Versprechen, die sie nie würde einhalten können, war er eingeknickt und hatte nachgegeben.

Endlich! Endlich kam die Nachricht im Lokalsender des Radios, dass man am Morgen in einem Baum in der Schwerter Altstadt einen nackten Mann gefunden habe.

Die Feuerwehr habe Mühe gehabt, ihn von dort oben herunterzubekommen. Halb erfroren sei er ins Krankenhaus gebracht worden.

Bea musste lachen, während sie Kartoffeln für den Salat pellte. Wie schwer es erst gewesen sein musste, ihn hinaufzubekommen, dachte sie vergnügt. Der Nachrichtensprecher erzählte, dass dieser Vorfall an die Sage der Hexenrache erinnerte. Ein kleines Weihnachtsgeschenk für einen unliebsamen Liebhaber vielleicht, scherzte der Mann. Ein Fernsehteam vom WDR sei sogar vor Ort.

Das Telefon klingelte. Eine aufgeregte Jenni rief an, um zu berichten, dass Peter Pfeifer nackt in einem Baum gesessen und man ihn gerade abtransportiert habe. Sie konnte sich kaum beruhigen. Genau wie in der Sage, erzählte sie. Wer da wohl seine Hände im Spiel gehabt hatte? Woraufhin Bea antwortete, dass Jenni sich nun nach einem neuen Liebhaber umsehen müsse.

Stotternd suchte Jenni nach Worten. Sie war geschockt.

»Ich weiß alles, Jenni. Falls es dich tröstet, du warst nicht seine einzige Geliebte.«

Völlig perplex beendete Jenni das Gespräch. Bea hatte ihr das Weihnachtsfest gründlich verdorben.

Nick hatte ihr heute Morgen eine kurze WhatsApp mit Daumen hoch geschickt. Bei der Vollstreckung war sie nur teilweise dabei gewesen, denn Nick hatte es für besser gehalten, den Kerl alleine in den Baum zu setzen.

Bea hatte ihre Tat nicht mehr am Dienstagabend umgesetzt, sondern ihren Plan ausgereift und Nick schließlich doch überredet. Ein Vögelchen hatte ihr gezwitschert, dass Peter sich gestern Abend mit Kollegen vom Sportverein auf ein Bier in der Kneipe Ruhrglück treffen wollte. Zusammen mit Nick hatte sie ihm dort aufgelauert. Als Peter die beiden vor dem Lokal bemerkt hatte, hatten sie ihn gebeten mitzukommen und ihn unsanft in Nicks Daimler geschubst. Als Peter sich aus seiner Erstarrung gelöst hatte, hatte er angefangen, Nick wüst zu beschimpfen. Er hatte ihn gefragt, ob er seine Stelle loswerden wolle und was das Ganze solle. Nick hatte nicht lange herumgefackelt, ihm den vorbereiteten Zuckerwürfel mit den K.-o.-Tropfen in den Hals gestopft und ihn so lange festgehalten, bis er zusammengesackt war. Dann waren sie bis zum Südwall gefahren, wo der kleine Hubsteiger Manitou geparkt war. Mit dem sollte der schmale Prokurist auf den Baum befördert werden.

Bea hatte Peters Smartphone an sich genommen und wieselflink eine Nachricht an seine Frau getippt, dass er die Nacht bei seinem Kumpel Phillip verbringen würde. Anschließend hatte sie es in den kleinen Fluss Mühlenstrang geworfen.

Nick kannte sich aus mit Hubarbeitsmaschinen. Schließlich hatte er beruflich den ganzen Tag damit zu tun. So war es auch nicht aufgefallen, als er nachmittags bei einsetzender Dunkelheit mit dem kleinen Manitou das Firmengelände verlassen und ihn 800 Meter weiter abgestellt hatte.

Bea und Nick gaben ein tolles Gangsterpärchen ab, hatten alles bis ins kleinste Detail geplant. Nick hatte Angst gehabt, dass er durch diese Aktion seinen Arbeitsplatz verlieren könnte. Bea hatte ihn beruhigt. Peter würde nichts sagen, sollte er die Nacht überleben, denn er wollte bestimmt nicht, dass alle Welt erfuhr, was für ein Hallodri er war.

Sie hatten ihn zusammen in den Korb des Hubsteigers gesetzt, ihn aus seinen tollen Designerklamotten gepellt und diese ebenso in den Mühlenstrang geworfen wie zuvor sein Smartphone. Dann hatten sich Nick und Bea voneinander verabschiedet.

Nick war zur Tat geschritten, danach sollte er das Fahrzeug zurückbringen.

Bea war zu Fuße nach Hause gelaufen, in der Hoffnung, dass Sven ihr Verschwinden nicht bemerkt hatte.

Alles hatte reibungslos geklappt, so deutete Bea die WhatsApp von Nick. Genaueres würde er ihr schon noch erzählen.

Jetzt freute Bea sich erst einmal auf den Heiligen Abend und hoffte, dass niemand von ihrem Hexenwerk erfuhr.

8 »DRIVING HOME FOR CHRISTMAS«

Bochum

Noah Kaminski starrte auf die heilige Barbara, die in einer Glasvitrine neben dem Altar aufbewahrt wurde. Dieses unschuldige Antlitz, die zarten Hände, die einen Zweig hielten, dieser Hauch eines Lächelns. Bis vor einigen Wochen hatte er nichts von der Geschichte der Barbara von Nikomedien gewusst, vielleicht mal beiläufig davon gehört.

In der Vorlesung kurz vor dem 4. Dezember, dem offiziellen Barbaratag, hatte Professor Rohlinger ausführlich über die heilige Barbara gesprochen, die Schutzheilige der Bergleute, aus ihrem schweren Leben erzählt, von dem brutalen Vater, der die Tochter letztendlich enthauptet hatte. Er hatte außerdem auf das besonders interessante und vor allem wertvolle Exemplar einer Barbara in der Kirche St. Blasius in Bochum-Weitmar aufmerksam gemacht. Seither hing Noah in der Kirche ab, oft stundenlang.

Schon immer hatte der blonde Noah, gerade 25 Jahre alt, ein Faible für Burgen, Schlösser und Ritter gehabt. Dem verdutzten Vater hatte er kurz vor dem Abitur mitgeteilt, dass er Kunstgeschichte in Bochum studieren wollte, 300 Kilometer von seinem Heimatdorf im hohen Norden entfernt. Der alte Kaminski hätte es lieber gesehen, wenn Noah in seine Fußstapfen getreten wäre und Deutsch auf Lehramt studiert hätte, um später, genau wie er, Grundschulkinder zu unterrichten. Zähneknirschend hatte er jedoch dem Wunsch des Sohnes zugestimmt.

Noah studierte erst im vierten Semester. Er kam nicht sonderlich gut voran, vor allem, weil ihn nicht alles interessierte. Er bewohnte ein Apartment im Studentenwohnheim »Auf dem Kalwes« in Bochum-Querenburg. Tür an Tür mit der rothaarigen Chrissi, die ihn viel zu oft vom Lernen abhielt. Auch nach zwei Jahren hatte er noch nicht gemerkt, dass Chrissi ihn nicht für voll nahm, sich das bei ihm holte, wonach ihr gerade war, und dass sie immer wieder zweigleisig fuhr. Zurzeit war da noch der Metzgergeselle Rudi, den sie auf dem Bochumer Wochenmarkt kennengelernt hatte. Dumm, aber stark, dass war ihre Devise, nach der sie momentan lebte.

Noah hingegen hatte nur noch die schöne Barbara im Kopf, träumte Tag und Nacht von ihr, las alles, was er über die Heilige in die Hände bekam.

Kalt war es in dem Kirchengemäuer. Geheizt wurde wahrscheinlich nur für die Messen, dachte er und schlug den Kragen höher.

Montag nach dem zweiten Advent, und er schwänzte mal wieder die Vorlesungen, um bei ihr zu sein, bei Barbara. Er hatte vorgestern am Barbaratag einen Kirschblütenzweig aus dem Nachbargarten geschnitten und diesen vor die Vitrine gelegt. Angeblich brachte es Glück, wenn dieser an Heiligabend blühte.

Ja, Glück könnte er gebrauchen! Nach dem Telefonat mit seiner Mutter heute Morgen sowieso. Zuerst hatte sie ihn ganz unschuldig nach Weihnachten gefragt, wann er komme und ob er Chrissi wieder mitbringe. Er hatte herumgedruckst, dass er noch nicht wisse, ob er zum Fest heimfahren würde. Daraufhin hatte seine Mutter die Strategie gewechselt. Papa habe gemeckert, dass er mit dem Studium nicht vorankäme, von Geldkürzen sei die Rede gewesen und von Nebenjobsuchen. Verdattert hatte Noah das Gespräch beendet. Sollte er etwa auf dem Wochenmarkt Obst verkaufen? Sich für 450 Euro im Monat den Tod holen? Und wann sollte er dann lernen? Oder zu sich finden? Wie oft saß er im Steinbruch Klosterbusch und hing seinen Gedanken nach? Oder, wie jetzt, in der Kirche.

Weihnachten in Osterholz-Scharmbeck mit Chrissi konnte er vergessen. Erst gestern hatte sie nebenbei erwähnt, dass sie mit dem Metzger, der sie bekochen und bebraten wollte, das Fest verbringen würde. Vor nicht mal drei Wochen war sie noch bekennende Vegetarierin gewesen, und nun stand sie auf Rind und Schwein? Wahrscheinlich eher auf Ochse, wenn er an diesen Rudi dachte.

Noah schloss die Augen und zog die kalte, weihrauchgeschwängerte Luft ein. Hier bei Barbara fühlte er sich wohl. Er öffnete die Augen und blickte zum prunkvollen Altar. Darüber die herrlichen Bleiglasfenster mit den kirchlichen Darstellungen. Wieder suchte sein Blick die goldumrandete Vitrine, in der Barbara stand. Was sie wert sein mochte, die Heilige, fragte er sich. Sein Prof hatte auf diese Frage nur geantwortet: »Ganz schön viel, mein Junge.«

Eine Tür knarzte und der Küster mit der Kohlkopfpuppenfrisur schlurfte in den Gottesraum. Ein Stöhnen entglitt seinem alten Hals. Er mochte Noah nicht, was auf Gegenseitigkeit beruhte. Der Küster Rolf Dietrich sah die heilige Barbara in Gefahr.

Er humpelte nach vorne zum Altar, vorbei an der Bank, in der Noah hockte. Einen kurzen Gruß ließ er fallen, sah anschließend nach den Kerzen auf dem Altar, befühlte das Blumengesteck in der großen Schale, schritt weiter zur Vitrine, in der sich die Heilige befand. Auch er konnte sich nicht sattsehen an dieser anmutigen Figur. Dieses zarte Antlitz, umrahmt von dunkelbraunen Haaren, zauberte ihm ein Lächeln aufs Gesicht. Was würde aus ihr werden, wenn es tatsächlich so weit käme und man die Gemeinde St. Blasius auflösen würde? Die Kirche wäre entweiht! Schlimmstenfalls würde sie umgebaut werden zu Studentenwohnungen, in die so faule Kreaturen zögen, wie der Bengel seiner Meinung einer war, der in den letzten Tagen häufig und lange in der Kirchenbank saß.

In der vorigen Woche hatte er ihn gefragt, wieso er andauernd herkomme. Student sei er und mache eine Recherche, hatte er geantwortet. Dabei hatte er nur Augen für die heilige Barbara. Der kann mir viel erzählen, dachte Rolf Dietrich. Er könnte wetten, dass er die Heilige stehlen wollte, um sie auf dem Schwarzmarkt zu verkaufen.

Was würde aus ihm werden, wenn die Gemeinde dichtmachen würde? Er war hier vor 55 Jahren getauft worden, hatte hier die heilige Kommunion empfangen und hier geheiratet. Die Kirche St. Blasius war sein Leben. Er wollte nicht in eine andere Gemeinde versetzt werden. Niemals!

Bevor er zum Beichtstuhl ging, um nach dem Rechten zu sehen, setzte er sich einen Moment zu Noah. Versuche es im Guten, mahnte er sich.

»Schon wieder hier? Heute keine Vorlesung? Es gibt doch Internet, da können Sie viele Barbaras sehen.« Rolf beobachtete den jungen Mann von der Seite.

»Aber nicht diese hier. Diese ist besonders schön. Die Kirche ist geöffnet, also für jeden zugänglich. Wen störe ich, wenn ich hier sitze? Mache ich Sie nervös? Haben Sie Angst, dass ich die Barbara mitgehen lasse? Die ist doch elektronisch gesichert. Sobald man sie anfasst, geht der Alarm los. Oder etwa nicht?«

»Richtig. Trotzdem sind Sie mir nicht geheuer. So einen wie Sie hatte ich hier noch nicht. So hartnäckig.« Rolf Dietrich strich sich einige imaginäre Flusen von seinem dicken Wolljanker, den er sich vor Jahrzehnten aus Bayern mitgebracht hatte und der zu seiner Arbeitskleidung geworden war. »Mir wäre es lieber, wenn Sie nicht mehr herkommen.«

Noah fing laut an zu lachen. Der Widerhall in der Kirche war beachtlich. »Aber sonst geht es Ihnen gut, oder? Passen Sie auf, dass ich mich nicht beim Pfarrer beschwere. Sie können froh sein, solch einen Posten zu haben in der heutigen Zeit. Die Auf-der-faulen-Haut-Lieger-Stellen sind rar. Und nun mach nen Abgang, Opa!«

»Und das sagt ein Student?« Rolf Dietrichs Hände begannen zu zittern. Hätte er einen der goldenen Kerzenständer, die auf dem Altar standen, in der Hand gehabt, hätte er ihn dem dummen Bengel über den Kopf gezogen.

Noah lachte erneut, schüttelte den Kopf und verließ das Kirchenschiff. »Ich komme wieder«, rief er dem Kerl noch zu.

Auf dem Heimweg überkam ihn das Gefühl, verfolgt zu werden. Mach dir nicht in die Hose, mahnte Noah sich, drehte sich jedoch des Öfteren um. Wer sollte dich am helllichten Tag mitten in der Stadt verfolgen? Trotzdem wählte er bewusst belebte Straßen mit viel Verkehr und Gehwege mit Fußgängern. Der Alte hatte einen Knall, so viel stand fest. Mit seinem dummen Geschwafel hatte er Noah erst auf die Idee gebracht, die heilige Barbara zu entwenden. Zuerst müsste er natürlich diesen ollen Greis ausschalten. Nach dem heutigen Vorfall würde der das gute Stück besonders sorgfältig bewachen.

Eine Woche später. Es hatte geschneit. Immer wieder starrte Noah aus dem Fenster, um die Leute auf den Gehwegen zu beobachten. Die Kinder hatten großen Spaß, holten die Schlitten aus den Kellern und suchten sich einen Hügel zum Rodeln.

Noah konnte sich nicht auf seine Ausarbeitung konzentrieren, die er bis morgen abliefern musste. Also stand er irgendwann vom Tisch auf und klingelte bei Chrissi, die jedoch nicht zu Hause war. War sie an der Uni oder hing sie bei ihrem Metzger ab? Musste er zu Weihnachten wirklich alleine in den Norden fahren? Erst gestern Abend hatte er noch einmal mit Engelszungen versucht, sie davon zu überzeugen, ihn zu seinen Eltern zu begleiten. Es hatte ihr doch im letzten Jahr gut gefallen, Weihnachten auf dem Land mit all den Bräuchen und seiner tollen Familie. Tagelang hatte sie hinterher davon geschwärmt.

Obwohl die Dunkelheit bereits einsetzte, machte er sich auf zum Steinbruch Klosterbusch, wo sich früher die Zeche Klosterbusch befand. Dieser Steinbruch war der größte geologische Aufschluss der Stadt Bochum und eines der bedeutendsten Naturdenkmäler. Aufgrund der Verkehrssicherungspflicht war der Steinbruch nicht frei zugänglich. Zu besonderen Anlässen wurden jedoch Führungen angeboten. Die Fläche vor dem riesigen Steinbruch wurde zu Versuchszwecken von den Mitarbeitern des Botanischen Gartens der Ruhr-Universität genutzt, und Noah wusste, wie er an eine besonders schöne Stelle gelangen konnte.

Hier am steinigen Abgrund zu stehen und in diesen großen Krater zu starren, tat seiner Stimmung gut. Ein weiter Blick über das gesamte Lottental entschädigte ihn für den nicht gerade leicht zu bewältigenden Weg.

Plötzlich überkam ihn wieder das Gefühl, er spüre den heißen Atem eines Verfolgers im Nacken. Er hörte sogar Schritte, die sich in den harschen Schnee drückten und knarzten. Doch als er sich umschaute, war da nichts. Er setzte sich auf einen großen Stein, trotz Schnee und Eiseskälte, und ließ seinen Blick schweifen. Oh, Barbara, sag mir doch, was ich tun soll, dachte er verzweifelt.

Tage später. Noah war in der Kirche. Schon wieder hatte er eine Vorlesung ausfallen lassen. Kalt war es, eisig kalt. Wie magisch angezogen lief er zur Vitrine und starrte in die bitterschokoladenbraunen Augen der heiligen Barbara. Ihm war, als wollte sie ihm etwas sagen. Ihr Blick kam ihm furchtbar flehend vor. Waren da nicht zwei Tränen, die aus ihren wunderschönen Augen rollten? Oder war er bereits verrückt? Hatte der alte Küster mit dem verfilzten Kopf recht?

Ihr rotes Gewand glänzte, darunter schauten ihre Füße hervor. Sie stand anders als beim letzten Mal, stellte Noah fest, weiter rechts. Hatte der Küster die Vitrine geöffnet, sie herausgenommen und anschließend wieder hineingestellt? Oder hatte er sie gegen eine Fälschung ausgetauscht und war mit der echten Barbara über alle Berge? Das winzige Funkgerät unten an der Vitrine sendete rote Blinkzeichen, also war die Alarmanlage aktiviert.

Aus dem Beichtstuhl zu seiner Linken kamen Geräusche. Da atmete jemand. Mutig schritt er zu dem dunklen, schrankähnlichen Teil und riss mit einem Ruck die mittlere Tür auf. Nichts. Der Mittelteil des Beichtstuhls war leer. Er schaute in die beiden anderen Kammern. Auch in diesen war niemand.

Im hinteren Teil der Kirche knarrte eine Tür, und ein Luftzug streifte Noah. Der alte Küster in seiner Joppe kam auf ihn zu.

»Nicht schon wieder«, sprach er schnaufend. »Was willst du hier? Schnüffelst in jeder Ecke herum. Ich muss das dem Pfarrer melden.«

»An Ihrer Stelle würde ich mich geschlossen halten. Ich habe gute Kontakte zur Presse. Was meinen Sie, was die für Augen machen, wenn ich denen erzähle, dass Sie die heilige Barbara aus ihrer Vitrine geholt haben?«

»So? Habe ich das?« Der Küster grinste.

»Knick im Auge oder wie? Leider haben Sie die Gute nicht richtig hineingestellt. Haben Sie die Figur ausgetauscht?«

»Du träumst, Junge. Hast eine große Fantasie oder einen Sockenschuss.« Wieselflink packte der Küster mit seinen groben Griffeln Noah am Kragen und drückte ihn gegen die mittlere Beichtstuhltür. Mit einer Hand holte er ein Pfefferspray aus der Hosentasche. »Na, wie wäre es mit einem kleinen Tusch? Anschließend sperre ich dich in die Sakristei und hole die Bullen.«

Das kostete Noah nur ein müdes Lächeln. Er gab dem Alten einen kräftigen Schubs, so dass er ihn losließ und nach hinten gegen eine Bank knallte. Vor Schreck ließ er das Pfefferspray fallen. Stöhnend ging er zu Boden.

»Da müssen Sie eher aufstehen, Sie alter Sack. Sie wollen

sich mit mir anlegen?« Seelenruhig zog Noah einen kleinen Taser aus seiner Jackentasche und hielt ihn dem Mann an seine pockige, mit Alterswarzen übersäte Haut. »Na, soll ich Ihnen mal 50 Volt durch Ihren hässlichen Schädel jagen? Danach schlafen Sie mindestens 24 Stunden.«

Der Küster wand sich am Boden wie ein Aal, versuchte aufzustehen, was Noah durch einen Tritt in seinen Rücken zu verhindern wusste.

»Reißen Sie sich zusammen«, drohte er dem Küster und verließ das Gotteshaus.

Grinsend fragte er sich, ob es ein Nachspiel geben würde. Der Kerl steckte das sicher nicht so leicht weg. Er nahm die Taser-Attrappe, die er von einem Kommilitonen für 20 Euro gekauft hatte, und warf sie im hohen Bogen in die verschneiten Büsche, die er soeben passierte.

In seiner Studentenbude angekommen, wartete Chrissi auf ihn. Sie lud ihn auf einen Tee in ihre Wohnung ein, um ihm eine freudige Mitteilung zu machen. Sie wolle ihn nach Osterholz-Scharmbeck begleiten, habe mit ihrem Metzger gesprochen, berichtete sie ihm aufgeregt. Dieser sei zwar völlig ausgerastet, doch Chrissi habe sich durchgesetzt und ihm klargemacht, dass sie es Noah aufgrund ihrer langjährigen Freundschaft schuldig sei, ihn zu begleiten.

Noah freute sich auf die Tage im ländlichen Idyll. Endlich würde er den Kopf freibekommen, hätte Zeit zum Nachdenken und könnte vor allem Barbara vergessen.

»Sag mal, läuft da was mit einer anderen?«, wollte Chrissi wissen. »Du bist so abwesend. Man könnte meinen, du wärst frisch verliebt.«

Noah schmunzelte und zog die Schultern hoch. »Kann schon sein«, war alles, was er dazu zu sagen hatte.

»Ach, und geh Rudi am besten aus dem Weg. Der ist nicht gut auf dich zu sprechen. Außerdem ist er sehr impulsiv. Okay?«

Noah trank seinen Pfefferminztee aus, drückte Chrissi kurz an sich und verließ ihr Apartment.

Rudi, der Metzger, heftete sich an Noahs Fersen. Dieses schmale Würstchen, dachte er. Von dem lasse ich mir nicht die Freundin wegnehmen. Weihnachten hätte so schön werden können. Hätte Chrissi es sich nicht plötzlich anders überlegt. Nun wollte sie mit diesem Schwachkopf heim zu seinen Eltern fahren, wo es im vergangenen Jahr so herrlich gewesen sei. Mit leuchtenden Augen hatte sie ihm einzelne Szenen der weihnachtlichen Tage im nostalgischen Bauernhaus erzählt. All das könnte Rudi ihr hier in Bochum in seinem schicken Reihenhaus ebenfalls bieten. Er hatte sein Heim sogar schon geschmückt, alles hypermodern. Und eingekauft hatte er auch schon alles. Wohin jetzt damit, wenn sie wegfuhr und ihn alleine ließ?

Wo wollte dieser Knallkopf bloß hin? Er war ihm mit seinem Golf bis zum ersten Parkhaus der Ruhr-Uni gefolgt, wo beide ihren Wagen abgestellt hatten. Nun lief Noah schnurstracks Richtung Botanischer Garten, durchquerte diesen und nahm Kurs auf den Steinbruch. Was wollte der Kerl da bei dieser Kälte?

Die Wut von Rudi steigerte sich mit jedem Meter. Wenn es den Typen nicht gäbe, hätte er Chrissi für sich ganz alleine und es könnte doch noch schöne Weihnachten geben. Mit Gans aus dem Backofen, Kartoffelsalat und Knackwürstchen sowie Schweinebraten am ersten Feiertag. Sie würde ihn für seine Arbeit reichlich belohnen, davon war er überzeugt.

Plötzlich drehte Noah sich um, erkannte ihn und rannte los, von ihm weg. Rudi hinterher. Im Laufen hob er einen Stein auf, der am Wegesrand lag. Einen schön handlichen Stein, der für Noahs hohlen Kopf ideal war, fand der Metzger.

Bevor er Noah jedoch erreicht hatte, schoss eine Gestalt aus dem Gebüsch zur Rechten. Sie sah aus wie der Almöhi persönlich, hielt einen Knüppel in der Hand und heftete sich ebenfalls an Noahs Fersen. Er steckte in einer Wolljacke, trug eine Mütze auf dem Kopf und einen Schal mehrmals um den Hals gewickelt. Wer war das und was wollte er?

Wo kam der Typ mit dem Stein in der Hand her? War der auch hinter dem Studenten her? Rolf rechnete jeden Augenblick damit, dass der Barbara-Verehrer sich umdrehte und ihn erkannte.

Heute morgen war der Kerl schon gegen 8 Uhr in der Kirche aufgekreuzt, als er gerade dabei gewesen war, die Tannengestecke für die Heilig-Abend-Messe auf dem Altar zu drapieren. Unbewusst hatte er sich an die Beule gefasst, die er sich zugezogen hatte, als der Bengel ihn gegen die Kirchenbank gestoßen hatte. Noch immer schmerzte sie. Die beiden hatten sich nur zugenickt, niemand hatte ein Wort gesagt. Kurz darauf hatte der Student die Kirche wieder verlassen, war in sein Auto gestiegen und davongefahren. Rolf in seinem Wagen hinterher. Jetzt ist Schluss mit lustig, hatte er sich gesagt. Nachdem auch er seinen Wagen im Parkhaus der Ruhr-Uni abgestellt hatte, war er ihm zu Fuß dicht auf den Fersen geblieben. Es musste endlich Schluss sein, lange genug hatte der Bengel ihn geärgert. Zwischen den beiden Männern waren nur noch 50 Meter gelegen, als Rolf sich entschieden hatte, eine Abkürzung zu nehmen. Er hatte geahnt, dass der Kerl die Stelle am Abgrund aufsuchen wollte. Auf einer Bank hatte ein stabiler Ast gelegen, als hätte er auf ihn gewartet. Der war ihm gerade recht gekommen. Ich muss es tun, hatte Rolf sich gesagt. Es geht schließlich um die heilige Barbara und um viel Geld.

Chrissi wartete einen Tag vor Heiligabend mit ihrem Täschchen vergeblich auf Noah. Nervös lief sie vor dem Haus auf und ab. In seiner Wohnung war er nicht, sein Auto stand nicht auf dem Stellplatz. Auf seinem Smartphone sprang jedes Mal die Mailbox an. Sie hatte sich so gefreut auf die Tage im hohen Norden bei seinen Eltern, den Großeltern und den Geschwistern, die alle aus einer anderen Welt zu kommen schienen. Auf ländliche Weihachten mit alten Bräuchen. Das war ein echter Kontrast zu den Feierlichkeiten ihrer Eltern, denen alles Weihnachtliche zu blöd und kitschig war. Kein Gänsebraten, keine Geschenke, keinen Weihnachtsbaum. Und darauf waren sie auch noch stolz.

Wo steckte Noah bloß? Als ihr zu kalt wurde, ging sie in ihre Wohnung, setzte sich an den Tisch und schaltete den Fernseher ein. Um 10 Uhr kamen auf WDR die Lokalnachrichten, und Sekunden später stockte ihr der Atem. Leichenfund im Steinbruch Klosterbruch. Ein junger Mann mit eingeschlagenem Schädel. Chrissis Beine zitterten.

Gleich nach den Nachrichten wurde der Song von Chris Rea, »Driving home for Christmas«, gespielt. Chrissie war sofort klar, obwohl kein Name genannt wurde, dass es für Noah keine Weihnachtsfahrt nach Hause mehr geben würde.

9 »AUF DEM BERGE, DA WEHET DER WIND«

Witten

Als Alex Kreuzer um 3 Uhr, und das in der Silvesternacht, aus dem Schlaf gerissen wurde, konnte das nichts Gutes bedeuten. Seufzend versuchte er sich aus dem Schlummer zu kämpfen, während seine Manuela neben ihm den Schlaf der Gerechten schlief. Widerwillig nahm er das Handy in die Hand und drückte die Annehmen-Taste.

»Kreuzer«, murmelte er knurrig ins Telefon. »Was ist los?«

»Broscheidt hier, Polizei Witten. Leichenfund auf der Plattform des Berger-Denkmals. Jugendliche, die dort oben gefeiert haben, stießen auf ein totes Pärchen.«

»Ich komme«, sagte Alex und beendete das Gespräch.

Wie blöd konnte ich sein, gestern Abend trotz Bereitschaft zum Essen auszugehen, dachte er. Er hatte es Manuela mal wieder nicht abschlagen können. Sie hatte unbedingt ins Hotel »Talblick« gewollt, fast 20 Kilometer von seinem Zuhause in Bochum entfernt. Sie habe einen Zeitungsartikel gelesen, dass es um das kleine Hotel nicht zum Besten stehe. Da war ihre soziale Ader durchgekommen und sie hatte die Besitzerin ein wenig unterstützen wollen.

»Mach doch Kartoffelsalat und wir setzen uns vor den Fernseher«, hatte er ihr geraten, aber sie war hart geblieben, obwohl er Dienst gehabt hatte und statt Wein nur Traubensaft hatte trinken können.

Er zitterte vor Kälte, als er die Bettdecke zurückschlug, warf einen Blick auf seine schnarchende Manuela – klar, zwei Flaschen Wein hatte sie fast alleine getrunken –, schmiss sich in Jeans, Pullover, Fleece- und Thermojacke, wickelte den langen Schal mehrmals um seinen schlanken Hals, zerrte sich die kondomartige Mütze auf sein dichtes schwarzes Haar und verließ das Haus. Zuerst spielte er mit dem Gedanken, seine Kollegin Haller abzuholen, verwarf ihn jedoch sofort wieder und startete den Wagen, um zunächst alleine nachzusehen, was da los war. Pärchen, tot am berühmten Hohenstein-Berger-Denkmal in Witten? Sicherlich eine Überdosis.

Als er auf das angeleuchtete Denkmal zufuhr, nahm er die vielen Polizeiwagen mit eingeschaltetem Blaulicht wahr. Immerhin hatten die Streifenpolizisten großräumig abgesperrt.

Er bückte sich, ging unter dem Flatterband durch, grüßte die Kollegen kurz und steuerte direkt auf die Plattform zu. Broscheidt war mal wieder schnell bei der Sache gewesen. SpuSi und der Gerichtsmediziner nahmen die Toten bereits in Augenschein. Eigentlich war es Sache der Kripo, weitere Schritte einzuleiten. Alex hielt sich jedoch geschlossen, wollte das neue Jahr nicht mit Herumstänkern beginnen.

Von der wunderschönen Gegend des Ardeygebirges und der Ruhr war außer ein paar blinkenden Lichtern in weiter Ferne kaum etwas zu erkennen. Der 21 Meter hohe Aussichtturm wirkte im Blaulichtgeflacker bedrohlich auf ihn.

Als er sich den Toten näherte, dachte er, ihn träfe der Schlag. Er kannte die beiden. Der Mann, Mitte 40, sowie die Frau, einige Jahre jünger, beide festlich gekleidet, hatten wenige Stunden zuvor noch im Restaurant »Talblick« gesessen, ihm schräg gegenüber. Alex tippte auf Vergiftung, denn Suizid konnte er ausklammern. Niemals wäre das Pärchen bei zehn Minusgraden ohne Jacke oder Mantel losgezogen, auch wenn es bis zum Denkmal nur wenige Hundert Meter vom Hotel aus waren.

Alex ließ den gestrigen Abend Revue passieren. Er war schon einige Jahre nicht mehr in diesem Hotel gewesen. Unverändert, hatte er festgestellt. Das Interieur stammte aus den späten 70er-Jahren. Auch die Chefin war in die Jahre gekommen. Trotz jeder Menge Make-up und roter Haarfarbe auf dem vertrockneten Gewölle, sah man ihr das Alter an. Ihr rotes Kleid wirkte billig. Früher hatte man der Hotelchefin nachgesagt, sie würde die Zimmer stundenweise vermieten. Von weit her waren vergnügungssüchtige Menschen angereist, um sich an der Bar etwas für ein paar Stunden zu suchen. Rosita Weingard hatte schwer daran gearbeitet, ihren guten Ruf wiederherzustellen.

Alex hatte sich gewundert, dass am Silvesterabend nicht mehr Betrieb im Restaurant herrschte. Wenigstens Tanz hätte er erwartet. Doch es waren nur drei Tische besetzt gewesen. Am Essen hatte er nichts auszusetzen gehabt. Die Lendchen in Pilzrahmsoße waren köstlich gewesen, ebenso die Beilagen. Aber er hatte sich gelangweilt und deshalb dieses Pärchen schräg gegenüber in Augenschein genommen. Er war sich sicher, dass sie nicht fest liiert waren. Sie hatten entspannt gewirkt, als hätten sie schon eine Nummer hinter sich, grinsten sich an, hielten Händchen und redeten leise. Manuela hatte ihn angefahren, wieso er so blöd zu den Leuten starre und sich nicht mit ihr unterhalte.

Gegen 22 Uhr hatte sich die tolle Rosita mit dem verknitterten Dekolleté zu ihnen an den Tisch gesetzt und gefragt, wie es ihm gehe. Sie hatte ihn wiedererkannt. Alex hatte vor einigen Jahren in Drogenangelegenheiten ermittelt, obwohl er eigentlich für Tötungsdelikte zuständig war. Rosita hatte einen Obstler auf das Wiedersehen spendiert und sich mit ängstlichem Blick wieder hinter die Bar verzogen. Sie wolle mit den alten Geschichten nichts mehr zu tun haben, hatte sie gesagt, und arbeite mit allen Mitteln daran, ihren guten Ruf wiederherzustellen.

Ein windiger Vogel mit Glatze und Lederweste hatte kurz darauf den Gastraum betreten und sich als Chef aufgespielt. Alex hatte sich gefragt, wo sie diesen Typen aufgegabelt hatte. Gefängnis?

Keine sechs Stunden später fuhr Alex, seine Kollegin Tina Haller mittlerweile neben sich, erneut zum Hotel »Talblick«. So früh am Neujahrsmorgen waren die Straßen menschenleer. Er parkte direkt vor dem Eingang und betrat das Etablissement, dessen Tür nicht verschlossen war. Madame Weingard erschrak, als sie ihn eintreten sah. Hatte sie Angst, dass die Vergangenheit sie einholte?

»Ein frohes Neues! So schnell sieht man sich wieder«, sagte er und hielt ihr seinen Dienstausweis hin. Anscheinend hatte sie noch nicht geschlafen, sonst sähe sie zerknautschter aus.

»Setzen wir uns dort ans Fenster. Sicherlich kommen Sie wegen der beiden Toten, nicht wahr?« Mit lauter Stimme rief sie nach dem Glatzenmann von gestern Abend, der sich Kevin nannte, und orderte Kaffee. Dieser erschien wenig später mit einem Tablett, auf dem sich drei Tassen und eine Kanne befanden. Er sah aus, als hätte er sich geprügelt.

»Ja, so schnell kann es gehen«, meinte Alex und stellte seine blonde Kollegin vor. »Wer ist der Mann?«, fragte er mit einem Blick auf den korpulenten Kevin.

»Das ist Kevin Altmüller. Er arbeitet als eine Art Hausmeister für mich. Gutes und günstiges Personal zu finden, ist nicht einfach. Sie wissen, wie es um mein Hotel bestellt war. Aber langsam krieche ich aus dem dunklen Loch. Da kann ich mir nicht viele Arbeitskräfte leisten. Kevin ist ein echter Allrounder: Er putzt, kocht, serviert.«

Alex grinste seine Kollegin an. Dachte sie dasselbe? Außerdem deutete nichts, aber auch gar nichts darauf hin, dass sich das Hotel auf einem besseren Weg befand. Im Gegenteil, auf Alex wirkte es, als stände es kurz vor der Pleite. Früher war hier die Post abgegangen. Kein freier Platz mehr am Wochenende, nicht mal ein Stehplatz an der Bar. Einen Skandal konnte sie sich nicht leisten, so viel stand fest.

»Sie kannten das Pärchen, das ermordet am Berger-Turm gefunden wurde?«

»Na klar, die haben gestern Abend hier gegessen. Sie müssen sie doch gesehen haben.« Verdutzt schaute Rosita den Kommissar an.

»Das habe ich. Kamen sie öfters her? Nur zum Essen oder hatten sie hier auch ein Zimmer?«

»Heute Nacht hat sich ein Polizeibeamter schon nach ihnen erkundigt. Sie kamen regelmäßig her, nahmen sich ein Zimmer und aßen hier.«

»Wann sind sie heute Nacht aufgebrochen? Wann haben sie das Hotel verlassen?«

»Was weiß ich, sie haben das Zimmer bis heute Morgen gebucht.«

Alex merkte Rosita Weingard an, dass ihr die Sache äußerst unangenehm war.

»Bleibt das unter uns, Herr Kommissar? Ich muss an meinen Ruf denken!«

»Nein, mit Sicherheit nicht. Es handelt sich schließlich um Mord.« Und der Ruf ist schon seit Jahren ruiniert, wollte er hinzufügen, ließ es aber besser. »Bitte geben Sie mir die Personalien der beiden Toten.«

Haller schickte er nach oben in das Zimmer des Pärchens, um sich dort umzusehen. Der Allroundman ging ihr voraus.

In der Zwischenzeit redete Weingard auf Alex ein. Ihre verzweifelte Stimme hallte in seinem Kopf wider. Sie redete sich um Kopf und Kragen und merkte nicht, dass sie sich damit in ein immer schlechteres Licht rückte.

Christian Klenke, 45 Jahre, und Theresa Löhr, 41 Jahre, seien Arbeitskollegen gewesen, beide verheiratet, jedoch nicht miteinander. Er war Arzt im Marienhospital in Witten, sie dort Krankenschwester. Nachdem Weingard wie eine Verrückte auf ihrem Tablet herumgewischt hatte, teilte sie Alex auch die Anschriften mit. »Das habe ich aber alles schon ihrem netten Kollegen heute Nacht gesagt.«

Alex schwieg dazu.

Wieso hatten die beiden sich nicht in irgendein Zimmer im Krankenhaus zurückgezogen, um das zu tun, was sie getan hatten? Wieso hatten sie sich hier in dieser Spelunke eingemietet?

Die Papiere der beiden Fremdgeher waren nicht auffindbar, die warmen Jacken und die Tasche von Theresa Löhr lagen jedoch noch im Zimmer.

Alex ließ die Gegend um das Hotel und den Berger-Turm absuchen. Ihm war es ein Rätsel, wer dieses Paar umgebracht hatte, das außer ihren Ehepartnern anscheinend niemandem geschadet hatte. Wo war das Motiv?

Während Haller das wenige Personal und die beiden weiteren Gäste, ein russisches Ehepaar, befragte, machte Alex sich auf die Socken, um den Ehemann dieser Theresa Löhr aufzusuchen. Ein Kollege aus dem KK 11-Team war beauftragt, die Jugendlichen, die die Toten entdeckt hatten, zu vernehmen.

Nach knapp sechs Kilometern erreichte Alex die Kreisstraße in Witten-Annen. Er parkte vor einem ganz normalen, eher tristen mehrstöckigen Wohnhaus und drückte auf die Klingel mit dem Namen Werner Löhr. 11 Uhr, da könnte der Göttergatte schon aufgestanden sein. Alex hatte es versäumt, noch in der Nacht einen Kollegen loszuschicken, um den Ehemann vom Tod seiner Frau zu unterrichten. Ein Fauxpas, das war klar!

Der Türsummer holte ihn aus seinen Gedanken. Im trostlosen Treppenhaus roch es nach Kohl und Feuchtigkeit. Hinter den Wohnungstüren hörte er Musik, TV-Geräusche und Kinderlachen. Bis in den dritten Stock musste er hinaufsteigen. Dort empfing ihn ein genervter Mann mittleren Alters im verwaschenen grauen Jogger in der offenen Wohnungstür. Neben ihm ein Jüngling, die Kleinausgabe von ihm, im grünen Jogginganzug.

»Ich dachte, es sei meine Frau. Mal wieder Schlüssel vergessen. Das beherrscht sie gut. Was kann ich für Sie tun?«

Alex zückte seinen Dienstausweis und hielt ihn dem Mann entgegen. »Alex Kreuzer, Kripo Bochum. Kann ich Sie einen Moment sprechen, Herr Löhr?«

»Kripo? Was gibt es denn? Wir haben Neujahr. Hat er hier was angestellt?« Er gab seinem Sohn einen Schubs.

Der Pappiverschnitt grinste nur.

»Es geht um Ihre Frau. Theresa Löhr. Darf ich reinkommen?«

»Die ist nicht zu Hause. Ist bei einer kranken Arbeitskollegin. Hat sich seit gestern nicht gemeldet.«

»Das wird sie auch nicht mehr. Sie ist tot. Ermordet worden.« Alex' Stimme war voller Sarkasmus. Er war genervt. Wieso ließ ihn der Kerl nicht rein? Sah er etwa aus wie ein Vertreter? Am Neujahrstag?

Endlich gab Löhr den Eingang frei und ließ den Kommissar eintreten.

»Mama ist tot?«, fragte der Halbwüchsige und brach in Tränen aus.

Mist, der zweite Fauxpas in diesem Fall. Wie konnte er nur so unbedacht sein und vor dem Jungen so sprechen? Löhr führte Alex durch die muffige Diele mit Palmentapete ins Wohnzimmer, wo er sich ungefragt auf das Sofa setzte und sich umsah.

Oh Graus! So wohnt also eine relativ junge Krankenschwester? Hübsch dazu. Eine echte Spießerwohnung. Wohnzimmerschrank in Eiche rustikal, passender Couchtisch mit Kacheleinlage, Sofagarnitur in braunem Plüsch mit Eichengestell. Da hatte es seine Oma moderner, dachte Alex. Der Tannenbaum war riesig, aus Plastik, geschmückt mit silbernem Gebimsel einschließlich Lametta. Darunter einige bunte Teller mit billigem Süßkram. Kein Wunder, dass die Frau die Flatter gemacht hatte. Sicher hatte die junge Familie die Wohnung von einem verstorbenen Elternteil übernommen.

»Tot, sagen Sie? Wieso? Was ist passiert?« Herr Löhr nahm ebenfalls keine Rücksicht auf den Jungen. Sonderlich geschockt wirkte der Gatte auch nicht.

Der Junge schon. Trotz seines Alters von mindestens 13 Jahren, saß er auf dem Schoß seines Vaters. Jogginganzug auf Jogginganzug. Alex fand den Anblick ekelhaft.

»Wir sind erst am Beginn unserer Ermittlungen. Ich habe noch keinen Obduktionsbericht. Nach ersten Angaben des Gerichtsmediziners ist sie wohl vergiftet worden.«

Löhr starrte Löcher in die Luft. Sagte nichts mehr.

»Wann wollte Ihre Frau zurück sein? Fanden Sie es nicht seltsam, dass sie am Silvesterabend nicht zu Hause war?« Alex dachte an seine Manuela. Obwohl zwischen ihnen auch oft Schweigen herrschte, genossen sie die gemeinsamen Stunden.

»Nee, was ist schon Silvester? Außerdem war sie bei ihrer Kollegin. Da ging es ihr gut. Wurde sie dort ermordet?«

»Nein, sie war nicht bei ihrer Kollegin. Sie war mit ihrem Liebhaber unterwegs. Einem Arzt aus dem Krankenhaus. Sie haben sich in einem Hotel amüsiert. Wenig später fand man sie auf der Aussichtsplattform des Berger-Denkmals in Witten.« So, dachte Alex, diesem desinteressierten Ehemann habe ich es gegeben. Er wartete auf eine Reaktion. Einen Zusammenbruch oder Ähnliches. Doch nichts.

Werner Löhr kratzte an einem Kaffeefleck auf seiner Jacke herum und starrte auf den TV-Bildschirm. Skispringen.

»Ist der Kerl auch tot? Geschieht ihm recht.«

»Sie wussten von dem Verhältnis Ihrer Frau?« Alex war erstaunt. Ganz so gleichgültig war ihm seine Frau wohl nicht gewesen.

»Ich dachte, das wäre ausgestanden. Sie hat geschworen, dass sie die Finger von diesem kleinen Internisten lässt. Anscheinend hat sie das nicht. Ihre gerechte Strafe hat sie nun bekommen.« Grinsend lehnte er sich zurück, scheuchte den Sohn von sich und seufzte tief.

»Ihre Frau wurde ermordet. Das bezeichnen Sie als gerechte Strafe? Geht's noch?«

»Kehrt endlich Ruhe ein!«

»Wo waren Sie heute Nacht, kurz nach Mitternacht?«

»Hier, wo sonst? Ich habe mit meinem Sohn ferngesehen.« Ab jetzt schwieg Herr Löhr beharrlich.

Alex stand auf und verließ grußlos die Wohnung.

Ob er es war, fragte er sich auf der Fahrt zu den Klenkes.

In einer bevorzugten Wohnlage von Witten-Rüdinghausen staunte Alex nicht schlecht. Noch immer glitzerten die frei stehenden Einfamilienhäuser schräg gegenüber dem Friedhof in fröhlichem Lichterzauber, obwohl das neue Jahr schon Einzug gehalten hatte. Minusgrade und ein feiner, beißender Schnee schlugen ihm entgegen, als er aus dem Auto stieg und auf das Haus zuging. Auch hier leuchteten noch die Weihnachtsbäume, außen und, wie er wenig später, als sich die Haustür öffnete, sah, auch innen.

Eine modern gekleidete junge Frau mit pechschwarzem Pagenkopf öffnete die Tür und sah ihn neugierig an. Um sie herum sprangen zwei bezopfte Mädchen von ungefähr acht bis zehn Jahren und schauten neugierig. Dieses Zuhause war das krasse Gegenteil zu dem der toten Krankenschwester.

»Was kann ich für Sie tun?«, erklang eine erotische Reibeisenstimme. Wie ein Schäferhund in freudiger Erwartung legte die Frau den Kopf schief.

»Alex Kreuzer, Kripo Bochum.« Genervt zeigte er erneut seinen Dienstausweis.

»Ja, und?« Karina Klenke schaute ihn debil an und wartete ab.

Alex' Puls beschleunigte sich. Waren die Menschen heute alle geistig minderbemittelt? Auch hier entschied er sich für raue Worte. »Darf ich reinkommen? Oder soll ich Ihnen die Todesnachricht hier draußen überbringen?«

»Todesnachricht?« Erschrocken riss Frau Klenke die winzigen, zugekleisterten Augen auf. »Ist mein Vater tot?«

»Ich kann Ihnen auch eine E-Mail schicken, wenn Ihnen das lieber ist.« Alex hatte die Pappe auf und stöhnte laut. »Ihr Mann, falls es sich bei Christian Klenke um Ihren Gatten handelt, ist tot. Ermordet.«

Frau Klenke gab die doppelflügelige Haustür frei und ließ ihn eintreten. Ängstlich starrte sie auf die schneebehafteten Schuhe des Kommissars und gleichzeitig auf den schwarzen Hochglanzboden.

Alex stapfte durch ins Wohnzimmer, staunte nicht schlecht über die karge, moderne Einrichtung und den Weihnachtsbaum in Lila. Unaufgefordert nahm er auch hier auf dem weißen Sofa Platz, die Dame des Hauses ließ sich ihm gegenüber auf dem Ledersessel nieder.

»Mein Mann soll tot sein? Der hat Bereitschaftsdienst im Krankenhaus. Das ist ganz bestimmt ein Irrtum.«

Alex war über so viel geballte Blödheit erstaunt, auch wenn sie schön anzusehen war.

»Hören Sie, Frau Klenke. Ob Sie mir glauben oder nicht – man hat Ihren Gatten Christian Klenke heute

Nacht auf der Aussichtplattform des Berger-Denkmals in Witten mit seiner Geliebten tot aufgefunden. So, wie es bis jetzt aussieht, wurden beide vergiftet.«

Ihre Erschütterung hielt sich in Grenzen. Wütend knabberte sie an ihrer Perlenkette herum. »Wie kam er denn da hin? Und wer war dabei? Diese neue Schwester aus der Chirurgie?«

»Gute Frau ich bin hier, um Sie über den Tod Ihres Mannes in Kenntnis zu setzen, mehr nicht. Übrigens hat Ihr Mann sich des Öfteren in dem Hotel mit der Dame getroffen. Noch kurz eine Frage: Wo waren Sie heute Nacht zwischen 11 und 2 Uhr?«

»Wo soll ich wohl mit zwei Kindern hin? Hier zu Hause war ich natürlich.«

Die zwei munteren Mädchen sprangen über Tisch und Bänke und spielten Fangen. Anscheinend hatten sie ihnen nicht zugehört und noch nichts vom Tod ihres Vaters mitbekommen.

Alex stand vom Sofa auf. Eine Tasse Kaffee hätte ihm gutgetan.

Während er auf den Ausgang zusteuerte, murmelte die Frau in seinen Nacken: »Ich hätte ihn niemals heiraten sollen, diesen Weiberhelden. Mein Vater hat gleich gesagt, dass der nichts taugt. Nicht mal promoviert hat er.«

Die war es nicht, dachte Alex, als er die Tür mit Schwung ins Schloss fallen ließ. Der geht es nur darum, ein schönes Leben zu führen, um das sie sich jetzt ängstigt. Aber man hat schon Pferde vor der Apotheke kotzen sehen. Vielleicht hat sie nachgeholfen?

Zum x-ten Male hatte Alex die Hotelchefin verhört. Es widerstrebte ihm, ständig in ihr abgewracktes Gesicht zu schauen. Dauernd verstrickte sie sich in Widersprüche. Heute, am 2. Januar, war er wieder bei ihr. Er wurde mit einem Frühstück verwöhnt und hörte der zittrigen Alten zu, während Kollegin Haller sich diesen jammernden Kevin-Hausmeister vorknöpfte. Seine freche Kollegin konnte gut mit solchen Typen, sie kannte kein Erbarmen, bis sie geständig zusammenbrachen.

Zum wiederholten Male fragte Rosita, wieso sie denn dieses Paar umbringen sollte. Okay, sie hätten ihrem guten Ruf geschadet, meinte sie. Doch das bezweifelte Alex stark. Wo kein guter Ruf vorhanden war, konnte man auch keinen zerstören.

Die Vernehmung der Jugendlichen durch den Kollegen hatte ebenso wenig erbracht wie die Befragung der unmittelbaren Nachbarn. Niemand wollte etwas gesehen haben.

Alex war überzeugt, dass die beiden hier im Hotel umgebracht und später weggeschafft worden waren. Im Obduktionsbericht, der inzwischen vorlag, war von einer erheblichen Menge Rizin in den Körpern der beiden die Rede, was sehr schwer nachzuweisen war. Das konnte ihnen nur im Hotel verabreicht worden sein, dachte Alex. Doch welches Motiv hätte Rosita Weingard?

Das gute Frühstück machte ihr dummes Gelaber leider nicht wett. Seine Fragen blieben unbeantwortet. Sie drehten sich im Kreis.

Haller schien erfolgreicher gewesen zu sein. Am späten Nachmittag kam sie mit dem weinenden Kevin ins Restaurant, ihr übliches Erfolgsgrinsen im Gesicht. Er war nach ihren Stasi-Methoden eingeknickt und hatte gestanden, das Pärchen entsorgt zu haben, so wie seine Chefin es von ihm verlangt habe. Umgebracht habe er die Liebenden nicht.

Polizeibeamte, die dazugerufen wurden, legten dem Mann Handschellen an und führten ihn ab.

»Die Hexe hat mich fertig gemacht! Sie hat mich dazu gezwungen«, schrie er durchs Restaurant und wollte Rosita an den Kragen.

Alex kam plötzlich ein Gedanke. »Haben die beiden auch einen Obstler bekommen?«, fragte er die Chefin. »So wie meine Frau und ich? Wahrscheinlich auf ihrem Zimmer, oder? Ein paar Rizin-Tropfen hinein und ab damit in den Hals? Nach ein paar Stunden waren sie dann hinüber. Stimmt's?«

Rosita Weingard brach zusammen. Es war vorbei. »Sie waren mir schon lange ein Dorn im Auge. Ihr Verhalten machte Schule. Immer mehr Paare wollten Zimmer für ein paar Stunden. Das konnte ich nicht zulassen. Wir sind doch hier kein Puff! Sie mussten weg.«

Auch sie wurde kurze Zeit später abgeführt.

10 »LEISE RIESELT DAS SALZWASSER«

Essen

Ellen Domanski holte sich ein Stück Christstollen aus ihrer Tasche, kaute mit Begeisterung das trockene Gebäck und spülte mit Kaffee aus der Thermoskanne nach.

Eine verrückte Idee, heute, am Nachmittag des Heiligen Abend, das Gradierwerk im Grugapark aufzusuchen. Zweieinhalb Kilometer zu Fuß bei Eis und Schnee sowie sieben Minusgraden. Nach ihrer überstandenen Bronchitis tat es ihrem Körper sicherlich nicht gut, sich auf die Bank vor den Salinen zu setzen. Die salzhaltige Luft half ihr sonst immer bei ihren Beschwerden. Bei dieser Kälte jedoch war es Wahnsinn.

Für den Abend war alles vorbereitet. Kleiner Tannenbaum geschmückt, Kartoffelsalat im Kühlschrank, Würstchen vom Metzger besorgt. Das Angebot ihrer Mutter, zu ihr zu kommen, hatte sie abgelehnt. Ihre Mutter war alleine, und manch eine Tochter hätte sich verpflichtet gefühlt, den Heiligen Abend bei der Mutter zu verbringen. Ellen hatte jedoch nicht das beste Verhältnis zu ihr, da diese ihr zeitlebens Knüppel zwischen die Beine geworfen hatte und alles besser wusste. Nein, das wollte sie sich nicht antun. Außerdem würde die Mutter wieder ihre gefühlt 150 Krankheiten bejammern. Dann dieser eigenartige Geruch in der Wohnung, das brauchte sie nicht.

Ihre Kollegin und Freundin Katja, ebenfalls Single, hatte ihr vorgeschlagen, den Abend gemeinsam mit ihr zu verbringen und sich einen guten Krimi anzuschauen. Angesichts der noch vorhandenen Erkältung zog Ellen das Alleinsein jedoch vor. Jogginghose anziehen, abschminken und ab auf die Couch. Lecker essen und fernsehen, sich mal richtig gehen lassen.

Die wenigen Spaziergänger, die sich vor dem Fest mit den Lieben noch die Beine vertreten wollten, schauten sie an, als hätte sie nicht alle Tassen im Schrank. Wer setzte sich bei dieser Kälte auf eine Bank?

Ein paar Minuten später, Ellen wollte gerade aufbrechen, gesellte sich ein Herr mittleren Alters zu ihr, klemmte sich seine altertümliche Reisetasche zwischen die Beine und schaute auf das Gradierwerk, abwechselnd auch mal in den blauen Himmel.

»Sie holen sich den Tod, junge Frau«, sagte der Mann und zog sich seine Pudelmütze tiefer ins Gesicht.

»Sie sitzen doch auch hier«, entgegnete Ellen und schaute sich den Mann von der Seite an. Sie hatte keine große Lust auf Konversation.

Als ihre Blicke sich trafen, überlegte Ellen, woher sie diesen eigenartigen Mann kannte.

»Bei mir kommt es nicht mehr drauf an. Ich bin einiges gewohnt.« Seine Augen weiteten sich, als sie ein weiteres Stück Christstollen aus ihrer Tasche holte. Er musste schlucken.

Nein, Ellen bot ihm nichts vom Stollen an. Sie überlegte krampfhaft, wo sie den Mann schon einmal gesehen hatte.

Ihm schien es ähnlich zu gehen.

»Was schleppen Sie da mit sich herum?« Sie zeigte auf die alte Ledertasche. »Haben Sie kein Zuhause?«

»Nein, habe ich nicht. Ich bin gestern aus dem Gefängnis entlassen worden. Die letzte Nacht habe ich bei meinem Bewährungshelfer in der Garage verbracht. Für heute habe ich die Adresse vom Männerübernachtungsheim in der Caubstraße in Gelsenkirchen.«

Entsetzt starrte sie den Mann an, der gar nicht übel aussah. Wen man hier alles so trifft, dachte sie und merkte, dass sie es laut ausgesprochen hatte. »Was haben Sie verbrochen? Ihren Vater umgebracht?«

Jetzt lachte er. »Nein, wiederholte Einbrüche mit Körperverletzung. Beim letzten Bruch habe ich einem alten Opa die Birne eingeschlagen, weil er seine Schmuckschatulle nicht abgeben wollte. Krallte sich daran wie ein Irrer. Mir stand das Wasser bis zum Hals.« Er sah sie verständnisheischend an.

»Ach, und da kann man sich nehmen, was einem nicht gehört? Notfalls mit Gewalt oder wie?«

Als er sich zu ihr drehte, fiel es ihr wie Schuppen von den Augen. Paul Geissler, ihr ehemaliger Schulkollege. Damals, Ende der 80er-Jahre, schon ein fieses Stück. Sie hatte ihn toll gefunden, wieso auch immer. Vielleicht, weil er ihr die kalte Schulter gezeigt hatte?

Wieder lachte er, scheinbar war auch bei ihm der Groschen gefallen. »Ellen Domanski. Die hochnäsige Ellen mit der hässlichen Zahnspange.«

»Na ja, besser als Kind eine Zahnspange tragen, als später herumzulaufen wie ein Hase.«

Verlegen schloss er seinen Mund und schwieg.

»Man sieht sich immer zwei Mal im Leben, da ist was dran«, sagte sie und schmunzelte. »Du hast ja eine tolle

Karriere hingelegt.« Sie überlegte, ob sich damals schon abgezeichnet hatte, wohin sein Weg ihn führen würde. Okay, er hatte aus dem Schulschrank die Spendendosen für die Hungernden mitgehen lassen, hatte einem Schulkollegen die teuren Markenturnschuhe gestohlen, war einige Male mit der Polizei zur Schule gebracht worden, weil er häufig geschwänzt hatte. Nach zwei Ehrenrunden hatte er die Realschule verlassen und ihre Wege hatten sich getrennt. Gerade seine ruppige Art hatte sie damals magisch angezogen. 30 Jahre später saß er mitten im Winter neben ihr auf einer Bank. Ein entlassener Strafgefangener.

»Es ist viel schief gelaufen in meinem Leben. Meine Frau hat mir alles genommen. Meinen Sohn, mein Haus, mein Geld. Was blieb mir anderes übrig, als es mir anderweitig zu verschaffen?«

»Ja, ja, immer sind die anderen schuld, wenn man auf die schiefe Bahn gerät. Meistens die Frauen.« Ellen grinste in sich hinein.

»Du hast ja keine Ahnung. Hast immer in geordneten Verhältnissen gelebt. Bei mir war der Versager schon vorprogrammiert.« Paul scharrte mit seinen klobigen Schuhen im Schnee.

»Du musst es wissen. Ich bin nicht mit dem goldenen Löffel im Mund geboren worden, musste mir alles hart verdienen.« Abfällig blickte sie an ihm hinunter. »Ich weiß übrigens, wieso ich nicht geheiratet habe.«

»Beamtentochter! Pah!«

»Mein Vater ist früh gestorben, und mit meiner Mutter habe ich kaum Kontakt. Wenn es danach ginge, müsste ich dem Nächstbesten den Schädel einschlagen. Mir würden mildernde Umstände zugeschrieben werden.« Ellen packte ihre Thermoskanne in die Tasche und erhob sich.

»Ich geh dann mal. Pass auf, dass sie dir in dieser Notunterkunft nicht die Zähne ausschlagen.«

Wie ein begossener Pudel saß er da, der einst schönste Junge der Klasse.

Sie drehte sich ein letztes Mal zu ihm um, sah, dass er sich seine hässliche Reisetasche schnappte und ihr folgte.

»Kann ich nicht bei dir übernachten?« Blaue Augen sahen sie bittend an. »Wenigstens ein oder zwei Nächte?«

»Was hätte ich davon?«

»Ich könnte dir im Haushalt helfen, Keller aufräumen, irgendwas streichen. Ich kann gut Vogelhäuschen bauen. Habe ich im Knast gelernt.«

Sie zweifelte noch immer an ihrem Verstand, als sie eine halbe Stunde später mit dem Ex-Knacki Paul Geissler ihre schmucke kleine Wohnung in der Sommerburgstraße auf der Margaretenhöhe betrat. 50 Quadratmeter Dachgeschoss in einem ruhigen Fünf-Familien-Haus, nette Nachbarn inklusive. Würden die sich die Mäuler zerreißen, wenn sie mitbekämen, dass sie einen Kerl über Weihnachten in ihrer Wohnung beherbergte? Egal. Sollten sie reden.

Fast schüchtern entledigte er sich seiner Schuhe und der Jacke, stellte die hässliche Tasche ebenfalls an der Garderobe ab. Bewundernd betrat er das heimelige Wohnzimmer mit dem fantastischen Ausblick. Moderne Möbel in Buche, Couchgarnitur in hellem Stoff, ansonsten wenig Schnick-Schnack. In der Ecke auf einem Tischchen der spärlich geschmückte Weihnachtsbaum. Daneben ein Nussknacker aus dem Erzgebirge in immenser Größe.

»Schön wohnst du. Wieso bist du nicht verheiratet?« Er setzte sich auf die Couch und starrte auf den ausgeschalteten Fernseher.

»Ich hatte ein paarmal Pech mit den Männern, dann das live erlebte Elend bei meinen Eltern … Deshalb habe ich mich entschlossen, alleine zu bleiben. Wenn ich mitkriege, was meine Freundinnen für einen Ärger mit ihren Kerlen haben, verzichte ich lieber und bleibe Single. Ich möchte von keinem Mann abhängig sein.«

»Verstehe ich nicht. Du siehst doch gut aus.« Er betrachtete sie wohlwollend von oben bis unten. Blond, schlank, nettes Gesicht.

»Sag mal, was redest du für einen Scheiß! Weil ich gut aussehe, würde sich schon ein Kerl opfern, oder wie? Kapierst du es nicht? Ich will keinen Mann. Will mir keine Vorschriften machen lassen. Will selbst bestimmen. Was hat das mit Aussehen zu tun?«

»Na, die hübschen Weiber sind meist als Erstes vergeben. Ist ja schon gut.« Er zog den Kopf ein, als fürchtete er, von ihr geschlagen zu werden.

»Ein paar Regeln, bevor wir zum gemütlichen Teil übergehen. Du wirst auf dem Sofa übernachten, Bettwäsche lege ich dir nachher raus. Wenn du die Dusche benutzt – ich denke, das ist bitter nötig – reinigst du hinterher alles. Klar? Auch sonst habe ich keine Lust, hinter dir herzuräumen. Ich will schöne, harmonische Weihnachten verleben und keine zusätzliche Arbeit aufgebürdet bekommen. Über das TV-Programm bestimme ich. Kannst dir gerne ein Buch aus dem Schrank nehmen.« Ellen stand aus dem Sessel auf und steuerte auf die Küche zu.

»Ich finde Lesen blöd. Wir können uns ja unterhalten.« Er lugte zu seiner in der Diele stehenden Tasche, als dachte er darüber nach, wieder zu verschwinden.

»Schauen wir mal, ob wir gemeinsame Themen finden«, sagte sie, sie war noch einmal zurückgekommen. »Und noch eins: Angraben ist nicht. Ich will weder Sex als Entschädigung dafür, dass ich dich aufgenommen habe, noch ein Vogelhaus. Klar?«

Wut stieg in ihm hoch, sie sah es ihm an. Wahrscheinlich hätte er ihr am liebsten eine geknallt. Ob er seine Frau geschlagen hatte? Doch dann müsste er mit der Straßenbahn nach Gelsenkirchen in die Caubstraße zu diesem Männerübernachtungsheim fahren. Und das wollte er vermutlich auf keinen Fall. Ellen verschwand in ihrem Schlafzimmer, um sich bequeme Kleidung anzuziehen.

Als er nun die Tür zu ihrem kleinen Schlafzimmer öffnete, rastete Ellen aus. »In diesem Raum hast du nichts zu suchen. Klar?«

Wenig später fing er an zu jammern wie ein verzogenes Kleinkind. Hunger habe er, und eine Flasche Bier würde er gerne trinken. Schon so lange habe er kein Bier mehr getrunken.

Gegen 18 Uhr setzten sie sich an den Küchentisch, um das Abendessen einzunehmen. Im Hintergrund lief leise Musik von Jonas Kaufmann, die Paul mit »blöde Mucke« kommentierte. Entsetzt starrte er auf das Würstchen, das sie ihm auf den Teller gelegt hatte. Die Kartoffelsalatportion daneben war ebenfalls mehr als überschaubar. Als Getränk bekam er ein halbes Glas Rotwein. Bier hatte sie nicht im Haus. Ellen reichte ihm noch zwei gekochte Eier und stellte eine Schale mit Weihnachtsgebäck auf den hübsch gedeckten Küchentisch.

Als die Weinflasche, ein guter Cabernet Sauvignon aus Frankreich, geleert war, gab es nur noch Mineralwasser, wahlweise Pfefferminztee.

Paul sagte nichts, sondern machte gute Miene zum bösen Spiel, was ja gar kein böses Spiel war. Er konnte froh sein, bei 15 Minusgraden, die inzwischen draußen herrschten, bei ihr untergekommen zu sein.

»Und du meinst wirklich, es hilft, sich vor die Salinen zu hocken, egal bei welchem Wetter? Lass dir lieber was Ordentliches verschreiben.«

»Mit Kanonen auf Spatzen schießen? Bei dir piept es wohl. Ich habe schon lange Last mit den Bronchien. Lag deswegen sogar mal im Krankenhaus. Wenn ich mich bei jeder Attacke mit Antibiotika vollgepumpt hätte, wäre ich längst tot.«

Fünfminütiges Schweigen.

»Und du so? Erzähl mal, was nach der Schule bei dir quer gelaufen ist.« Sie wollte es nicht wirklich hören, doch über irgendetwas mussten sie reden, obwohl sie auf keinen Nenner kamen. Alles wusste er besser, hatte er auch schon erlebt. Ihre Stelle als Vorstandsekretärin bei der BAZ machte er nieder. Seine Gattin sei Verkäuferin im Konsum gewesen, was viel mehr zähle als Sekretärin. Was sollte Ellen auf so einen Blödsinn erwidern? Wie er zum Einbrecher und Gewalttäter geworden war, fand er lustig, lachte sich über den zusammengeschlagenen Opa, der selbst schuld gewesen sei, halb tot.

Am Abend setzten sie sich vor den Fernseher. Ellen hatte sich für den Film »Die Feuerzangenbowle« entschieden, den er niedermachte. Er jammerte herum, dass er lieber »Kevin allein zu Haus« schauen wollte.

»Das gibt es hier nicht. Da musst du in die Caubstaße fahren«, entgegnete Ellen grinsend.

»Dort gibt es keinen Fernseher.«

»Eben.«

Ellen bereute schon bitter, dass sie diesen Blödmann mitgenommen hatte. Nachdem der Film zu Ende war, schaltete sie den Fernseher aus und suchte ihr Schlafzimmer auf. Sie verschloss die Tür und stellte einen Stuhl unter die Türklinke. Neben sich auf den Nachttisch legte sie ihre schwere Taschenlampe. Für alle Fälle.

Paul starrte, nachdem Ellen sich verzogen hatte, den hässlichen Nussknacker an. Der Holzkerl mit dem bösen Blick flößte ihm Angst ein. Das kleine Tischlämpchen durfte er anlassen, den Fernseher aber nicht. Was für ein Scheißweihnachten, dachte er. Na ja, immerhin hatte er es schön warm, und satt war er auch geworden, nachdem er sich über die Weihnachtskekse hergemacht und sie ratzekahl leergefuttert hatte.

Am anderen Morgen war die Stimmung auf dem Nullpunkt. Beim Frühstück, das Ellen ihm notgedrungen zubereitet hatte, laberte er wie ein Wasserfall. Es schien ihm zu gefallen.

Geduscht hatte er auch. Im Badezimmer stank es wie in einem Affenkäfig. Nichts hatte er gesäubert, die schmutzige Unterwäsche in der Ecke liegen gelassen. Zahnpastaflecken im Waschbecken, Überreste seiner Knastkost im WC, Haare in der Dusche. Der Mann musste behaart sein wie ein Affe, dachte Ellen und atmete tief durch.

»Also, pass mal auf, lieber Paul. So läuft das nicht«, begann Ellen und unterbrach ihn unsanft in seinen irren Ausführungen über das Knastleben. »Das Bad sieht aus wie Sau! Das bringst du noch in Ordnung, bevor du von hier verschwindest.«

Mit einem Knall stellte Paul seine Kaffeetasse auf den Tisch. »Du jagst mich raus? Bei der Kälte? Das ist unmenschlich! Du bist kaltherzig, weißt du das?«

»Mag sein. Das mit uns passt nicht. Wir haben zu verschiedene Vorstellungen, was Ordnung und Hygiene betrifft. Auf so einen Gast kann ich gerne verzichten.«

Als wäre er taub, schlürfte er seinen Kaffee und schaute sie mit dämlichem Blick an. »Was gibt es eigentlich zum Mittagessen? Keine Gans? Man riecht nichts.«

»Das geht dich einen feuchten Dreck an, was ich zu mir nehme. Du wirst dann nicht mehr hier sein.«

»Weil ich nicht spure, wie du willst? Du bist doch die Hausfrau hier, und die hat auch sauber zu machen.«

»Findest du?«

»Klar! Ich würde dich auch ausreichend dafür entschädigen.« Er grinste und zwinkerte ihr zweideutig zu.

»Danke, ich kann verzichten. Ich habe dir deutlich gesagt, wie ich darüber denke.«

Ellen ging ins Wohnzimmer, Paul folgte ihr. Auch hier sah es aus, als hätte eine Bombe eingeschlagen. Nicht einmal das Bettzeug hatte er zusammengeräumt. Dafür war er so dreist, den Fernseher einzuschalten. Ellen fragte sich, ob er etwas eingeschmissen hatte und deshalb so mutig war.

»Nur weil ich nicht nach deiner Pfeife tanze, soll ich verschwinden? Hättest ja deine Tür auflassen können heute Nacht. Ich hätte es dir schon besorgt.«

»Du tickst doch nicht ganz richtig. Ich will nichts von dir! Kapiere das endlich. Und mach dich mit deiner ekeligen Uralt-Tasche vom Acker. Ich habe eben meine Freundin Katja angerufen. Sie ist in einer Stunde hier, falls du nicht freiwillig das Feld räumst. Zu deiner Info: Sie hat den schwarzen Gürtel.«

»Eine Stunde haben wir also noch?« Er stand vom Sofa auf, kam auf sie zu, packte sie am Arm und wollte sie an sich ziehen. »Komm schon, du prüde Kuh. Hab dich nicht so.«

Ellen geriet in Panik, griff in ihrer Not nach dem Nussknacker, fasste seine weißen Beine und schwenkte ihn durch die Luft. »Lass mich los, oder ich ziehe dir den Nussknacker über deinen Schädel.«

»Das wagst du nicht. Bei dir muss man harte Töne anschlagen. Das habe ich gleich gespürt.« Sein grinsendes Gesicht wurde zur Fratze.

Er packte sie immer fester, während der Nussknacker durch die Luft fegte. Hin und her und wieder zurück.

»Lass los«, schrie Ellen laut und deutlich.

Doch nichts. Der Kerl hatte Kraft und Ausdauer.

Das war der Moment, in dem Ellen dunkelrot sah. Sie holte weit aus und donnerte Paul den Nussknacker mit einem kräftigen Schlag auf den Kopf, und noch mal und noch einmal.

Mit weit aufgerissen Augen schaute Paul Ellen entsetzt an und ließ sie endlich los.

Aber Ellen war nicht mehr zu stoppen. Als er in die Knie ging, donnerte sie weiterhin gnadenlos mit dem Nussknacker auf seinen Kopf ein. Irgendwann verdrehte er die Augen und fiel um. Blut spritzte durchs Wohnzimmer, auf den schönen Teppich, den Schrank, bis an die helle Tapete.

Weinend brach Ellen zusammen und setzte sich auf den Boden. Sie betrauerte nicht etwa ihren alten Schulkollegen, sondern den herrlichen Nussknacker, den sie seit ihrer Geburt ihr Eigen nannte. Der Nussknacker und sie waren eine Symbiose. Sie konnte ihn immer um Rat fragen, und er hatte ihr geantwortet. Er stammte von einem Onkel aus dem Erzgebirge und war mindestens 50 Jahre alt. Seine Haarpracht – graues Kaninchenfell – hatte sie ihm schon zweimal von einem Kürschner erneuern lassen. Nun war er blutverschmiert, der Hebel, mit dem man seinen Mund auf und zu klappen konnte, war abgebrochen, seine blauen Augen mit den pechschwarzen Pupillen blickten traurig. Sie würde ihn wieder hinbekommen, das durfte nicht Nussknackers Ende bedeuten. Er hatte es schließlich so gewollt, der Nussknacker hatte ihr zugeblinzelt, Pauls Leben mit seiner Hilfe auszuhauchen.

Irgendwann klingelte es an der Wohnungstür. Ellen kroch vom Boden hoch und lief hinkend und total verheult zur Tür. Sie hörte Katja die Treppen hinaufsteigen.

Katja hatte mit dem Schlimmsten gerechnet, als Ellen sie angerufen und um Hilfe gebeten hatte. Doch was sie hier vorfand, übertraf ihre abscheulichsten Erwartungen. Die Freundin voller Blut und weinend, den vermaledeiten Nussknacker im Arm. Aber noch schlimmer war der Tote im Wohnzimmer, das einem Schlachtfeld glich.

»Warum, Ellen? Wieso hast du ihn erschlagen?« Katja konnte es nicht fassen.

»Er wollte mich vergewaltigen, wollte nicht verschwinden.« Sie zeigte auf ihr knallrotes Handgelenk.

»Wieso hast du diesen Verbrecher überhaupt in deine Wohnung gelassen? Wir müssen die Polizei rufen. Es war schließlich Notwehr«, meinte Katja.

»Das werden die mir nie glauben. Bis auf die Stelle am Arm deutet nichts auf eine Vergewaltigung hin. Ich habe ihm den Schädel eingeschlagen. Er hat mich gereizt. Allein wie er das Bad hinterlassen hat!«

Die Frauen gönnten sich ein Glas Wein, redeten sich die Köpfe heiß und säuberten gemeinsam die Wohnung.

»Die alte Neubauer aus dem Erdgeschoss ist vor einigen Tagen verstorben. Im Kellergang liegen ein paar alte Gegenstände aus ihrer Wohnung. Darunter ein herrlicher Teppich.« Ellens Augen leuchteten. »Wir könnten ihn darin einrollen und entsorgen!«

»Ellen, du machst was mit mir.« Katja, der Krimifan, theoretisch mit allen Mordarten vertraut, erklärte sich bereit, ihr zu helfen.

Bei Nacht und Nebel verschnürten sie den brutalen Paul in dem schönen Teppich, trugen ihn zu Ellens Auto, hievten ihn in den Kofferraum und fuhren ihn zum großen Parkplatz des Gruga-Messegeländes. Katja wusste, dass dort viele Container standen. In einen davon packten sie den Mann, seine Tasche in einen anderen, und fuhren heim.

»Hast was gut bei mir, Katja«, sagte Ellen und dachte an den Nussknacker, den sie sich in dieser Nacht noch vornehmen wollte.

»Den Nussknacker solltest du auch schnellstens entsorgen.« Katja sah ihre Freundin an.

»Bist du verrückt? Den richte ich wieder her. Der hat mir schließlich das Leben gerettet!«

»Wenn du meinst ...« Katja zweifelte an Ellens Verstand. Sie hoffte, dass niemand sie beobachtet hatte.

11 »STILLE NACHT, HEILIGE NACHT«

Gelsenkirchen

Die Heilig-Abend-Party in der imposanten Villa von Tante Dotti in der Oemkenstraße in Resse war in vollem Gange, die Familie feierte ausgelassen. Das hatte Tradition im Hause Oswald. Die Enkel Julia und Daniel, Dottis Sohn Klaus, Schwiegertochter Sabine, Schwester Elfriede und die alten Nachbarn Heidi und Klaus-Peter. Ihre Tochter Margarete weigerte sich, daran teilzunehmen, weil sie seit zwei Jahren von ihrem Mann Herbert, Alaska-Herbert genannt, getrennt war und der an Heiligabend weiterhin eingeladen wurde. Margarete war inzwischen mit Geflügel-Manni liiert, der einen Marktstand betrieb. Seitdem hieß sie nur noch Hühner-Gretel. Dotti hingegen liebte ihren Ex-Schwiegersohn Herbert, vor allem, weil er so schön erzählen konnte. Diese große Liebe beruhte auf Gegenseitigkeit. Obwohl oder gerade weil er so ein Faible für Alaska und alles, was damit zusammenhing, hatte.

Es war bereits 18 Uhr, und keine Spur von Alaska-Herbert. Im Hintergrund dudelte Bing Crosbys »Mele Kalikimaka«. Fröhliches Gelächter, Gläserklirren, Fingerfood wurde gereicht zur Überbrückung, denn der Gänsebraten war noch im Ofen.

Dotti war völlig außer sich, weil Herbert noch nicht eingetroffen war. Ob er wieder in der ZOOM Erlebniswelt in dem Alaska-Teil abhing? So viel sie wusste, schloss diese jedoch um 16 Uhr. Schon mehrmals hatte sie versucht, ihn auf dem Handy zu erreichen. Weihnachten ohne Herbert war kein Weihnachten für sie. Sie lächelte in sich hinein, wenn sie an ihn dachte. Er nannte sie noch immer »Mutti« und schaute sie dabei niedlich an, hauchte ihr ein Küsschen auf die faltige Wange und schloss kurz die Augen. Klar, der Schönste war er nicht, doch das machte ihn gerade so interessant, fand Dotti. Sein stoppeliges Kinn zierte ein Grützbeutel von stattlicher Größe, den er sich partout nicht entfernen lassen wollte, seine Haut war die eines 60-Jährigen, voller Warzen, Altersflecken und Narben. Haare besaß er kaum mehr, an beiden Seiten jeweils ein paar dunkelbraune fettige Fäden, die mit einem Kamm sorgfältig nach hinten gekratzt wurden. Sein Mund erinnerte an ein Astloch in einem besonders hässlichen Baum. Außerdem rauchte er ständig. Entsprechend sahen seine verdreckten Hände aus. Das alles wäre noch hinzunehmen, wenn er nicht so viel labern würde. Er ließ niemanden zu Wort kommen. Wenn er nicht fraß und soff – anders konnte man es nicht nennen –, dann quasselte er. Jeder seiner Sätze endete mit: »Näh, Dotti-Schatz?« Und Dotti, der 80-jährige Schatz, schmolz dahin. Alle anderen seufzten und rollten mit den Augen. Niemand wollte die Alaska-Geschichten von Fischen, Bären und Goldwäschern hören, und doch kamen sie nicht drumrum.

Mit fellgefütterter Trapper-Mütze in Tarngrün, die riesige Ohrenklappen hatte, auf dem Kopf, hing er am Fenster der Trapper-Hütte im Alaska-Bereich der Zoom Erlebniswelt und starrte hinaus, hielt Ausschau nach dem Luchs, den Eulen sowie den kanadischen Bibern, die sich im Gewässer hinter der Hütte tummelten.

15 Uhr. Gleich musste er aufbrechen, wenn er pünktlich in Resse bei Dorothea Oswald, genannt Dotti, seiner ehemaligen Schwiegermutter, erscheinen wollte. Der Zoo schloss heute bereits um 16 Uhr. Klar, auch die Pfleger, bis auf die Notbesetzung, wollten Weihnachten feiern.

Tierpfleger Marc, der sich gerade auf den Weg machte, um die Seelöwen zu füttern, schüttelte den Kopf, als er Herbert erblickte. Er machte einen kurzen Abstecher zur Hütte und schaute hinein. »Mach die Flatter, Herbert, geh nach Hause. Wir schließen gleich. Was machst du denn jeden Tag hier? Hier drin ist es lausig kalt. Außerdem sieht es noch genauso aus wie gestern, vorgestern, letzte Woche. Nichts hat sich geändert.«

Marc mochte den Mann nicht, der mehrmals die Woche im Zoo aufschlug und sich ausschließlich in der Alaska-Welt aufhielt, die meiste Zeit davon in dieser Blockhütte, die originalgetreu nachgebaut war. Wahrscheinlich konnte er sich eine echte Alaska-Reise nicht leisten und trieb sich deshalb eben hier herum, dachte Marc.

An der rechten Seite des Raumes stand ein karges Bett mit einfacher Bettwäsche und einer grauen Wolldecke. In der Mitte ein Tisch mit zwei Stühlen. Eine große Kommode unter dem Fenster, daneben hing an der Wand ein verblichener Spiegel. In der Ecke ein Ofen, daneben aufgestapelte Holzscheite.

Marc musste schmunzeln. Herbert hatte vor ein paar Wochen das ganze Zoo-Personal kirre gemacht, weil er diesen Ofen angeheizt hatte. Hatte nicht kapiert, dass alles nur Deko war. Ihm sei kalt gewesen, hatte er behauptet. Daraufhin hatte er vier Wochen Besuchsverbot bekommen, war aber trotzdem täglich gekommen. Die Hütte hatte er jedoch gemieden, dafür die Tierpfleger genervt, war denen beim Füttern hinterhergekrochen, hatte sich mit zu den Eisbären geschlichen, in die Futterküchen und sogar zu den Wölfen. Dreistigkeit pur. Auch vernünftige Maßregelungen der Zooleitung hatten nichts gebracht. So dass irgendwann alle mit den Schultern zuckten und ihn gewähren ließen.

Marc freute sich auf den Feierabend daheim bei seinen Lieben, drehte sich ein letztes Mal zur Hütte um und suchte die Baumstachler auf.

Gegen 19 Uhr war Dotti mit den Nerven am Ende. Das konnte Herbert ihr doch nicht antun! Sie einfach sitzen zu lassen. Heiligabend ohne ihn? Ein Ding der Unmöglichkeit, zumindest für sie. Dass alle anderen auch ohne ihn Spaß hatten, darauf deutete die Geräuschkulisse hin. Keiner vermisste seine Alaska-Geschichten. War er am Ende sogar in das Land seiner Träume geflogen, ohne Dotti Bescheid zu geben? Dann wäre ihr Geschenk ein glatter Reinfall. Dotti wollte ihm dieses Jahr eine besondere Freude machen, wusste sie doch, dass er es nicht allzu dicke hatte. Aber arm war er auch nicht, er arbeitete in einem Autowerk am Band. In zwei Jahren würde er in Rente gehen.

»Oma, wo bleibt die Gans? Es riecht schon angebrannt! Wie lange wollen wir denn noch auf Papa warten? Hat er eben Pech gehabt«, äußerte sich Herberts Tochter Julia.

Dotti war tieftraurig. Gerade heute ... Heute wollte sie ihm eine achttägige Reise nach Alaska schenken, einschließlich einem Roadtrip über den landschaftlich schönen Seward Highway mit Wanderung zum Exit Glacier und Harding Icefield, Aufenthalt auf der Halbinsel Kenai inklusive fünf Hotelübernachtungen und zwei echten Hüttennächtigungen. Er würde vor Freude an die Decke springen, war Dotti überzeugt, und nun kam er nicht. Wie schön war es in den letzten Jahren gewesen, als Herbert bei flackerndem Kaminfeuer und leuchtendem Tannenbaum, Pfeffernüsse im Mund, von Alaska erzählte, von den Bären, wie diese sich Fische aus den Flüssen fingen. Dottis Augen füllten sich mit Tränen. Ihm wird doch nichts passiert sein?

Gegen 19.30 Uhr servierte sie endlich die Gans. Mehrmals noch versuchte sie, Herbert auf dem Handy zu erreichen, vergeblich.

Daniel tauchte pünktlich zum Gänsebraten wieder auf. Er hatte sich zwischen Fingerfood und Gans kurz vom Acker gemacht, weil er angeblich seiner Mutter, der lieben Hühner-Gretel, etwas vorbeibringen wollte.

»Hier macht jeder, was er will«, heulte Dotti, während ihr Sohn Klaus die Gans tranchierte. »Wer weiß, wie lange ich noch lebe. Vielleicht ist es mein letztes Weihnachtsfest.« Etwas traurig war sie auch, dass ihre Tochter nicht dabei war. Beides – Herbert und Margarete – ging nicht. Und nun ließen beide sie sitzen.

Natürlich ließ sie sich von den Anwesenden ordentlich betüddeln und trösten. Besonders Klaus fand liebe Worte für seine Mutti. Klaus hatte auch eine Leidenschaft: Kalender. Er notierte sich alles, was andere für überflüssig hielten, und hatte deshalb den Spitznamen Kalender-Klaus.

Herbert konnte sich an dem Tag nicht von der Alaska-Welt trennen, schaute traurig in den verblichenen Spiegel, aus dem ihm ein müdes, altes Wrack mit toten Augen entgegenblickte. Er wusste, dass er keine Schönheit war, zu kurzer Hals, der sich mit einem viel zu großen Kopf herumplagen musste. Das restliche Haar war verblichen, genau wie seine Träume. Nie, nie würde er nach Alaska reisen können. Er hatte zwar ein regelmäßiges Einkommen, aber auch einen großen Schuldenberg. Die über 100 Bücher hatte er umsonst gelesen und sie in sich aufgesogen.

Wieder ein Blick in den Spiegel. Sein Aussehen war nicht einmal Durchschnitt, stellte er fest. Er brauchte sich also nicht zu wundern, dass er nach Gretel niemanden mehr kennengelernt hatte. Traurigkeit stellte sich ein.

Marc hatte die Hütte gerade wieder verlassen und rief ihm von draußen noch »Frohe Weihnachten« zu.

Gegen 20 Uhr kam der Anruf – mitten hinein in das festliche Gänsemahl. Herbert war in der Alaska-Hütte der ZOOM Erlebniswelt tot aufgefunden worden. Er habe friedlich auf dem kargen Bett gelegen, als schliefe er. Um den Hals habe er ein Seil gehabt, das erst von den Streifenpolizisten, die nach dem Notruf eintrafen, entdeckt worden sei, denn Herbert habe einen dicken Schal getragen. Die Polizisten hatten deshalb die Kripo verständigt.

Kommissar Thomas Scheffel erfreute sich bei den Kollegen im Präsidium großer Beliebtheit. Er übernahm freiwillig die Feiertagsschichten, egal welche, und so hatte er sich auch für den Bereitschaftsdienst während der Weihnachtstage gemeldet.

Am frühen Heiligabend machte er es sich zu Hause

gemütlich, verzog sich mit einem heißen Kakao und einem Teller Weihnachtsplätzchen in seinen TV-Sessel. Später stand ein ruhiger Abend mit seiner Partnerin Margareta und deren Mutter Waltraud an. Hoffte er. Jedoch gerade zum Fest der Liebe rasteten viele Ganoven aus, weil ihnen ihr Elend bewusst wurde. Außerdem gab es in den Familien häufig Streit. Die Zeiten hatten sich schließlich gewandelt. Die Frauen wurden zunehmend selbstständiger, hörten nicht mehr auf ihren Mann.

Gegen 19 Uhr klingelte sein Handy. Ein Totenfund in der ZOOM Erlebniswelt, ausgerechnet in der Alaska-Blockhütte. Er solle sich den Toten einmal ansehen, meinte POM Breitmeyer.

Wenige Minuten später lief Thomas durch den dunklen Zoo, vorbei an dem bunt erleuchteten Weihnachtsbaum und dem dicken, rotgewandeten Weihnachtsmann. Ein seltsames Gefühl war das.

Ein Tierpfleger begleitete ihn bis zur Alaska-Welt. Vor der Hütte, die durch Scheinwerfer der Polizei angeleuchtet wurde, standen zwei Streifenwagen mit eingeschaltetem Blaulicht. Er fragte sich, wieso er nicht mit seinem BMW bis vor die Hütte gefahren war.

Da hatten die armen Tiere nicht mal zu Weihnachten ihre Ruhe, dachte er, als er die eiskalte Blockhütte betrat. Bei Tageslicht hatte er diese schon öfters bewundert. Jetzt bei Dunkelheit und mit einem Toten wirkte alles mehr als gespenstisch. Er besah sich die Leiche. POM Breitmeyer wollte ihm weismachen, dass es sich um Suizid handeln könnte.

Thomas deutete mit der Hand auf das Seil um den Hals des Toten und schüttelte den Kopf. »Er hat sich selbst stranguliert, meinen Sie? Wie soll das gehen im Liegen?«

»Der Strick stammt von dem Korb, der sonst unter der Decke hängt«, erklärte Breitmeyer.

»Aha, dann hat er ihn also herausgezogen, um damit aus dem Leben zu scheiden, oder wie?«

Thomas sprach anschließend mit dem Arzt, der den Tod festgestellt hatte. Der war sehr kurz angebunden, hatte es furchtbar eilig, nach Hause zu kommen. Nach dem Arzt unterhielt er sich mit dem anderen Streifenpolizisten, der den Arzt verständigt hatte, danach mit den beiden anwesenden Tierpflegern Marc und Tobias. Der große, ruppig wirkende Marc ließ kein gutes Haar an Herbert. Er sei lästig gewesen, und auch am heutigen Heiligabend habe er nicht verschwinden wollen. Er habe ihn mehrfach dazu aufgefordert. Kurz vor Feierabend sei er noch bei den Eisbären gewesen, wo er sich länger als geplant aufgehalten habe. Als er anschließend noch mal nach Herbert geschaut habe, habe er ihn leblos vorgefunden.

Die SpuSi, die inzwischen eingetroffen war, übergab Thomas einen Zettel mit einer Handynummer, den sie in der Hosentasche des Toten gefunden hatte. Dorothea Oswald stand darauf.

Scheffel zögerte nicht lange und rief die Dame an. Die Todesnachricht ließ sie fast zusammenbrechen. Er kündigte seinen Besuch an.

Doch zuvor wollte er noch einmal mit diesem unsympathischen Tierpfleger Marc sprechen. Was der nun über den Toten vom Stapel ließ, war nicht ohne. Der Dauerkartenbesitzer Herbert sei seit zwei Jahren mindestens fünfmal die Woche vor Ort gewesen und habe sich nur in der Alaska-Welt aufgehalten, die meiste Zeit davon in der Trapper-Hütte. Er habe alles auseinandergenommen, sich aufgespielt wie der große Trapper, der hier wohnte. Außerdem sei er den Pflegern tierisch auf den Keks gegangen. Bei sämtlichen Fütterungen in der Alaska-Welt, ob bei den Bären, Seelöwen oder Wölfen, sei er anwesend gewesen, habe sich in die Futterküchen und in die Gehege gedrängt, wollte angeblich den Tieren nahe sein. Er habe sich sogar Zugang zu den Kodiakbären verschafft und damit sein Leben riskiert. Auf das Hausverbot vor mehreren Wochen habe er nicht reagiert. Irgendwann hätten alle resigniert. Auch die Zoochefin habe sich nicht mehr zu helfen gewusst und nur noch mit den Schultern gezuckt.

»Der fühlte sich als großer Goldwäscher. Allein sein Aufzug. Mitten im Sommer kam er mit dieser bescheuerten Pelzmütze. Bei dem stimmte etwas im Kopf nicht.«

»Ist Ihnen sonst noch etwas aufgefallen? Waren heute viele Besucher im Zoo? Wann kam Herr Zynowski?«

Marc fing an zu lachen. »Entschuldigung. Ich wusste gar nicht, wie er mit Nachnamen hieß. Wegen seines Aussehens und seines Spleens nannten wir ihn nur Alaska-Herbert. Das sei sein Spitzname, das hat er mir selbst erzählt. Auch in der Familie würde man ihn so nennen. Wann er hier auftauchte? Gegen Mittag war es. Am Nachmittag wollte er zu seiner ehemaligen Schwiegermutter. Mehr weiß ich nicht. Kann ich dann gehen?«

Scheffel notierte sich Marcs Daten und verschwand ebenfalls.

Die Stimmung im Hause der Dorothea Oswald war zwiegespalten. Manche der anwesenden Personen lachten und scherzten, andere waren völlig verstört, am meisten Dotti Oswald und ihr Sohn Klaus.

Der Kommissar setzte sich zu der zitternden Dotti an den Tisch. Irgendwie tat ihm die Frau leid, die ihn stark an seine vor zwei Jahren ermordete Mutter erinnerte.

»Gut, dann erzählen Sie mal, in welchem Verhältnis Sie zu dem Toten Herbert Zynowski standen.«

Thomas hatte seine Kollegin Jenni vor dem Besuch bei Frau Oswald abgeholt. Die war gar nicht begeistert gewesen, am Heiligen Abend den heimischen Weihnachtsbaum verlassen zu müssen.

Dorothea Oswald bot, trotz ihrer großen Trauer, den Kommissaren Kaffee und Gebäck an. Sie wusste, was sich gehörte. Im Gegensatz zu dem, was Thomas Scheffel über Alaska-Herbert im Zoo erfahren hatte, kam hier nur Gutes über die faltigen Lippen der alten Dame. Sie liebte ihren Ex-Schwiegersohn mehr als ihre eigenen Kinder.

»Der Herbert war einmalig, immer für mich da, las mir jeden Wunsch von meinen Augen ab. Meine Tochter hat ihn vor gut zwei Jahren abserviert und lebt jetzt mit einem grobschlächtigen Geflügelzüchter zusammen. Sie hat mich fast vergessen, ruft nur selten an und will aber über ihren Ex-Mann nichts mehr hören. Die Kinder der beiden, Daniel und Julia, besuchen mich regelmäßig.«

Auch Herberts Faible für Alaska und das Trapperleben kam auf den Tisch.

Dotti brach erneut in Tränen aus. »Ja, er hat viel von Alaska erzählt und vom Zoo, von der Trapper-Hütte, in der er sich oft aufgehalten hat. Was ist so schlimm daran? Ich wollte Herbert heute ein ganz besonderes Geschenk machen: eine Reise nach Alaska. Er hätte endlich das Land seiner Träume gesehen …«

Als die alte Dame erzählte, dass der Enkel am Abend kurz verschwunden sei, um seine Mutter zu besuchen, gab

Scheffel Jenni ein Zeichen, sich den jungen Mann vorzuknöpfen. Das klang sehr verdächtig, fand er.

»Wie soll ich ohne ihn weiterleben?«, fragte Dotti den Kommissar und sah ihn aus traurigen Augen an. »Haben Sie noch eine Mutter, junger Mann?«

Thomas Scheffel zögerte. »Nein, sie wurde vor zwei Jahren ermordet, auch zu Weihnachten.« Tränen traten in seine grünen Augen. Erinnerungen wurden ihn ihm wach.

»Oh, wie schlimm! Haben Sie den Mörder gefunden?«

»Ja, haben wir. Wir werden auch den Mörder von Ihrem Schwiegersohn finden. Das verspreche ich Ihnen!« Er drückte der alten Frau die eiskalte Hand.

Wer hatte Herbert auf dem Gewissen, fragte sich Thomas, während er noch einmal zum Zoo fuhr. Was ihn dort gegen 22 Uhr hinzog, konnte er selbst nicht genau sagen. Er begab sich erneut in die Alaska-Hütte, wo die SpuSi mit letzten Arbeiten zu Gange war. War es der Pfleger Marc gewesen? Oder einer seiner Kollegen? Der Enkel? War er nicht zur Mutter gegangen, sondern hatte in der kurzen Zeit den Vater zur Strecke gebracht? Was hätte er für ein Motiv?

Der Tierpfleger Marc war noch anwesend, rannte rastlos durch das Gelände, obwohl er es vorhin angeblich so eilig gehabt hatte, nach Hause zu kommen.

Das schwache Licht des Mondes ließ Baumstämme und Umgebung erahnen. Scheffel bediente sich seiner Taschenlampe, ließ die Hütte hinter sich und ging bergan, dem donnernden Wasserfall der Alaska-Welt entgegen. Rechts hörte er ein Geräusch und leuchtete mit der Taschenlampe einem Wolf direkt in die Augen. Der befindet sich in einem Gehege, beruhigte sich der Kommissar. In weiter Ferne brüllte ein Löwe. Die Nachtwache wurde abwechselnd von den Tierpflegern übernommen, hatte er erfahren. Sie würden sich besser auskennen, als die Herren vom Sicherheitsdienst.

Er passierte den Wasserfall und tauchte in den verglasten Unterwassertunnel ein. Alles ruhig, nichts zu sehen und zu hören. Auch die Außenanlage der Seelöwen war wie ausgestorben. Der Mond spiegelte sich auf der Wasseroberfläche.

Plötzlich öffnete sich die Tür, die vom Außengelände ins Innere führte, und zwei Personen betraten die kleine Insel aus Stein. Thomas stellte sich in eine Ecke hinter einem Felsvorsprung, schaltete die Taschenlampe aus und beobachtete die beiden Personen. Es handelte sich um Marc, den Tierpfleger, und eine schmalen Frau, die ihm vorhin als Frau Dr. Lea Schmitz vorgestellt worden war. Die Tierärztin war gleichzeitig die Zoochefin.

»Marc, mach dir keinen Kopf, es ist alles okay«, beruhigte die Frau den weinenden Tierpfleger und nahm ihn in den Arm. »Du kannst nichts dafür! Woher solltest du auch wissen, dass …«

»Ich hätte das nicht tun sollen …« Marc schien total verzweifelt.

Zeit für Thomas Scheffel, in Aktion zu treten. Er schaltete die Taschenlampe ein, richtete sie auf die beiden und ging bis an den Beckenrand.

»Guten Abend, Frau Dr. Schmitz. Leider muss ich Ihren Mitarbeiter festnehmen, nachdem ich gerade sein Geständnis mitangehört habe.« Thomas zog sein Handy aus der Jacke und wählte die Nummer seiner Kollegin.

Marc riss die Augen auf. »Was? Welches Geständnis? Ich habe –«

»Wie genau Sie es gemacht haben, können Sie mir später auf dem Kommissariat erzählen. – Ja, Thomas hier. Jenni, bring Breitmeyer mit zur Seelöwenanlage. Ich halte den Täter hier so lange fest.« So schnell hatte er noch nie einen Fall gelöst, freute er sich.

»Herr Kommissar«, sagte die Zoochefin nachdrücklich. »Marc hat mit dem Mord nichts zu tun! Sie haben das völlig falsch verstanden! Marc, erzähl, wie es war.«

Marc zitterte am ganzen Körper. »Ich war gerade auf dem Weg zu den Eisbären, als mir ein Mann entgegenkam. Er fragte mich, ob Herbert noch da sei. Ich wollte wissen, wieso ihn das interessiere. Er sagte: ›Ich will ihm ein besonderes Weihnachtsgeschenk machen.‹ Ich wurde misstrauisch, denn der Typ sah nicht aus wie jemand, der anderen schöne Geschenke macht. Ein Bär von einem Mann, Bomberjacke und zahlreiche Tätowierungen auf den Händen – wie ein Knasti eben oder ein Schuldeneintreiber. Der Typ bemerkte wohl mein Misstrauen. ›Herbert ist mein Bruder, ich will ihn zum Fest nach Hause holen‹, sagte er. Ich habe ihm zwar kein Wort geglaubt, ihm aber dennoch verraten, wo er Herbert findet. Vielleicht gelingt es ihm, Herbert aus dem Zoo zu schaffen, dachte ich. Dass er Herbert nichts Gutes will, habe ich geahnt. Aber dass er ihn gleich umbringt … Oh Gott, ich bin schuld an seinem Tod!«

12 »MIT NADEL UND FADEN«

Herne

Angelika Burgmüller war regelrecht besessen davon, etwas mit den Händen herzustellen. Nachdem Frank sie vor zwei Jahren, nach zehn Ehejahren, verlassen hatte, war sie nur noch in Sachen Handarbeiten unterwegs. Im vorigen Jahr zu Weihnachten hatte sie mit Eifer jede Menge Kaminholzengel gebastelt, wuchtige große Dinger, die sie an die lieben Verwandten verschenkt hatte. Die hatten sie mit langen Zähnen und rollenden Augen entgegengenommen.

In diesem Jahr widmete sie sich Filz und Wolle. Im November hatte sie den Kurs »Verfilzt und eingeseift« im Schloss Strünkede belegt. Voller Eifer hatte sie in wunderbarem Ambiente mit Merinowolle die Technik des Nassfilzens ausprobiert und mit Hingabe kleine Seifenstückchen in leuchtend bunten Farben umfilzt, die sie ebenfalls verschenken wollte. Heute am Nikolaustag nahm sie an dem Seminar »Handarbeiten in der Kunst« teil, ebenfalls im Schloss Strünkede.

Das mehrtägige Seminar unter der Leitung von Annette von der Grafenheide hatte sie neugierig gemacht. Gestern Abend hatte bereits ein Vortrag dazu stattgefunden mit dem Thema »Handarbeit – typisch Frau?«, zu dem sich auch ein Herr, in Grobstrickjacke mit passendem

Schal, eingefunden und voller Interesse den Ausführungen der Seminarleiterin gelauscht hatte. Frau von der Grafenheide war eine echte Gräfin – sie hatte es auch Angelika angetan. So sah also eine echte Adelige aus. Sie hatte schon im Internet nach der Frau geschaut. Diese Anmut, die zarte Gestalt, das fein geschnittene Gesicht, umrahmt von schwarzen Haaren. Wie eine Märchengestalt, fand Angelika.

Schon vor ein paar Tagen hatte die Gräfin angekündigt, dass die Teilnehmer freie Wahl hatten und im Seminar herstellen konnten, was immer sie wollten. Weihnachtliche Decken sticken, Platzdeckchen häkeln, Untersetzer klöppeln. Wer sich traue, könne sich auch an einen Pullover wagen. Angelika hatte sich für einen Schal in weihnachtlichem Rot entschieden.

Die Tische im Kaminzimmer des Schlosses waren u-förmig angeordnet. Der einzige Mann zwischen zwölf Frauen, war weder schön noch hässlich. Seine wüsten braunen Haare und braunen Augen, seine auffallend grobe Haut, dazu die rechts gestrickte Jacke mit dem passenden Schal in Giftgrün erinnerten Angelika an einen Waldbauern.

Angelika stellte sich vor mit den Worten: »Burgmüller, Angelika, geschieden, 38 Jahre alt, wohnhaft in Herne, von Beruf Bankkauffrau, Hobbys: Wandern und Handarbeiten.« Zum Schluss hielt sie die grellrote Wolle hoch und erzählte von ihrem Schal, der hier entstehen sollte.

Von der Grafenheide war verzückt, strahlte Angelika an und war voll des Lobes, so dass diese ganz verlegen wurde. Die Leiterin mit der Alabasterhaut zeigte beim Lächeln winzige, ebenmäßige Zähne.

Nun war der Mann an der Reihe. Er räusperte sich nervös, hüstelte und rumpelte mit tiefer Stimme los: »Ich bin der Thomas Greisbeck, wohne auch in Herne und bin hier, weil ich finde, dass auch Männer gut handarbeiten können. Schaut her, meine Strickjacke und den Schal habe ich selbst hergestellt. Ich bin Friedhofsangestellter, arbeite viel im Freien und brauche noch so eine Jacke.« Er streckte seine graue Wolle, die aussah, als würde sie erbärmlich kratzen, in die Höhe, dazu seine immens große Rundstricknadel.

Gräfin Annette hielt vor Erstaunen einen Moment die Hand vor den Mund. »Das haben Sie wunderbar hinbekommen, Thomas. Sehr schön!« Sie bemühte sich an seinen Platz und strich über seine breite Schulter, an der die Wolle schon arg verfilzt war. »Ganz, ganz toll!«

Greisbeck war so aufgewühlt, dass er am liebsten unsichtbar geworden wäre. Seine stacheligen Wangen färbten sich feuerrot.

Zwei Damen ihm gegenüber, Conny Huber und Astrid Stäbler, wie sich wenig später herausstellte, bogen sich vor Lachen und konnten sich kaum mehr beruhigen. Thomas Greisbeck amüsierte sie. Ihr ansteckendes Lachen machte Angelika nervös, sie musste sich zusammenreißen, um nicht auch loszuprusten.

»Meine Damen, ich bitte Sie um Contenance!« Von der Grafenheide konnte auch böse werden.

Es ging weiter mit Theorie, für den praktischen Teil sei am nächsten Tag noch Zeit genug, meinte die Gräfin und fragte anschließend Thomas Greisbeck, was ihn bewogen habe, an dem Vortrag sowie an dem Kurs teilzunehmen. Das sei ja selbst in der heutigen Zeit nicht selbstverständlich, dass Männer sich diesem Hobby widmen würden. Daraufhin wurde Greisbeck wütend. »Gegenfrage: Wieso dürfen die Weiber in Männerberufen vordringen, er aber nicht häkeln und stricken?«

Annette von der Grafenheide hatte Mühe, den Mann zu beruhigen und ihn zu überzeugen, dass die Frage anders gemeint war, sie es doch positiv finden würde. Langsam beruhigte sich der Totengräber, grummelte jedoch weiterhin unflätige Worte vor sich hin. Conny und Astrid standen vor Lachen schon Tränen in den Augen, und die Gräfin musste erneut eingreifen.

Greisbeck sprang auf und schrie in den Raum: »Soll ich gehen? Bin ich hier nicht erwünscht?«

Angelika hatte das Gefühl, dass er gleich zu weinen begann.

Alle anwesenden Frauen, bis auf Conny und Astrid, bemühten sich nun, den Mann zu beruhigen. Sie redeten auf ihn ein, dass er sehr willkommen sei. Der zartbesaiteten Gräfin klopfte und pochte der Hals. Sie legte eine Hand darauf, fand aber den restlichen Tag kaum mehr Worte, außer am Abend ein paar Floskeln zum Abschied. Sie freue sich auf den nächsten Tag, meinte sie halbherzig und hastete aus dem Kaminzimmer.

Während Angelika das romantisch angeleuchtete Schloss verließ, setzte sie sich die Kapuze ihres Mantels auf. Es hatte angefangen zu schneien. Emsig schritt sie zum Parkplatz, vorbei an Büschen und dunklen Bäumen. Plötzlich hörte sie Schritte und leises Schimpfen. Ohne Zweifel, Greisbeck war hinter ihr und hatte sie fast eingeholt.

»Blöd, die beiden Weiber, oder? Lachen nur über mich. Vielleicht komme ich morgen gar nicht.«

Angelika war klar, dass der Mann Trost brauchte und gebauchpinselt werden wollte. »Quatsch! Deswegen nicht kommen? Das sind bestimmt zwei frustrierte Hausfrauen. Machen Sie sich nichts draus.«

Der Mann stutzte, schaute sie an und fing lauthals an zu lachen.

Sie hatte den richtigen Ton getroffen, war ihr sofort klar. Diese Kunst beherrschte sie, sie konnte dem jeweiligen Gesprächspartner gut nach dem Mund reden.

Greisbeck wuchs um einen halben Meter, hob stolz seinen Kopf. »Hähähä! Hausfrauen! Das ist gut. Sie gefallen mir!«

Und schon hatte sie einen neuen Freund. Wieso musstest du auch Partei für ihn ergreifen, fragte sie sich. Den wirst du nicht mehr los!

Ja, so war das gestern. Nun saß diese Truppe wieder in dem herrlichen Kaminzimmer des Strünkeder Schlosses, ein Wasserschloss im Herner Stadtteil Baukau. Der einzige Mann und das Dutzend Frauen packten ihre Materialien aus, schnatterten, erzählten den Sitznachbarn von ihrem Vorhaben, reichten Wolle und Garne in den schlimmsten Farben weiter, schwärmten und freuten sich.

Annette von der Grafenheide schien das Lächeln heute für sich gepachtet zu haben. Dennoch schaute sie hin und wieder skeptisch zu Thomas Greisbeck, als ängstigte sie sich, dass ihn jeden Moment erneut ein Wutausbruch wie gestern heimsuchen könnte.

Man einigte sich, sich zu duzen. Die Freundinnen Conny und Astrid packten teure Wolle und Filzplatten aus, Schere, Kleber und Stricknadeln, alles in bunten, schrillen Farben. Sie hatten als Einzige bis jetzt nicht verraten, was sie herstellen wollten. Auch sie musterten Thomas Greisbeck verstohlen, grinsten zwar, hielten sich jedoch an die Anweisungen der Gräfin, ihn in Ruhe zu lassen.

Dieser holte seine mausgraue Wolle aus einem ekeligen Stoffbeutel, dazu die megagroße Rundstricknadel. Am Leib trug er wieder die grüne Joppe, darunter einen roten Rolli zu einer blauen Cordhose. Ein uriger Kerl, fand Angelika, die leider wieder den Platz neben ihm hatte. Sie bemühte sich, nicht zu viel mit ihm zu reden. Wer weiß, was er sich sonst einbildet, dachte sie seufzend. Sie wollte ihre Ruhe haben. Die anderen Frauen, alle in einem Alter zwischen 50 und 70 Jahren, waren friedliche Gemüter, die Spaß hatten, an dem Seminar teilzunehmen.

Die Gräfin nahm direkt vor dem Kamin an einem Tisch Platz, legte sämtliche Materialien aus, die man bei ihr käuflich erwerben konnte, und ermunterte die Kursteilnehmer, jederzeit Fragen zu stellen. Davon machten die meist grau gelockten Frauen auch regen Gebrauch. Bunte Klamotten für die Enkel waren an diesem Morgen der Hit.

Angelika musste schmunzeln. Sie hatte weder einen Partner noch Kinder, genoss das momentane Single-Leben in vollen Zügen. Wenn sie etwas hasste, dann waren es Vorschriften, die ihr jemand machte. Aus diesem Grund hatte sie auch früh ihr Elternhaus verlassen und sich ein kleines Apartment gesucht. Ihre spätere Ehe hatte sich als Flop entpuppt.

Die hohen Sprossenfenster auf der rechten Seite ließen viel Sonne herein. Doch der Schein trog. Es war lausig kalt draußen. Zum Glück war in dem Raum gut geheizt. Obwohl der Kamin nicht angefeuert worden war. Annette von der Grafenheide freute sich über die Harmonie in der Gruppe.

Irgendwann klopfte es an der Tür und ein älterer, geduckter Herr mit Schnurrbart und dunklen Haaren kam mit einem Wagen herein, auf dem sich Kaffeetassen und Thermoskannen mit Kaffee befanden. Auch Tee und Mineralwasser wurden angeboten. Der Mann in grauem Kittel – wohl der Hausmeister, nahm Angelika an – nickte kurz, stellte den Wagen am Kamin ab und verließ den Raum.

Ein freudiges Raunen ging durch die Reihen. Angelika war erstaunt über die nicht gerade günstigen Preise. Ein Fläschchen Mineralwasser für drei Euro, eine Tasse Kaffee ebenfalls. Das fand sie arg teuer, zumal der Kurs mit 40 Euro auch nicht preiswert war.

Conny und Astrid kicherten leise vor sich hin. So lange, bis Totengräber Thomas sich zurücklehnte, sich seinen muffigen Stoffbeutel schnappte und zwei in Butterbrotpapier gewickelte Päckchen auf den Tisch legte. Angelika nahm einen ekeligen Geruch wahr, als er eines der Teile öffnete und sich eine grün-graue Brotscheibe mit grober Leberwurst vor ihm offenbarte. Sie hätte würgen können. Wer aß denn so was?

Thomas stand vergnügt auf und wollte sich Kaffee holen. Nach einem Blick auf das Preisschild steckte er seine Börse jedoch wieder weg, kehrte an seinen Platz zurück und biss gierig in eine der beiden Schnitten. Dabei verzog er sein Gesicht zu einer unmöglichen Fratze.

Das hätte er besser bleiben lassen. Conny und Astrid schauten sich nur an und brachen in schallendes Gelächter aus.

Thomas wollte aufspringen und lospoltern, doch Angelika hielt ihn am Arm fest. »Lass sie doch! Sie können nichts dazu«, sagte sie und lächelte ihn an. Bloß keinen Ärger hier und jetzt, dachte sie.

Nach ungefähr drei Stunden ließ die Konzentration bei den Kursteilnehmern deutlich nach. Privatgespräche hatten Vorrang. Thomas hielt es für nötig, Angelika aus seinem trostlosen Leben zu erzählen. Gräber ausheben, Bestattungen vorbereiten, Leichenhalle putzen, keine Verwandten, allein auf weiter Flur. Oh, wie erfreulich. Und das am Nikolaustag. Auf seine indiskreten Fragen, was sie denn beruflich mache, was sie für Kollegen um sich reihe und welchen Partner, gab sie keine Auskunft. Er tat ihr zwar leid, dieser von der Natur benachteiligte Mensch, doch das war es auch schon.

Wie ein Raubtier in Lauerstellung hatte Thomas Conny und Astrid im Blick, um sofort, wenn sie sich wieder negativ äußerten oder ihn auslachten, auf sie loszugehen.

Das spürte auch Annette von der Grafenheide, und es verursachte ihr großes Unwohlsein. Hinzu kam, dass sie sich wegen der teuren Getränke rechtfertigen musste. Im Kursangebot habe gestanden, Getränke inklusive. Sie zuckte mit den Schultern, schob alles auf den Hausmeister, der sich angeblich etwas nebenbei verdienen wollte.

Nach der Pause, in der die Hälfte der Kursteilnehmer den Raum verließ, um sich die Beine zu vertreten, war die Stimmung weihnachtlich laut, Kekse wurden aus den Taschen gekramt, begutachtet und getauscht. Conny und Astrid nahmen kein Blatt mehr vor dem Mund, lachten laut, besonders über Thomas Greisbeck. Seine gut fünf Zentimeter, die er bereits vom Rückenteil gestrickt hatte, fanden sie schrecklich und ungleichmäßig. Wieder nur rechts gestrickt, das sei doch was für kleine Blagen, meinten sie.

Annette von der Grafenheide versuchte zu schlichten, was ihr nicht gelang. Sie fühlte sich überfordert. Letztendlich ging Thomas auch auf sie los, schmiss ihr seine Wolle an den zarten Kopf und verließ ohne sein Hab und Gut, nur mit dem Strickwerk in der Hand, den Raum. Die Gräfin hinterher.

Von beiden sah man lange Zeit nichts mehr. Der kleine, gierige Hausmeister holte seinen Wagen ab, sortierte die schmutzigen Tassen, starrte in das Körbchen, zählte hektisch das Geld und beschuldigte die nicht anwesende Gräfin, Geld unterschlagen zu haben.

Angelika zog sich ihren Mantel an und verließ ebenfalls das Kaminzimmer. Draußen steuerte sie – wieso auch immer – auf die gegenüberliegende Schlosskapelle zu. Dieses kleine Kapellchen, das aus dem Jahre 1272 stammte und so friedlich dalag, hatte etwas. Das Schindeldach war teilweise mit Schnee bedeckt. Die winzige Turmuhr zeigte 15 Uhr. Sie öffnete die knarzende Tür und betrat das Gotteshaus. Sie hoffte, hier den Kopf etwas frei zu bekommen. Dieser Wahnsinnskurs brachte sie an ihre Grenzen. Statt weihnachtlicher Entspannung fand sie zankendes Volk vor. Den Schal hätte sie auch zu Hause stricken können. Viel, vor allem Ärger und Geld, wäre ihr erspart geblieben.

Sie setzte sich in die letzte Reihe, schaute auf die imposanten bunten Kirchenfenster und den goldfarbenen Altar. Langsam kam sie zur Ruhe in diesem winzig kleinen Kirchenschiff. Kein künstliches Licht erhellte das Gotteshaus, nur riesige Kerzen, mindestens 20 an der Zahl, spendeten warmes Licht. Wer sie wohl entzündet hatte? Etwa der südländisch aussehende Hausmeister? Es roch nach Weihrauch und Wachs.

Plötzlich nahm sie ein leises Flüstern wahr und schaute in die Richtung, aus der sie es vernommen hatte. In der ersten Bank saß eine nach vorn gebeugte Gestalt. Kurze Zeit später erklang die Orgel, das Präludium erschallte. Gleichzeitig schlugen die Glocken. Angelikas Herz begann zu rasen. Was wurde hier gespielt? Das Flüstern aus der ersten Reihe wurde stärker, hinzu kam ein Schluchzen. Angelika verließ die Bank, in der sie saß, und ging langsam, wie von einer äußeren Macht gelenkt, nach vorne. Der Kerl, es war ein Mann, drehte sich um, und Angelika erschrak.

Nun erkannte sie auch die olle Jacke. Es handelte sich um niemand anderen als um Thomas Greisbeck. Seine Hände zitterten. Er schaute sie an. »Ich war es nicht. Ich habe es nicht getan. Da war dieser kleine, unscheinbare Mann. Er trug eine Wollmütze.«

Erst jetzt bemerkte Angelika, dass auf den Stufen zum Altar jemand lag. Sie ging näher und hielt sich vor Schreck die Hand vor den Mund, um nicht laut loszuschreien.

»Das ist doch … die Gräfin. Ist sie tot?« Mutig nahm sie die am Boden liegende Person in Augenschein und erschrak ein zweites Mal heftig.

Die Augen waren weit aufgerissen, der Blick jedoch gebrochen. Um den Hals lag eine Rundstricknadel, mit der man ihr wohl das Licht ausgeknipst hatte. Angelika fühlte den Puls. Nichts, sie war tot. Erdrosselt mit einer Rundstricknadel.

»Wieso hast du nicht die Polizei gerufen? Sitzt da herum und jammerst. Hast du sie etwa umgebracht?«

»Ich hab sie nicht umgebracht. Sie war schon tot, als ich reinkam. Hier ist meine Stricknadel. Die um ihren Hals gehört mir nicht.« Er hielt seine Stricknadel hoch, an dem das hässliche Strickwerk hing.

»Das hat gar nichts zu sagen. Man kann zwei Stricknadeln besitzen.«

»Wieso sollte ich sie getötet haben?« Er heulte wie ein Kind und hielt sich die Hände vor sein Gesicht.

Wenn Angelika ihm jetzt ihre Vermutung an den Kopf donnern würde, würde er ausrasten und sie wäre die Nächste.

Der hatte doch den totalen Sockenschuss! Jede noch so winzige Kleinigkeit war für ihn Grund genug, vollkommen auszurasten. Doch sie behielt das für sich und schwieg.

Die Tür des Kirchenschiffes wurde geöffnet und leise Schritte näherten sich. Ein kleiner, geduckter Mann mit schwarzer Jacke und ebensolcher Mütze kam langsamen Schrittes durch den Mittelgang auf sie zu. Stimmte es etwa, was Thomas gesagt hatte? War das der Mann, der die Gräfin umgebracht hatte? Wieso kam er zurück?

Er ging bedächtig zum Altar und blieb vor der Toten stehen. »Wieso liegt die Frau da? Haben Sie sie ermordet?« Er heuchelte Unschuld, betrachtete die Tote nun aus der Nähe. »Das ist ja Annette von der Grafenheide.«

»Tu doch nicht so unschuldig, du Penner. Ich habe dich gesehen. Du hast sie getötet.« Thomas rastete aus. Rotz und Tränen liefen an seinem Gesicht hinunter. Er stolperte vor dem Altar auf und ab, völlig kopflos. Die Kerzen flackerten immer heftiger.

Angelika dachte, sie sei in einem falschen Film, in einem bösen Traum. Sie schüttelte sich, doch nichts geschah. Kein Erwachen. Realität.

»Ja, ich war vorhin hier, habe nach den Kerzen geschaut und Vorbereitungen getroffen. Gleich findet eine Nikolausandacht statt.«

Angelika schaute ihn durchdringend an. Der Kerl hielt ihrem Blick stand und wirkte auf sie nicht wie ein Verbrecher. Greisbeck dagegen war völlig fertig. Sie hoffte, gleich ein Geständnis aus seinem Munde zu hören.

»Wir müssen die Polizei rufen«, schrie sie in den hellhörigen Raum.

Der Mann in Schwarz entpuppte sich tatsächlich als der Hausmeister, nachdem er die Mütze abgenommen hatte.

Neugierig bestaunte er die Rundstricknadel, die kunstvoll um den schlanken Hals der Gräfin gezogen war. Blut sickerte aus einer Stelle. »Ich kenne mich mit Strickzeug nicht aus. Der hier war's, der hält doch so ein Ding in der Hand.« Der Hausmeister deutete auf Thomas Greisbeck.

Der verlor endgültig die Beherrschung und versuchte, dem Hausmeister seine Rundstricknadel samt dem Wollanhängsel um den Hals zu ziehen. Dieser wehrte sich jedoch heftig.

Angelika schleuderte dem Totgräber ihre Handtasche so lange und kräftig um die Ohren, bis er von dem Mann abließ. Dann endlich griff sie zu ihrem Handy und wählte die Notrufnummer.

Wenige Minuten später war die Polizei vor Ort. Die verständigte, nachdem sie die Lage gecheckt hatte, die Kripo. Als die SpuSi und der Krankenwagen eintrafen, in dem der verrückte Thomas fortgeschafft werden sollte, machte Angelika sich auf den Heimweg.

Nein, ich werde keinen Kurs mehr belegen, dachte sie. Das ist mir zu aufregend.

Ein paar Tage später erfuhr sie, dass sie Thomas Greisbeck Unrecht getan hatte. Ein äußerst pfiffiger Kommissar hatte den südländischen Hausmeister schnell zum Einknicken gebracht. Er beschuldigte die Gräfin, sie habe ihn reingelegt, um Geld betrogen. Und das sogar zweimal. Vor einer Weile habe er ihr Geld geliehen, das sie ihm nie zurückbezahlt habe. Sie habe sogar abgestritten, es jemals erhalten zu haben. Außerdem habe sie sich an der Kaffeekasse bedient, denn da hätte viel mehr drin sein müssen. Und obendrein habe sie ihm falsche Hoffnungen gemacht.

13 »GRATISKARPFEN ZU SILVESTER«

Dorsten

Es war bereits dunkel, als Wolfgang Busch am Tag vor Silvester das Gelände des Angelvereins PUK e. V. am Blauen See in Dorsten betrat. Heute hatte das traditionelle Karpfen-Abangeln stattgefunden, doch von dem Vorsitzenden Dieter Dombrowski und seinen geladenen Vereinskollegen war nichts mehr zu sehen. Hatte das Karpfenangeln etwa gar nicht stattgefunden? Meistens tranken noch einige der Männer nach der Aktion den mitgebrachten Glühwein oder aßen eine gegrillte Wurst. Doch herrschte eine gähnende, gespenstische Leere. Verlassene Welt, wieso auch immer.

Wie ein Trottel stand Wolfgang da, in seinem ollen, feucht riechenden Raglanärmel-Wintermantel mit der uralten Reisetasche in der Hand, als gäbe es gleich fünf Karpfen für ihn. Seit vielen Jahren durfte er sich nach dem offiziellen Abangeln einen Karpfen abholen. Sein ehemaliger Nachbar und Kumpel aus Kindertagen, Dieter Dombrowski, hatte ihm vor langer Zeit jährlich einen schönen großen Karpfen versprochen. Warum, wusste Wolfgang nicht. Vielleicht um sich vor ihm hervorzutun oder aus Mitleid. Der verarmte Wolfgang jedenfalls empfand es als große Ehre, etwas vom ersten Vorsitzenden des Angelvereins, in dem er niemals Mitglied werden würde, geschenkt zu bekommen.

Wolfgang hatte im Leben nichts auf die Kette gekriegt und mit seiner Familie – seiner Hausfrau und seinem dämlichen Sohn – immer am Rande des Existenzminimums gelebt. Sein erbärmliches Äußeres erinnerte an den damaligen Burgschauspieler Hans Moser. Haargenau so war auch seine nuschelnde Aussprache. Sein Beruf als Hilfsarbeiter in einer Glasfabrik bescherte ihm nur eine winzige Rente, von der die drei nicht satt wurden. Er hatte immer viel Wert darauf gelegt, dass seine Gattin nicht zur Arbeit gehen musste. Höchstpersönlich hatte er bei dem Chef der Nähfabrik für seine Frau gekündigt, damals im Jahre 1975. An diesem Tag war die gute Anneliese von der Arbeitnehmerin zur Hausfrau geworden. Dass das Rechenbeispiel nicht aufging, hatte sich gezeigt, als die Gattin eine Altersrente von 163 Euro erhielt. Der faule Sohn hatte nur einen 450-Euro-Job, kostete aber mindestens das Doppelte im Monat und weigerte sich auch mit 45 Jahren noch, den Rockzipfel der Mutti loszulassen. Er war immer müde, antriebsarm, kränkelnd. Da sich Wolfgang keinen Schrebergarten leisten konnte, hatte er sich von der Stadt ein Stück Grabeland gepachtet und die 400 Quadratmeter bis zum letzten Millimeter bepflanzt. Mit einer selbst zusammengenagelten Schubkarre hatte er seine Ernte nach Hause gefahren. Kartoffeln, Möhren, Salatköpfe, Kohlrabi und Erdbeeren. An den Gartenrändern waren üppige Gladiolen in feuerroter Farbe gewachsen, die er des Öfteren seinem Nachbarn Dieter Dombrowski geschenkt hatte. Irgendwann hatte man Wolfgang das Stück Land gekündigt. Seither sahen die drei Buschs wegen der fehlenden Vitamine noch fader im Gesicht aus.

Gut, dass sie weiterhin den Karpfen von Dieter bekamen. Wolfgang wusste, dass Dieter ständig die Angst im Nacken saß, von den Vereinskollegen entdeckt zu werden. Dabei kostete ein drei bis vier Kilo schwerer Karpfen im Handel nur rund 25 Euro, was für Wolfgang jedoch ein Vermögen war. Für den Verein allerdings hielt sich der Schaden in Grenzen. Dieter hatte schon öfter versucht, Wolfgang loszuwerden – indirekt. Ihm direkt zu sagen, dass er sein Versprechen nicht mehr einhalten wollte, hatte er sich bisher nicht getraut. Er hatte Wolfgang schon mehrmals stundenlang bei Eiseskälte vor dem Vereinsheim im Regen stehen lassen. Reingehen durfte er nicht, denn ihre Vereinbarung war schließlich nicht offiziell. Doch Wolfgang war zäh wie Leder, er hatte bisher immer ausgeharrt, im klatschnassen Mantel, wenn es nicht anders ging, und den Karpfen erwartet. War es auch heute wieder so? Aber heute war niemand im Vereinsheim. Ob Dieter noch irgendwann auftauchte?

Am Abend, es war bereits stockdunkel, gab Wolfgang zum ersten Mal auf und ging heim zu Anneliese, die ihn grinsend erwartete.

Dieter Dombrowski sagte das traditionelle Abangeln einen Tag vorher kurzfristig ab. Grund dafür war der Anruf des Herrn Dr. Alexander Fahrenbach, erster Vorsitzender des Landesfischereiverbandes Westfalen und Lippe e. V., der seinen Besuch für Anfang Januar angekündigt hatte, um »eine unliebsame Sache« aus der Welt zu schaffen, wie er gesagt hatte. Ihm sei zugetragen worden, dass die Kassenbücher nicht stimmten und heimlich Geld abgezweigt worden sei.

Dieter war außer sich. Eine Intrige, das stand für ihn fest. Sicher hatte ihn ein neidisches Vereinsmitglied bei der Landesbehörde angezeigt. Die Lust auf das Karpfenabangeln war ihm jedenfalls vergangen. Was sollte er nur tun? Er rief den Kassierer Bodo Langenbeck an, der ihn sofort mit Tränen in den Augen aufsuchte und ihm die Kassenbücher auf den Tisch der Hütte knallte. Mit den Büchern sei alles in Ordnung, Dieter könne sich selbst davon überzeugen. Er habe kein Geld unterschlagen. Was die Sparbücher und Kontoauszüge angehe, könne er nichts sagen. Die gebe Dieter ja nicht aus der Hand.

Roch Bodo etwa Lunte?

»Die liegen in einem Fach der Sparkasse«, vertröstete er den Kassierer.

Zum Glück bohrte dieser nicht weiter nach und gab Ruhe. Dieter würde schon eine Lösung finden, wie er das Geld zurückzahlen konnte. Er hatte es sich wegen eines finanziellen Engpasses vorübergehend geliehen.

Kaum war Bodo gegangen, gingen die ersten Drohanrufe und -E-Mails sowie böse Nachrichten auf seinem Handy wegen des abgesagten morgigen Abangelns ein.

Als er später nach Hause fahren wollte, waren die Reifen an seinem Auto zerstochen. Er war am Ende. Wer hatte es auf ihn abgesehen? Bodo? Oder der zweite Vorsitzende Josef Lemkuhl und der Platzwart Simon Platzek? Mit denen hatte er kürzlich Streit gehabt. Alle drei hatte er bisher für treue Zeitgenossen gehalten. Nun war er sich nicht mehr so sicher. Wussten sie von seiner Unterschlagung? Bisher war auf die drei Verlass gewesen. Er konnte sie mitten in der Nacht anrufen und sie standen Gewehr bei Fuß.

Am nächsten Morgen fuhr er an den See, um den Kopf frei zu bekommen. Als er am Rande des Sees stand und seinen Gedanken nachhing, fiel ihm der arme Wolfgang Busch ein. Herrje, der würde heute Nachmittag ab 16 Uhr hier stehen und auf seinen blöden Karpfen warten. Ein Handy hatte dieser Holzkopf nicht. Wie ihn also erreichen? Er wird es schon merken, dachte Dieter und hakte Wolfgang ab. Ein letzter Blick auf den 15 Hektar großen Blauen See mitten im Ruhrgebiet, und ihm wurde wehmütig ums Herz. Auf nach Hause. Ob er seiner Karin davon erzählen sollte? Nein, besser nicht, entschied er. Sie hasste sein Hobby und den Angelverein.

Ausgerechnet der Platzwart Simon Platzek fand Dieter zwei Tage später am Neujahrstag im Blauen See. Angespült am frostigen Ufer, den Kopf nach oben im Wasser. Ihm war sofort klar, dass es sich nicht um einen Suizid handelte, sondern jemand nachgeholfen haben musste. Hatte man ihn ertränkt? Wieso war er jetzt erst angespült worden? Hatte seine Karin ihn denn nicht vermisst?

Noch bevor er den zweiten Vorsitzenden oder den Kassierer anrief, wählte er den Notruf 110. Schnell wimmelte es von Polizeiwagen, aus denen am frühen Neujahrsmorgen emsige Beamte sprangen. Das Folgetonhorn warf flackerndes Blaulicht in die frostige Gegend. Kurze Zeit später waren die Kripo, die SpuSi und der Rechtsmediziner vor Ort. Alles ging so schnell.

Simon fühlte sich geschlagen. Sogar die Wasserschutzpolizei und ein Taucher der Feuerwehr rückten an. Wozu, fragte er sich. So ein Aufwand für einen einzigen Toten? Dieter lag doch direkt am Ufer.

Der Kommissar, der sich als Harry Kern vorstellte und schon im Rentenalter war, hatte eine äußerst geschickte Art, Simon auszuhorchen. Mit sanfter Stimme und ebensolchem Druck plauderte der kleine blonde Platzwart mit der roten Pudelmütze munter drauflos. Er wusste viel. Auch von dem jährlichen Gratiskarpfen an einen früheren Nachbarn, ebenso von den getürkten Kassenbüchern. Das alles berichtete er dem Kommissar. Dieter habe das Geld unterschlagen wegen eines neuen Autos, das er so gerne haben wollte.

Harry Kern wollte wissen, was er, Simon, der Platzwart, am Neujahrsmorgen hier verloren habe. Simon redete sich alles von der kleinen Platzwartseele.

Nach zwei Stunden – die Leiche war gerade abtransportiert worden – löste sich das Gewusel der vielen Menschen auf und auch Simon trat den Heimweg an. Er hörte noch, wie die zwei Streifenbeamten von Mord sprachen. Dieter sei mit einem Gegenstand unter Wasser gehalten worden, das bezeugten die blutigen Wunden an seinem Hals und auf der Brust. Bestimmt mit der Mistgabel, dachte Simon. Die stand immer griffbereit an der Holzhütte, denn damit fischte Dieter gelegentlich Geäst aus dem Wasser.

Harry Kern brachte die schlimme Nachricht zu den Dombrowskis, die in Dorsten-Holsterhausen in der Juliusstraße in einer hellen Dreieinhalb-Zimmer-Wohnung zu Hause waren. Erstaunt sah Kern sich in der Wohnung um. Zwei Halbwüchsige fläzten sich auf dem Sofa und schauten TV, erwiderten nicht einmal den Gruß des Kommissars bei dessen Eintreten. Ehefrau Karin, eine aufgedonnerte

Mitfünfzigerin, bot ihm widerwillig einen Platz am Esstisch an, auf dem es vor schmutzigen Tassen nur so wimmelte. Kern fragte die Dame, ob sie ihren Mann nicht vermisse und wann sie ihn zuletzt gesehen habe. Sie zuckte mit den abgeflachten Schultern und blickte zum altertümlich geschmückten Weihnachtsbaum, der direkt vor dem Fenster stand.

Weihnachten ist schon einige Tage her, dachte der Kommissar und wartete weiterhin auf eine Antwort. Langsam wurde er ungeduldig.

»Wann war er zum letzten Mal zu Hause? Hat er sich nicht verabschiedet, als er die Wohnung verließ?«

Karin Dombrowski stopfte sich eine Pfeffernuss von dem verstaubten Weihnachtsteller auf dem Tisch in den Mund und zuckte wieder mit den Schultern. »Wat weiß ich, ich glaub, am Tach vor Silvester war dat, also vorgestern. Da ging er morgens wech. Näh, Kevin?« Sie wandte sich an den ungepflegten Sohn.

Kevin schaute zu seiner Mutter herüber, antwortete aber: »Weiß nich. Der haut doch immer ab, wann et ihm gerade passt.«

»Hat es Sie nicht gewundert, dass er seither nicht mehr nach Hause kam, auch am Silvesterabend nicht? Hat er angerufen? Oder Sie ihn?«

»Näh, warum? Is doch schon groß. Kann hingehen, wo er will.« Munter kaute Karin weiter ihre drögen Plätzchen.

»Bei Ihnen scheint es sehr eigenartig zuzugehen. Hatten Sie Probleme?« Harry Kern war neugierig geworden.

»Wat geht Sie dat an? Mit dem gab et imma Probleme.«

»Vielleicht war er wieder bei Simone«, meldete sich nun die Kevin-Kleinausgabe zu Wort.

»Wer ist Simone?« Harry Kerns Geduld war langsam am Ende. Unwillkürlich starrte er in das verknitterte Dekolleté der Frau. Das olle rote Kleid war viel zu eng und umspannte ihre drallen Kurven.

»Auch dat geht Se nix an.«

Wütend stand Harry Kern auf. Er hatte genug. Das musste er sich drei Monate vor seiner Pensionierung nicht mehr antun. »Man hat Ihren Gatten heute Morgen im Blauen See tot aufgefunden«, knallte er ihr an den Kopf.

Keine Reaktion der eigenartigen Dame.

Die muss verrückt sein, dachte Kern.

»Auch dat noch! Beerdigung. Ich hab gar nix anzuziehen«, sagte sie nach einer Weile.

War das ihre einzige Sorge?

»Ich schicke Ihnen nachher meine Kollegin vorbei, die Ihnen einige Fragen stellen wird.« Harry wurde das alles zu viel. Er musste hier raus. Raus aus dieser Schmierenkomödie. Sollte seine Kollegin sich mit dieser Familie herumärgern, dachte er kopfschüttelnd.

»Wenn ich dann da bin«, rief Karin Dombrowski dem Kommissar hinterher.

Von Frau Dombrowski aus fuhr er nach Dorsten-Hervest zum zweiten Vorsitzenden Josef Lemkuhl. In dem schmucken Häuschen in der Schachtstraße erlebte er das krasse Gegenteil. Heile Welt. Augenscheinlich. Dass das nichts zu bedeuten hatte, stellte er oft genug fest. Häufig verbarg sich hinter einer tollen Fassade das pure Grauen. Hier jedoch schien alles in Ordnung zu sein. Überall hingen Bilder, die den stämmigen zweiten Vorsitzenden Lemkuhl beim Angeln zeigten, weit den Köder ins Wasser werfend, glücklich einen großen Karpfen emporhebend, einzigartige Momente. Die braun gelockte Mutter Lemkuhl stellte Harry Kaffee hin, bot ihm Platz an, Vater Lemkuhl stand von der Couch auf, um den Kommissar zu begrüßen.

Feuchte Hände hatte er, stellte Kern fest. Angstschweiß, eindeutig. Der weiß es schon, war er sich sicher.

»Man hat Sie schon benachrichtigt?«, fragte der Kommissar deshalb direkt.

»Ja, ein Vereinsmitglied rief mich eben an. Dieter ist im Blauen See ertrunken.« Lemkuhl strich sich nervös das volle Haar nach hinten und nahm wieder auf dem Sofa Platz.

Aus dem Kinderzimmer kam lautes Gelächter und Gepolter. Frau Lemkuhl setzte sich zu den Männern.

»Von wegen ertrunken. Er ist ermordet worden«, stellte Kern die Sache richtig.

»Vielleicht hatte er zu viel getrunken und ist ins Wasser gefallen.« Lemkuhl hielt dem prüfenden Blick des Kommissars stand.

»Nein, mit Sicherheit nicht. Da hat jemand nachgeholfen.«

Kreidebleich seufzte der zweite Vorsitzende auf.

»Wem war er im Weg? Was meinen Sie? Es soll Querelen gegeben haben, wurde mir berichtet.«

»Wer sagt so was? Ich weiß von nichts.« Jetzt traten Lemkuhl Tränen in die Augen.

Seine Frau hielt sich geschlossen. Eine gepflegte Frau, zurückhaltend, gebildet. Leider hatte sie die Augen eines Karpfens und dessen schuppige Karomuster-Haut. Sie deutete auf eine gerahmte Fotovergrößerung, die über dem Sofa hing.

»Den Karpfen hat mein Mann gefangen, 30 Kilo schwer. Ein Prachtexemplar, nicht wahr?«

Ihr Mann oder der Karpfen, wollte Kern fragen und beobachtete weiterhin die eigenartige Gesichtshaut der Lemkuhl-Frau.

»Wie war das Verhältnis zu Dieter Dombrowski? Was wissen Sie von seinen Geldproblemen?« Harry Kern wollte weiterkommen und bohrte bei Lemkuhl immer wieder nach. Ihm fiel auf, dass kein Weihnachtsbaum das Wohnzimmer schmückte.

Nach längerem Herumdrucksen packte dieses eigenartige Paar aus und gab einiges an Insiderwissen bekannt.

Nach einer Stunde verließ der Kommissar die Familie. Er konnte Lemkuhl schlecht einordnen. Auf jeden Fall hatte er Dreck am Stecken, war er sich sicher. So oder so!

Auch der Besuch beim Kassierer Bodo Langenbeck brachte ihn nicht weiter. Langenbeck lebte allein in einem winzigen Apartment. Hektisch und nervös berichtete er dem Kommissar von den fehlenden Sparbüchern. Er wisse nicht, wo die seien. Auch nicht, ob an den Behauptungen was dran war, dass Dieter Geld unterschlagen habe. Er nötigte Kern geradezu, die Kassenbücher mitzunehmen und durchzuschauen, was dieser jedoch mehr als einmal ablehnte. Wieso er alleine lebte, fragte der Kommissar ihn zum Schluss, woraufhin Bodo sich schluchzend auf einen Küchenstuhl schmiss und zu heulen anfing. Die Weiber seien allesamt schlecht.

Genug für heute, morgen ist auch noch ein Tag, sagte Kern sich und verließ die kleine Wohnung.

Nach einigen Telefonaten stellte sich am 2. Januar heraus, dass es diesen Herrn Dr. Alexander Fahrenbach, erster Vorsitzender des Landesfischereiverbandes Westfalen und Lippe e. V., gar nicht gab. Wer hatte ihn erfunden? Wieso hatte man Dieter Dombrowski mit dem Besuch dieses Kerls gedroht? Hatte jemand den Mann ins Spiel gebracht, um sich selbst an die Spitze zu setzen?

Kern hatte einen Verdacht. Doch bevor er in dieser Richtung tätig wurde, beschloss er, sich Wolfgang Busch anzusehen. Ihn beschäftige die Frage, wieso der Mann jedes Jahr zu Silvester einen Karpfen geschenkt bekam.

Als er das Vier-Familien-Idyll der Zechensiedlung Fürst Leopold in Dorsten-Hervest, unweit des Blauen Sees, betrat und die durchgetretenen Holzstufen ins erste Stockwerk hinauflief, ahnte er nicht, was ihn gleich erwarten würde.

So mittelalterlich wohnt also eine verarmte Familie, dachte er. Die Tür öffnete sich und er befand sich direkt in der Wohnküche. Zwar alles sehr sauber, doch ganz anders, als er es kannte. Durch das kleine Sprossenfenster in der Ecke des Raumes lugte ein Sonnenstrahl über die Dächer der Fachwerkhäuser der alten Siedlung in die Wohnküche herein.

Wolfgang Busch nuschelte eine Begrüßung und bat den Kommissar einzutreten. Auf einem Uralt-Polsterstuhl nahm Kern Platz und bekam von der kleinen, dauergewellten Frau einen Kaffee vor die Nase gesetzt. Der Herr Sohn im mittleren Alter, rote Haare, Hornbrille mit dicken Gläsern, äußert korpulent, saß auf dem Sofa und bohrte ausgiebig in seinem riesigen Riecher herum. Die Frau trug ein Kostüm, das ihn an seine alte Mutter erinnerte, pastellfarben und vom Schnitt her total aus der Mode gekommen. Neben dem Sofa standen drei Kartons mit alten Flaschen, Glas und Plastik sowie Altpapier, peinlich geordnet. Der Wohnzimmerschrank war original Gelsenkirchener Barock. Ein Elektroherd aus der Steinzeit befand sich in der linken Ecke, daneben ein Waschbecken aus Stein sowie ein kleiner Tisch.

Als Kern den Grund seines Besuchs nannte, reagierte Wolfgang Busch geschockt. »Tot? Der Dieter? Ermordet? Deshalb kam er nicht am Tag vor Silvester. Hat mich warten lassen. Wissen Sie schon was?«

Der alte Busch war ehrlich betroffen, wohingegen sich der Sohn auf seine prallen Schenkel klopfte und fett lachte. »Deshalb gab es keinen Karpfen. Wir haben Brote gegessen an Silvester.«

Du meine Güte, was machen die für einen Terz wegen eines Karpfens, der einem gerade zu Silvester überall hinterhergeworfen wird, dachte Kern.

Wolfgang plauderte aus dem Nähkästchen, erzählte, woher er Dieter kannte, dass der auch mal hier gewohnt, dann aber was Besseres gefunden habe. Ihn selbst und seine Familie halte die billige Miete noch hier, plapperte Busch weiter. Zwar nur 49 Quadratmeter, jedoch äußerst günstig. Warmmiete 350 Euro. Sie würden alle zusammen in einem Zimmer schlafen, der Sohn mit seinen 45 Jahren auf einer Liege.

Grausame Zustände, dachte Kern.

Nirgendwo weihnachtliches Geschmücke. Entweder hatte Frau Busch schon abgeräumt oder sie gehörten einer Sekte an und feierten kein Weihnachten.

Während der alte Busch noch immer dem nicht erhaltenen Karpfen hinterhertrauerte, schnaufte seine Frau vor sich hin als explodiere sie gleich. Sie würden niemanden in den Hintern kriechen, wären auf den ollen Karpfen nicht angewiesen. Belegte Brote konnten auch lecker sein.

»Haben Sie schon einen Verdacht?«, wollte Busch vom Kommissar wissen.

»Nicht direkt«, erwiderte dieser.

Kerns Blick traf den von Anneliese Busch und ließ ihn erschaudern. So böse dreinblickende Augen hatte er bei einer Frau ihres Alters und ihrer Statur noch nie gesehen. Stechend blau. Mit der stimmt was nicht, war er sich sicher. Da saß eine Hexe vor ihm. Aus ihren Lippen sprudelten böse Worte, sie machte jeden aus dem Angelverein PUK e. V. nieder. Dann war ihr Gatte an der Reihe. Er sei ein Blödmann, dem ersten Vorsitzenden in den Hintern gekrochen.

Bei Kern machte es plötzlich Klick.

»Wo waren Sie am 30. Dezember, am Tag vor Silvester, gegen Mittag, Frau Busch?«, fragte er die Frau mit dem Hexengesicht.

»Einkaufen und auf dem Friedhof«, antwortete sie mit eiskalter Stimme.

»Am Blauen See warst du auch noch, Mama. Hast du doch erzählt«, wusste der Sohnemann.

»Ja, stimmt.«

»Da trafen Sie auf Dieter Dombrowski, richtig?« Kern konnte sich inzwischen zusammenreimen, was geschehen sein musste.

»Ja, ich war da. Habe mit dem Dombrowski, der gerade gehen wollte, ein ernstes Wörtchen gesprochen, ihn gebeten, Wolfgang keinen Karpfen mehr zu geben. Wir sind schließlich keine Bittsteller.«

»Was sagte er?« Kern war neugierig geworden.

»Er hatte schlechte Laune, meinte, ich solle froh sein, einmal im Jahr etwas Gescheites zwischen meine wenigen Zähne zu kriegen. Aber das Abangeln würde in diesem Jahr sowieso ausfallen, meinte er. Ich könne mich also freuen.«

»Und dann, was war dann?«

»Ich sah die Mistgabel, die an der Hütte lehnte, nahm sie in die Hand und stieß dem arroganten Dombrowski damit in den Bauch und in den Hals, immer wieder. Das war gar nicht so einfach, er war ja zwei Köpfe größer als ich. Trotzdem wich er immer weiter zurück, bis er im Wasser landete. Er schrie um Hilfe, dabei war das Wasser am Rand gar nicht tief. Wie irre ruderte er mit den Armen, schrie mich an, ich soll ihm helfen.« Mutter und Sohn Busch lachten laut auf und hatten sichtlich Spaß. Der Sohn schlug sich wieder auf die Schenkel.

Was für eine irre Veranstaltung, dachte Kern kopfschüttelnd.

»Irgendwann war der Kerl ganz schön erschöpft, sicherlich hatte er Alkohol getrunken. Er tauchte auf, schnappte nach Luft und wenig später verschwand sein Kopf wieder unter Wasser. Ich ging ganz nah ans Ufer und drückte Dieter die Forke auf die Brust. Er zappelte mit letzter Kraft, bis er irgendwann nicht mehr konnte und still im Wasser lag. Das mit dem Karpfen hat sich nun erledigt, dachte ich. Ich hakte die Mistgabel an seinem Gürtel ein und zog den Mann ein ganzes Stück weiter bis unter einen Busch. Und dann ging ich nach Hause.«

»Warum nur, Anneliese? Was hast du getan? Jetzt musst du bestimmt wieder in die Landesklinik und wirst eingesperrt.« Weinend brach Wolfgang am Tisch zusammen, der irre Sohn lachte noch immer.

Mit der Landesklinik würde es nicht getan sein, dachte Kern, bevor er nach Verstärkung telefonierte, um die Frau abzutransportieren.

Übrigens hatte der zweite Vorsitzende Josef Lemkuhl Dieter ebenfalls loswerden wollen und ihm deshalb mit dem erfundenen Herrn Dr. Alexander Fahrenbach vom Landesfischereiverband Angst eingejagt. Er selbst hatte die Anrufe getätigt und den Besuch des Mannes, den es gar nicht gab, angekündigt.

14 »O JESULEIN ZART«

Marl

Benjamin Lebert joggte wie ein Irrer um den Loemühlenteich in Marl. Fünf Minusgrade, frostiges Sonnenwetter. Nur vier Stunden Schlaf hatte die Nacht ihm beschert. Ein anstrengender Abend im Hotel Loemühle. Eine Nikolausparty ehemaliger Schüler eines Gymnasiums, die jedes Jahr dort feierten. In diesem Jahr hatten sie sich sogar einen Nikolaus bestellt, ein kleines, nichtssagendes Männchen, der allen die Leviten lesen sollte. Benjamin schüttelte den Kopf. Was für ein albernes Volk, dachte er. Kaum war aus den ehemaligen Gymnasiasten etwas geworden, hauten sie auf die Pauke. Ein Haufen strunzender Ärzte, Rechtsanwälte, Wissenschaftler und Journalisten, die sich gegenseitig übertrumpfen wollten.

Wenn er das Geld nicht so nötig hätte, würde er dort nicht an zwei Abenden in der Woche kellnern. Mit seinen 25 Jahren war das Ende seines Studiums längst nicht in Sicht. Lehramt Deutsch und Biologie hatte er sich ausgesucht. Unterstützung bekam er weder von seinen Eltern noch von seinen Großeltern.

Wenn er an die Gespräche von gestern Abend und heute Nacht dachte, wurde ihm noch immer schlecht. Was diese

Menschen für Sorgen hatten! Ein dickes Trinkgeld war auch nicht drin gewesen. Da wurde gespart.

Mit Ausschlafen war an diesem Morgen nichts gewesen. Seine Eltern, bei denen er noch im Kinderzimmer wohnte, hatten sich mal wieder gezankt. Es waren die Fetzen geflogen, irgendetwas war an den Wohnzimmerschrank aus den 70ern geknallt. Sein Alter hatte wie ein König auf dem Uralt-Cordsofa gesessen und mit sonorer Stimme gejammert, seine Mutter hatte wie ein olles Waschweib ihren Frust herausgekeift. Wahrscheinlich hatte sein Vater mit seiner Zigarette ein Loch in den Stoff gebrannt oder die Kaffeetasse umgekippt und somit den Teppich versaut.

Ich muss hier raus, hatte alles in Benjamin geschrien. Deshalb war er schon so früh unterwegs, trotz des wenigen Schlafs. Das Joggen tat ihm gut, und langsam kam er zur Ruhe. Ein paar Schneeflöckchen fielen vom Himmel, gesellten sich zu der Schneeschicht am Boden, auf den Bäumen und Sträuchern. Der Teich war zugefroren. Fast malerisch lag die kleine Insel inmitten des Sees. Er fühlte sich besser, überquerte die Holzbrücke, blieb stehen und atmete ein paarmal tief ein und aus. Die Müdigkeit kehrte zurück und er freute sich auf sein Bett – vorausgesetzt, seine Eltern gaben inzwischen Ruhe. Im Sommer waren sie leichter zu ertragen. Da saß sein Vater, dieser frühverrentete Laumalocher, den ganzen Tag im Hof und beobachtete die Taubenväter, gab ihnen viele gute Ratschläge. Seine Mutter war meistens unterwegs, bei ihren Freundinnen oder auf dem Wochenmarkt.

Benjamin betrachtete die Enten, für die ein Loch ins Eis geschlagen worden war. Ihm wurde kalt und er lief im gemäßigten Tempo weiter. In der Ferne sah er eine Bank. Eine Person in rotem Mantel saß darauf. Wer war so blöd, sich bei der Eiseskälte auf eine vereiste Bank zu setzen? Das musste er sich näher ansehen. Vielleicht war einem Spaziergänger schlecht geworden.

Als er die Bank erreicht hatte, traf ihn fast der Schlag. Seine innere Ruhe war dahin, denn er erkannte den Mann im roten Mantel sofort. Es war der zierliche Nikolaus von gestern Abend. Er hatte sich gefragt, wer so ein winziges Männchen für den Nikolausjob eingestellt hatte. Völlig unpassend!

Schlief der Mann? Sein Kopf war nach vorne geneigt, sein Gesicht kreidebleich, seine Arme hingen schlaff zur Seite. Benjamin sprach ihn an. Keine Reaktion. Hatte er vielleicht zu viel getrunken? Oder war er …?

Mutig fühlte Benjamin den Puls des Mannes. Nichts. Er war mausetot. Neben ihm auf der Bank stand sein Sack. Benjamin warf einen Blick hinein. Nur noch wenige Präsente befanden sich darin. Beim genaueren Hinsehen fielen ihm die Blutstropfen auf den weißen Pelzbesätzen des Mantels auf. Um den Hals des kleinen Nikolauses lag eine Drahtschlinge.

Mord!

Man hatte das Männchen ermordet!

Er versuchte sich zu erinnern. Die piepsige Stimme des Mannes hatte sich durchs Mikro grausam angehört, als er seine Nikolausnummer vor versammelter Mannschaft abgezogen hatte. Einige hatten gelacht, ihn wohl nicht ernst genommen. Einen Knecht Ruprecht hatte er nicht bei sich gehabt, sondern diese Vorstellung alleine durchgezogen.

Später, gegen 2 Uhr morgens, hatte Benjamin das Männchen mit dem roten Mantel auf dem Gang zu den Toiletten stehen gesehen. Eine rothaarige Frau hatte mit lauter

Stimme auf ihn eingeredet und ihn an seinem Mantel festgehalten. Benjamin hatte sich nichts dabei gedacht und war mit seiner Arbeit fortgefahren. Die illustre Gesellschaft hatte sich weiter die Hacken vollgesoffen.

Wer hatte diesen kleinen Nikolaus umgebracht?

Wenig später durchbrach das Martinshorn des Polizeiwagens die morgendliche, eiskalte Stille. Der Wagen hielt direkt an der Bank am kleinen See. Zwei Polizeibeamte stiegen aus und musterten Benjamin misstrauisch, als hätte *er* den kleinen Mann im Nikolausmantel umgebracht. Er bereute schon, die Polizei informiert zu haben, wäre er doch weitergejoggt, sagte er sich. Kurz darauf kam ein Notarztauto, ebenfalls mit eingeschaltetem Martinshorn, gefolgt von einem Krankenwagen. Alle stürmten zum Opfer.

Weitere Sirenen gesellten sich hinzu, die sogar die Enten die Flucht ergreifen ließen. Einem schwarzen BMW entstieg Minuten später ein gewichtiger Mann im dicken Wintermantel, der sofort auf Benjamin zusteuerte, nachdem er mit den Polizeibeamten gesprochen hatte. Sympathisch und ruhig stellte der Kommissar, der Olaf Brückner hieß, ihm unaufdringlich die Fragen, die sein mussten.

Nein, er habe den Mann bis gestern Abend nicht gekannt, habe ihn im Lokal zum ersten Mal gesehen, sich jedoch über diesen zarten, untypischen Nikolaus gewundert. Er gab an, wann und mit wem er ihn zuletzt gesehen hatte. Zu den anderen Gästen der gestrigen Veranstaltung könne er nur wenig sagen.

Der Kommissar notierte seinen Namen und seine Adresse und ging anschließend zum Hotel Loemühle.

Dr. Carola Lorenz, 35 Jahre alt, aus Osnabrück, hatte im Hotel übernachtet. Sie sprach dem Alkohol gerne zu, vor allem mit ihren ehemaligen Klassenkameraden, weshalb sie gestern Abend nicht mehr nach Hause gefahren ist.

Zusammen mit Peter Schneebaum und Lutz Kruk nahm sie das Frühstück ein. Die drei ließen den gestrigen Abend und die Nacht Revue passieren und machten sich vor allem über den Nikolaus lustig, den Peter Schneebaum aufgetan hatte. Eine echte Lachnummer, fanden sie. Auch Schneebaum, inzwischen ein angesehener Rechtsanwalt aus Marl, hatte in dem schmucken Hotel Loemühle genächtigt, obwohl er wegen des kurzen Anfahrtsweges auch per Taxi hätte heimfahren können.

Die geschichtsträchtigen Fachwerkgebäude in reizvoller Landschaft waren ein echtes Idyll. Schneebaum hatte die historische Kornkammer für das Treffen der 30 Leute angemietet, dazu fetzige Musik eines bekannten Ruhrgebietsmusikers und eben besagten Nikolaus, der aus einem schwarzen Buch, eigens von Schneebaum zusammengestellt, Verfehlungen von früher vorgetragen hatte. Das war jedoch nicht gut angekommen, weil viele der Anwesenden an manches Ereignis nicht erinnert werden wollten.

Lutz Kruk, der 34-jährige Zahntechniker aus Herne-Baukau, hatte sich ebenfalls eine Übernachtung in einem der stilvollen Zimmer gegönnt. Er schmunzelte, während er ein Spiegelei in sich hineinstopfte, fand alles, wenn überhaupt, eher im Stillen lustig.

Die rothaarige Carola Lorenz setzte plötzlich eine mahnende Miene auf und schaute Peter kopfschüttelnd an. »Das war ziemlich blöd, was du dir da erlaubt hast. Vor versammelter Mannschaft die Leute bloßzustellen, ist nicht die feine Art. Das hat viele geschockt. Nicht umsonst war gegen Mitternacht der Saal fast leer. Was hast du dir dabei gedacht? Und woher hattest du die ganzen Infos?«

Schneebaum lachte laut auf und rollte sich zwei Schinkenscheiben zusammen, die er sich genüsslich in den Mund schob. »Tja, ich habe meine Beziehungen. War gut, oder? Sei doch froh, dass deine Missetaten nicht mehr vorgetragen wurden, liebe Carola. Aber dich hätte das, was ich über dich in Erfahrung gebracht habe, ohnehin nicht geschockt. Scheiße bist du durch deinen Beruf ja gewöhnt.« Der große korpulente Mann, der mit seinen 35 Jahren aussah wie sein eigener Vater, musste sich an den Bauch fassen, so sehr lachte er über seine eigenen Worte.

Carola strich sich durch ihr rotes, gelocktes Haar und seufzte. Der schlanken Proktologin mit dem hervorragenden Ruf sagte man auch nach, äußerst schnippisch zu sein. »Du bist ein Vollidiot, lieber Peter, das wissen wir alle. Du hättest nicht Fachanwalt für Mietrecht, sondern besser Fachanwalt für Hohlköpfe werden sollen.«

Während das Trio sich weiterhin austauschte und verbale Giftpfeile abschoss, näherte sich Kommissar Olaf Brückner dem Tisch. Im Schlepptau einen blonden Hünen, der sehr nervös wirkte. Er stellte sich und seinen Kollegen vor und wandte sich an Carola.

»Sind Sie Frau Dr. Lorenz? Der Portier sagte mir, dass sie zu der Gesellschaft gehören, die gestern Abend hier ihre Nikolausfeier abhielt.«

Nachdem der Kommissar und sein Kollege nach wildem Stühlerücken endlich Platz genommen hatten, ließ er die Katze aus dem Sack und sagte, wieso sie hier waren.

Geschockt starrte der eben noch großkotzige Schneebaum den Kommissar an. »Der kleine Nikolaus, tot? Mit einer Drahtschlinge um den Hals hat man ihn gefunden? Wer macht denn so was?«

Kruk und Lorenz nahmen die Nachricht gelassener hin. Frau Doktor zuckte mit den Schultern. »Ja, wann habe ich ihn zuletzt gesehen? Ich glaube, es war gegen 2 Uhr. Er machte eine kleine Pause, ging zum Klo und kam nicht wieder. Wir dachten noch, dass er zu voll sei, um sein Programm zu beenden. Doch wir waren so mit uns beschäftigt, dass wir den echt vergessen haben.«

Auch Kruk und Schneebaum waren der Meinung, dass der Nikolaus gegen 2 Uhr von der Bildfläche verschwunden war.

»Einige der Ehemaligen standen noch aus. Die hatten noch nichts Böses aus dem schwarzen Buch zu hören bekommen. Du ja auch nicht, Carola.« Schneebaum schaute seine ehemalige Kommilitonin an.

»Ist auch besser so«, meinte Carola.

»Das deckt sich in etwa mit dem, was uns der Kellner erzählte. Der hat ihn übrigens gefunden. Ich hätte noch gerne eine Liste mit allen Teilnehmern.« Der Kommissar holte sein Notizbuch aus der Tasche, stellte weitere Fragen und kritzelte die Antworten in das Heft. Ob sie die Einzigen gewesen seien, die im Hotel übernachtet hatten. Wieso Kruk und Schneebaum nicht heimgefahren seien, wo sie doch in der Nähe wohnten. Und wer den Nikolaus arrangiert habe.

Dr. Carola Lorenz war verstimmt. Schlagartig war ihre Stimmung gekippt. Ursprünglich wollte sie nach dem Frühstück heim zu ihren Lieben nach Osnabrück fahren. Doch nun hieß es, sie möge sich zur Verfügung halten. In diesem Hotel eigentlich nicht weiter tragisch, hier war es sehr schön, doch es zog sie weg von diesem Ort. Immer mehr der Schulkameraden, die auf der Feier gewesen waren, betraten die Gaststube und Carola staunte, wie schnell die Polizei das möglich gemacht hatte. Der Kommissar und sein Kollege hatten inzwischen Verstärkung bekommen und begannen, verteilt auf sämtliche Räume, die Leute zu verhören.

Carola saß noch immer mit Kruk und Schneebaum an einem Tisch und würde dem schmierigen Peter am liebsten eine reinhauen, so blöd wie der grinste. War sie tatsächlich mal in ihn verliebt gewesen, damals vor mehr als zehn Jahren? Dieser Schmierlappen hatte zahlreiche Ausrutscher, die seine Mitschüler längst bereut und vergessen hatten, ans Tageslicht geholt und laut vorlesen lassen. Was hatte er davon? Sie konnte von Glück sagen, dass sie nicht mehr an die Reihe gekommen war. Mit Sicherheit wäre sonst rausgekommen, dass sie eine Liaison mit dem großkotzigen Rechtsanwalt gehabt hatte, als beide längst verheiratet waren. Allerdings nicht miteinander.

Lutz Kruk, diese Lusche, schaute Carola immer wieder ängstlich an. Er war ganz weiß im Gesicht.

»Was glotzt du so dämlich?«, fauchte Carola. »Kackst du dir in die Hose?«

»Na, da ist er bei dir ja an der richtigen Adresse.« Peter Schneebaum lachte böse.

»Ich wünschte, man hätte dich tot am eisigen See gefunden«, giftete Carola ihn an.

»Das glaube ich dir sogar«, kam es von Schneebaum.

Wie konnte ich nur, fragte sich Carola. Wie konnte ich mich mit so einem Affen einlassen? Okay, damals sah er besser aus als heute, doch ein hinterlistiger Trottel war er schon immer.

Lutz Kruk schaute dauernd auf seine Uhr. Gleich 13 Uhr. Er hatte Reni versprochen, zum Mittagessen zu Hause zu sein. Sonst hätte sie ihn nie und nimmer im Hotel Loemühle übernachten lassen. Jeder im Bekanntenkreis wusste, dass er regelrecht Angst vor seiner Gattin hatte. Als er ihr vorhin am Telefon erzählt hatte, dass er noch nicht wegkonnte, weil man den Nikolaus tot aufgefunden hatte, hatte sie gleich losgekeift und ihn angeschrien. »Da hast du aber nichts mit zu tun, oder?«

Dieser dämliche Schneebaum. Was hatte der sich dabei gedacht, seine ehemaligen Mitschüler so bloßzustellen? Lutz fragte sich, wieso er den Kontakt nicht längst abgebrochen hatte. Was über ihn zutage gekommen war, war nicht ganz so schlimm gewesen. Doch er hatte sich gewundert, woher Peter wusste, dass Lutz als Kind Bettnässer gewesen war und sich deswegen sogar in psychologische Behandlung begeben hatte. Dann dieser unmögliche Nikolaus. Der war höchstens für eine Kinderveranstaltung zu gebrauchen, so verunsichert und verklemmt wie der sich angestellt hatte.

Der Kommissar hatte vorhin alleine mit ihm gesprochen, ihn immer wieder skeptisch beäugt und schließlich verlangt, dass er noch bliebe. Wozu? Stand er etwa unter Verdacht?

Er bestellte sich eine Cola, nippte daran herum, als könnte er sich eine weitere nicht leisten.

An den Tisch nebenan setzte sich ein junger blonder Mann, der einen Kaffee orderte. Lutz überlegte krampfhaft, woher er ihn kannte. Zu den Ehemaligen zählte er nicht. Er kannte ihn jedoch, war er sich sicher. Plötzlich fiel es ihm ein. Das war der Kellner von gestern Abend. Er erschrak. Ihm wurde schlecht. Der Mann hatte ihn gesehen, als er mit Carola am frühen Morgen im Gang vor den Toiletten gestanden hatte. Beruhige dich, sagte er sich. Er hat nichts mitbekommen. Oder doch? War den anderen eigentlich aufgefallen, dass Carola und er eine Zeit lang weg gewesen waren?

Benjamin Lebert sah sich in der Gaststube um. Überall dekorierte Tannenzweige und rote Kerzen, die auf Weihnachten einstimmen sollten. Die Mittagszeit war vorbei. Ein übermüdetes Volk um ihn herum. Er konnte nicht verstehen, wieso der Kommissar ihn noch einmal hierher beordert hatte. Er hatte alles zu Protokoll gegeben. Galt er vielleicht als verdächtig? Zuhause hatten seine Eltern das Mittagessen – bestimmt Schweinebraten und Bohnensalat, was anders konnte seine Mutter nicht – bereits verspeist. Nicht im Traum würde sie daran denken, ihm noch etwas davon aufzuwärmen. Davon abgesehen könnte er längst wieder im Bett liegen und Schlaf nachholen.

Der Chef des Hotels grüßte ihn freundlich. Benjamin ließ seinen Blick schweifen. In der Ecke an einem Tisch saßen der Kommissar und der lange Kollege und redeten auf ein zartes, ständig nickendes Würstchen ein.

Befand sich der Mörder hier im Raum? Benjamin erkannte die Rothaarige mit dem herben Gesicht wieder, die unermüdlich die zwei Pappnasen an ihrem Tisch zuquatschte. Er hatte sie gestern nicht nur mit dem Nikolaus, sondern etwas später auch mit einem der beiden Männer auf dem Gang gesehen, fiel ihm ein. Wie eine Irre hatte sie auf den Kerl eingeredet. In diesem Moment schaute er zu ihm herüber und riss ängstlich die Augen auf. Da muss was gewesen sein, wurde Benjamin bewusst, sonst hätte er sich bei seinem Anblick nicht so erschrocken.

Sein Magen knurrte. Sollte er sich etwas zu essen bestellen? Nein, das war zu teuer. In dem Augenblick stellte der Wirt ihm ungefragt einen Teller Gulaschsuppe vor die Nase und nickte ihm freundlich zu. »Du musst durchgefroren sein, Junge!«

Eine gute Stunde später fand der Kommissar endlich Zeit, sich zu ihm zu setzen. Er fragte ihn, ob ihm jemand verdächtig vorkam. Jetzt erst kapierte er, wieso er noch einmal herkommen sollte. Benjamin wies auf den rotblonden Kruk und teilte dem Kommissar mit, dass er ihn ebenfalls nachts auf dem Gang gesehen habe. Mit der rothaarigen Frau. Sie hätten wild diskutiert.

Der Kommissar nickte zufrieden. Benjamin war entlassen und konnte nach Hause.

Peter Schneebaum hatte dem Kommissar wenig zu erzählen. Er beantwortete die gestellten Fragen kurz und bündig und hoffte, endlich gehen zu können. Ja, der Nikolaus habe sein Geld bekommen. 300 Euro. Ja, er habe ihn angestellt. Die Empfehlung eines Bekannten. Der kleine Mann war dumm genug, das zu tun, was Schneebaum gewollt hatte.

Kommissar Brückner wedelte mit dem schwarzen Buch vor Schneebaums Nase herum. Der Rechtsanwalt wunderte sich, woher er es hatte.

»Harter Tobak, was Sie da über Ihre Ex-Mitschüler notiert haben. Das waren doch Sie, nicht wahr? Sicherlich haben Sie dafür lange recherchiert, oder? Liest sich wie ein Rache-Komplott. Wozu sollte das gut sein?«

Schneebaum zuckte mit den Schultern und zog mit einem Zahnstocher ein Muster in die weiße Tischdecke. Brückner kam nicht weiter und verließ den Tisch. Nach

Hause durfte der korpulente Rechtsanwalt aber noch nicht.

Als Brückner mit Carola Lorenz am Tisch saß, stellte er fest, dass sie fertig aussah. Das war ihm heute Vormittag gar nicht aufgefallen. Hatte die Nacht an ihrem Äußeren gezehrt? Ein wahrer Giftzwerg, diese Frau, dachte er, während sie am laufenden Band böse Worte fallen ließ. Alles Idioten, alles Hirnverbrannte um sie herum. Als er es nicht mehr aushielt, las er ihr die Passage aus dem schwarzen Buch vor, die ihr gewidmet war.

Ihre Lippen begannen zu zittern, Tränen schossen ihr in die Make-up-verschmierten Augen.

»Ich habe gehört, dass Ihre Untaten nicht mehr vorgelesen wurden. Dazu sei es nicht mehr gekommen. Sie hatten also ein Verhältnis mit dem Herrn Schneebaum? Von dubiosen Geldgeschäften bezüglich Ihrer Praxis ist auch die Rede. Wussten Sie, was in dem Buch stand, oder haben Sie es nur geahnt?«

Carola zog die Schultern hoch. »Nachdem die anderen so schlecht weggekommen sind, habe ich mir so etwas schon gedacht. Was Schneebaum damit bezweckte, ist mir ein Rätsel.«

»Sie wollten verhindern, dass diese Dinge über Sie ans Licht kommen, richtig? Man hat Sie im Gang vor den Toiletten gesehen, wie Sie auf den kleinen Nikolaus eingeredet haben. Sollte er es unterlassen?«

Carola war nach der fast durchwachten Nacht und den schlimmen Ereignissen total erledigt, kippte sich einen Klaren nach dem anderen in den Hals. Das half zwar nichts, löste allerdings ihre Zunge.

»Ja, ich wollte den Mann bestechen. Er sah aus, als

könnte er Geld gebrauchen. Ich bot ihm eine beachtliche Summe, wenn er mir das Buch überlassen und verschwinden würde. Doch er wollte nicht, wehrte sich mit Händen und Füßen.«

»Da mussten Sie Gewalt anwenden, nicht wahr? Hat Kruk Ihnen dabei geholfen, den Mann zu beseitigen?«

Carola fing hysterisch an zu heulen. »Nein, mit dem Mord hat er nichts zu tun. Er hat mir nur geholfen, den zum Glück kleinen Mann wegzuschaffen.«

»Wo haben Sie ihm die Schlinge um den Hals gelegt? Hier im Haus?«

»Ich habe ihn vor die Tür gelockt, und da war dann Schluss mit lustig. Ich gab ihm mit einem Schirm, den ich im Hinausgehen aus dem Schirmständer gezogen habe, eins über seinen zarten Kopf. Dann ein Spritzchen Propofol und anschließend kam die Schlinge ins Spiel.«

Kommissar Brückner war geschockt. So eine abgebrühte und dennoch geständige Frau hatte er selten vor sich. »Wo hatten Sie die Drahtschlinge her?«

»Die habe ich mitgebracht. Eigentlich für Schneebaum. Er hatte am Telefon angedeutet, dass diesmal bei der Nikolausfeier eine Bombe losgehen würde.«

Brückner gab zwei seiner Kollegen ein Zeichen, und wenig später wurde Frau Dr. Carola Lorenz aus dem Lokal geführt. Einige Meter hinter ihr Lutz Kruk.

15 »WIE SOLL ICH DICH EMPFANGEN UND WIE BEGEGN' ICH DIR«

Meschede

»Suche Gott – Tage der Stille im Advent«, hieß das Wochenendseminar im Sauerland, zu dem Margareta Sommerfeld sich angemeldet hatte.

Nun saß sie am ersten Adventswochenende in der ehrfürchtigen Halle im Haus der Stille des Klosters Abtei Königsmünster in Meschede. Die Abtei Königsmünster gehörte zur Benediktinerkongregation von St. Ottilien. Neben der Mission und der Seelsorge betrieben die Brüder eine Reihe handwerklicher und landschaftlicher Betriebe sowie ein Gymnasium.

Margareta lauschte den Worten des Bruders Christoph Cordts. Begegnungen mit sich selbst, mit anderen und mit Gott wurden ihr versprochen.

Vor einigen Wochen war sie überzeugt gewesen, dass dieses Seminar ihr weiterhelfen würde, sie aus der miesen Stimmung zu reißen, die sie immer in der Weihnachtszeit heimsuchte. Jetzt allerdings, nach einer arbeitsreichen Woche, wäre sie lieber zu Hause, bequem auf der Couch.

So hörte sie nur mit einem Ohr zu, was der Bruder mitzuteilen hatte, und betrachtete einen Teilnehmer, der etwa in ihrem Alter war. Schöne Augen hatte er, dachte sie und träumte vor sich hin. Reiß dich zusammen, du hast Thomas, den Ersten Hauptkommissar des Buerschen Polizeipräsidiums. Oder war gerade er das Problem, war er schuld an ihrem Ausgebranntsein? Diese träge Lusche, die wirkte wie ein Großvater. Dabei war er erst Anfang 40. Sie hoffte, dass er das Wochenende ohne sie nutzen würde, um über sich nachzudenken. Wahrscheinlicher war, dass er die Zeit mit Waltraud, ihrer Mutter, verbrachte, mit ihr gut essen ging und Filme schaute, eventuell noch Karten spielte. Wie Oma und Opa.

Obwohl sie die Seminarunterlagen ausgiebig studiert und sich über die besondere Architektur des Gebäudes informiert hatte, beängstigte sie die Kargheit ihres Einzelzimmers. Kaum etwas, das das Auge beschäftigen konnte, nur Beton, Glas und zweckhaftes Mobiliar: Bett, Schrank, Tisch und Stuhl, kleines Badezimmer. Der Blick wurde durch das bodentiefe Fenster in die verschneite Umgebung des Hochsauerlandes gelenkt. Bei Nacht funktionierte das nicht mehr. Dann gab es nur noch den Blick auf sich selbst, ein TV oder Radio waren nicht vorhanden.

Na ja, das Programm ging bis in den späten Abend. Außerdem hatte sie Gelegenheit, an beiden Wochenendtagen an jeweils fünf Gottesdiensten teilzunehmen. Langeweile würde sie definitiv keine bekommen.

Wieder heftete sie sich an die schönen Augen des Teilnehmers und lauschte nebenher den Ausführungen des Seminarleiters über Gott und die Möglichkeit, ihn zu finden. Ihre Gedanken schweiften jedoch ständig ab.

Ihr Blick blieb an der Weihnachtsdeko hängen. In den Ecken Tannenbäume, wie sie schlichter nicht sein könnten. Geschmückt mit Wachskerzen und Strohsternen, mehr nicht. Das wiederum gefiel ihr. Weniger war schließlich mehr.

Die anderen Kursteilnehmer waren entweder junge Frauen und Männer im Studentenalter oder steinalte Omis. Nur der schöne Mann und sie waren in den 40ern. Die Frau rechts neben ihr, eine Räusperliese vor dem Herrn, hatte die unangenehme Eigenart, andauernd über jede noch so ernste Äußerung des Bruders zu lachen, als hätte sie nicht alle Tassen im Schrank.

In der Pause erzählte sie Margareta, was sie in ihrer Freizeit schon alles gemacht hatte. Auf Bauernhöfen ausgeholfen, Kranke gepflegt, Suppe für Obdachlose ausgeteilt, eben ganz viel Gutes. Finanzbeamtin im Ruhestand sei sie, so sah sie auch aus. Blaues Kostüm mit passendem Wollschal, grauer Kurzhaarschnitt und ungeschminkt. Während sie erzählte, stieß sie Margareta ständig mit ihrem spitzen Ellbogen an, was Margareta in Rage brachte.

»Sie müssen wissen, ich helfe, wo ich kann, bin immer für andere da.«

Margareta nickte nur und schaute aus dem Fenster. Und dafür zahle ich 350 Euro, dachte sie zähneknirschend. Sie sah den grinsenden Thomas vor sich, wenn sie ihm übermorgen von dem Seminar und der tollen Alten erzählen würde. »Ich habe dir doch gleich gesagt, dass das nichts für dich ist«, hörte sie ihn sagen.

»Ich heiße Mechthild. Wollen wir uns duzen?« Wieder lachte sie laut und nervig.

»Von mir aus. Ich heiße Margareta«, sagte sie wenig begeistert. Sich mit einer ausgemusterten Finanzbeamtin, die mindestens 70 Jahre auf dem Buckel hatte, zu duzen, widerstrebte ihr.

»Was machst du beruflich, Margareta? Und wieso bist du hier?« Mechthild kroch ganz nah an Margareta heran. Ihr Atem, nach krankem Magen, ekelte Margareta an. Oder roch ihr Kostüm so muffig? »Ich bin Privatdetektivin«, gab sie kurz Auskunft. Darüber, wieso sie hier war, gab sie nichts preis.

»Oh, wie aufregend. Da musst du mir von erzählen.« Die Augen der Alten fielen fast aus den Höhlen.

Nein, muss ich nicht, wollte sie ihr an den Kopf werfen, hielt jedoch den Mund und seufzte nur. Hallo! Kloster! Ort der Stille! Sie wollte zu sich selbst finden und nicht vollgelabert werden.

Die Pause war vorbei, worüber Margareta froh war. Der Kursleiter sprach voller Eifer von Mose, der einem brennenden Dornenbusch begegnet war. Dann über Elia, der Gott weder im Feuer noch im Sturm, sondern lediglich durch ein sanftes Sausen ausmachen konnte. Täglich würden Menschen Wunder erleben.

»Wie ist es bei dir, Margareta? Wo bist du Gott schon begegnet? Vielleicht in einem Traum?«, flüsterte der attraktive Teilnehmer neben ihr nach einem Blick auf ihr Namensschildchen.

Dieser Blick, dieser Geruch, der ihn umgab … Margareta war hin und weg. »Ich weiß nicht, ich dachte immer, das Sausen im Kopf käme von meinem Tinnitus«, antwortete sie. Vor Aufregung sprach sie ziemlich laut, so dass alle sie hörten. »Dass sich Gott auf diese Art bei mir meldet, da wäre ich nie drauf gekommen.«

Die jungen Studenten fingen an zu lachen. Selbst der Kursleiter konnte sich das Lachen nicht verkneifen. Mechthilds lautstarke Einwände, wo sie Gott schon begegnet sei, ignorierte der schöne Teilnehmer.

Während des Abendessens in dem spartanisch, jedoch stilvoll eingerichteten Raum – natürlich hatte Margareta die geschwätzige Mechthild an ihrer Seite –, gesellte sich der dunkelhaarige Mann an ihren Tisch und stellte sich als Michael vor. Außer Margareta und der dreisten Mechthild saßen zwei weitere Damen am Tisch, die lieb grinsten und ihre Münder hielten.

Eben noch war Margareta total verzweifelt gewesen über ihren zugeteilten Sitzplatz an dem Seniorentisch. Nun schlug ihr Herz höher und sie rückte gerne zur Seite, um dieser Erscheinung Platz zu machen.

Völlig unkompliziert plapperte er drauf los, wandte sich jedoch nur an Margareta und verstand es wunderbar, die lästige Mechthild zu ignorieren.

Gerade noch hatte Margareta kaum Appetit gehabt, nun biss sie herzhaft in das Käsebrot. Mechthild redete und redete, wollte sich unbedingt in das Gespräch zwischen Margareta und Michael einbringen. Margareta sah sich nach ihrem Messer greifen, um Mechthilds Auge damit zu malträtieren, bis reichlich Blut floss. In Gedanken stieß sie wieder und wieder zu, bis endlich Ruhe herrschte.

Erschrocken über ihre Fantasie zuckte Margareta zusammen und schaute unauffällig in Mechthilds Augen, die zum Glück unversehrt waren.

»Beachte sie einfach nicht«, sagte Michael im Flüsterton, nahe zu ihr gebeugt. »Sie tickt nicht richtig. Nimmt dauernd an Seminaren teil und stiftet Unruhe, wo sie nur kann.«

Margareta wusste nicht, was sie darauf erwidern sollte, und lächelte Michael an. Woher wusste er das? War er auch öfter hier?

Als könne er ihre Gedanken lesen, erzählte er, dass er regelmäßig im Kloster sei. Er nehme an verschiedensten Seminaren im Haus der Stille teil und gönne sich einmal jährlich das Angebot »Kloster auf Zeit«, bei dem Männer für zwei Monate das Leben der Mönche teilten. Er fragte Margareta nach ihrem Beruf. Auch vor ihrem Privatleben machte er nicht Halt. Gesprächsstoff satt.

Die zwei dauergewellten Omis hatten sich bereits verabschiedet, und Mechthild ruckelte zornig mit ihrem Stuhl hin und her.

»Nimm dich vor der Frau in Acht«, flüsterte ihr Michael zu, bevor sie sich trennten. »Um 20 Uhr findet ein Vortrag statt. Er zog einen kleinen Zettel aus seiner Tasche und reichte ihn Margareta. Neugierig las sie ihn. »Klopft an und es werde die Tür für euch aufgetan«, lautete das Thema, was Margareta wenig interessierte.

»Wirst du auch da sein?«, fragte Margareta.

»Nein, heute nicht, ich bin sehr müde. Den Vortrag hält Bruder Johannes. Ein sehr fähiger Mönch, kann ich dir nur empfehlen.«

Nach dem Telefongespräch mit Thomas – eigentlich waren Handys im Kloster nicht erlaubt – warf sich Margareta auf ihr Bett und streckte die Beine aus. Sie verspürte wenig Lust auf den Vortrag. Der Gedanke, den ganzen Abend im Zimmer zu verbringen, hatte allerdings auch keinen Reiz. Alternativ könnte sie an der Abendmesse teilnehmen. Die Abteigaststätte aufzusuchen, wäre eine weitere Möglichkeit. Da klopfte es an der Tür.

Margareta öffnete, hätte aber am liebsten sofort wieder zugemacht, denn Mechthild stand davor, in den Händen eine Weinflasche und zwei Gläser.

»Ich darf doch?«, fragte sie und drängte sich, ohne eine Antwort abzuwarten, an Margareta vorbei, stellte ihre Habseligkeiten auf den kleinen Tisch und hockte sich auf den einzigen Stuhl, der davorstand.

»Du, das ist ganz schlecht. Ich wollte zur Abendmesse. Da werden gregorianische Gesänge dargeboten. Die höre ich sehr gerne.« Notgedrungen setzte sie sich auf die Bettkante und sah Mechthild dabei zu, wie sie die Weinflasche öffnete und die glitzernde Flüssigkeit in die Gläser goss.

»Der ist aus dem Klosterladen. Ein edler Tropfen. Den Gesang kannst du dir auch morgen noch anhören. Glaub mir, was ich zu erzählen habe, ist tausendmal besser.« Sie lehnte sich grinsend auf dem Stuhl zurück und schaute Margareta an. »Michael gefällt dir, was?«

»Ich bin in festen Händen!«

»Und ich könnte dir Dinge erzählen …« Mechthild fuchtelte mit den knochigen Händen, um ihrer Aussage Gewicht zu verleihen.

Wieso gerade mir, fragte sich Margareta genervt. Wieso ließ sie nicht die alten Frauen an ihren geistigen Ergüssen teilhaben? Sie ergab sich jedoch dem Schicksal und lauschte den schnell heraussprudelnden Worten der pensionierten Finanzbeamtin.

Ihr wächsernes Gesicht ängstigte Margareta. Es sah aus, als wäre es in den Abluftstrahl einer Flugzeugturbine geraten. Verknitterte Lippen, wie mit einem Bügeleisen erfolglos behandelt. Die grünen Katzenaugen drohten jeden Moment aus den Höhlen zu hüpfen.

Und sie redete und redete. Was Michael für einer sei. Er nehme regelmäßig an den Seminaren teil und hocke andauernd im Kloster rum, um sich an weibliche Gäste heranzumachen. Wenn Margareta wüsste, was er ihr angetan habe. Den Tod habe er verdient. Wie eine Schildkröte streckte sie den Hals ruckartig aus dem Körper und zog in wieder ein.

Zuerst hörte Margareta nur mit einem Ohr zu und hoffte, dass die Zeit schnell verging. Doch plötzlich keimte Interesse bei ihr auf. Was erzählte die Frau da? Das war spannender als ein Krimi. Realität oder Fantasie, fragte sie sich.

Auf die Frage, wieso sie so oft hier im Kloster sei, reagierte Mechthild fast böse. »Hat Michael das gesagt? Die Seminare sind für alle zugänglich. Ich kann so oft teilnehmen, wie ich will.« Unvermittelt brach sie in Tränen aus, erzählte von ihrem einsamen Leben. Es habe nie ein Mann gegeben, der sich für sie interessiert hätte. Da könne sie gleich ins Kloster gehen. Gedacht, getan. Als ihre Nachbarin sich für drei Monate hierher nach Meschede ins Kloster zurückgezogen hatte, um sich vom Tod ihres Sohnes zu erholen, war der Gedanke in ihr aufgekeimt, hier an Seminaren teilzunehmen. Eine längere Zeit im Kloster zu verbringen, kam für sie nicht infrage. Bald habe sie Michael kennengelernt. Zuerst sei er noch freundlich gewesen. Doch so nett, wie er sich gab, sei er nicht. Irgendwann habe seine Stimmung umgeschlagen, was Mechthild darauf schob, dass sie ihn nicht in ihr Zimmer gelassen habe in einer der Nächte.

Das konnte Margareta nicht glauben. Mechthild war bestimmt 70 und Michael höchstens Mitte 40. Margareta schaute in die grünen Augen der alten Frau und fast gleichzeitig auf die Weinflasche. Hatte sie zu viel getrunken?

Nein, das konnte eigentlich nicht sein, die Flasche hatte sie erst hier geöffnet. Margareta war verwirrt, wusste nicht, was sie glauben sollte, und versuchte mit allen Mitteln, die Alte loszuwerden.

Als diese irgendwann aufstand und das Zimmer verließ, um eine weitere Flasche des trocknen Klosterrieslings zu organisieren, verriegelte sie die Tür und stellte sich schlafend, als Mechthild wenig später an der Tür polterte.

Kein Wort hatte Mechthild mit Margareta zu Beginn des zweiten Seminartages gewechselt. Weder am Frühstückstisch noch im Vortragsraum. Sie war zutiefst beleidigt.

Beim Mittagessen hellte sich ihr Gesicht allerdings auf, während sie lustlos in ihrem klösterlichen Eintopf herumstocherte. Margareta hatte ihre Antenne auf Empfang. Sie traute der Alten nach dem gestrigen Abend nicht über den Weg.

Michael war nett und freundlich wie am Tag zuvor, setzte sich jedoch nicht an den Tisch der vier Damen.

»Blöder Eintopf. Die sollten mal Pilze kochen. Ein leckeres Pilzgericht. Hm!« Mechthild geriet ins Schwärmen und zeigte beim Grinsen ihre übergroßen Zähne.

»Jetzt, in der Winterzeit? Im Herbst gibt es Pilze.« Margareta schüttelte den Kopf.

»Kann man doch einfrieren. Als ich im Oktober hier war, habe ich oft im Wald Pilze gesucht. Die habe ich mit nach Hause genommen und eingefroren.«

Die beiden dauerwellgelockten Damen am Tisch, die der Aussprache nach eindeutig aus dem Ruhrgebiet stammten, amüsierten sich köstlich.

»Hast du keine Angst, einen giftigen zu erwischen?«, wollte eine von ihnen wissen.

»Und wenn schon! Das ganze Leben ist ein Risiko.« Mechthild grinste weiterhin dämlich.

Wenig später verfinsterte sich ihr Gesicht. Als die beiden alten Damen vom Tisch verschwanden, hackte sie wieder auf Michael herum, ließ kein gutes Haar an ihm.

»Mit dem rechne ich noch ab, das sage ich dir!« Ihr Blick aus den grünen Froschaugen machte Margareta Angst.

Der Rest des zweiten Seminartages rauschte an ihr vorbei, ohne dass sie davon etwas mitbekam.

Am Abend besuchte sie den letzten Gottesdienst gegen 20 Uhr. Von den gregorianischen Gesängen war sie begeistert.

Hinterher bot sich ihr die Gelegenheit, mit Michael ein Gläschen Wein in der Klostergaststätte zu trinken. Heimlich stahlen sie sich nach dem Gottesdienst davon, um Mechthild nicht zu begegnen. Was Margareta von ihm über diese unmögliche Person zu hören bekam, bestätigte ihre Befürchtungen. Die Frau war verrückt, bildete sich ein, dass er auf sie stehen würde. Sie war verrückt und gefährlich.

Als Margareta gegen 22 Uhr ihr Zimmer aufsuchen wollte, lief Mechthild davor Patrouille.

Es folgten wüste Beschimpfungen. Sie habe keinen Gemeinschaftssinn. Wieso sie nicht mitdurfte in die Klostergaststätte? Also hatte sie die beiden beobachtet.

»Ich bin alt genug, liebe Mechthild, ich kann tun und lassen, was ich will«, erwiderte Margareta und schloss ihre Zimmertür auf.

»Wie wäre es mit einem Gläschen Wein?«, fragte sie kleinlaut mit gesenktem Blick. Taktik ändern, war wohl ihre Devise.

Doch die Masche zog bei Margareta nicht. Sie verabschiedete sich freundlich und verschwand in ihrem Zimmer.

»Du wirst schon sehen, was passiert. Der Kerl wird es büßen«, rief sie ihr wütend hinterher.

Margareta war so verstört, dass sie in der Nacht kaum ein Auge zubekam.

Als sie sich am anderen Morgen zum Frühstück fertig machen wollte, sah sie aus dem Fenster die vermummte Mechthild durch den Klostergarten stapfen. Es hatte geschneit, und nur sie konnte so verrückt sein, mit Halbschuhen durch die Gegend zu trampeln.

Musste sie den Vorfall von gestern Abend melden? Befand sich Michael in Gefahr? Oder sah sie nur Gespenster?

Ein Geistesblitz durchfuhr sie. Mechthild lief noch immer durch den Schnee, als suche sie etwas. Die Gelegenheit musste Margareta nutzen. Sie verließ ihr Zimmer und ging den Flur entlang, um Mechthilds Unterkunft aufzusuchen.

Blitzschnell hatte sie mit ihrer Scheckkarte die nur zugezogene Tür geöffnet und stand in dem muffigen Reich der alten Finanzbeamtin. Bett nicht gemacht, am Türrahmen hingen zwei identische blaue Kostüme, Badezimmertür offen, der Tisch voller Utensilien. Sie ging näher heran, um alles genau zu betrachten. Was wurde hier gespielt?

Zwei Gläser der klostereigenen Hagebuttenmarmelade, die Mechthild ihr gestern als besonders schmackhaft angepriesen hatte, standen geöffnet herum, die Deckel lagen daneben. Kleine Löffel und eine Gabel ruhten achtlos auf der Tischdecke. Überall klebte die Hagebuttenpampe. Eine Rolle Klarsichtgeschenkfolie und eine Schere lagen ebenfalls auf dem Tischchen. Was hatte sie vor? Wem wollte sie die Marmelade schenken? Und wieso hatte sie die Gläser geöffnet?

Zwischen den beiden Behältnissen nahm Margareta ein

kleines Tütchen wahr. Nur drei Buchstaben, mit krakeliger Schrift geschrieben, standen darauf: K-B-P! Sie nahm die Tüte in die Hand und roch an dem Pulver. Wollte Mechthild dieses Zeug unter die Marmelade mischen? Was war »K-B-P«?

Streng dein Hirn an, Margareta. Wozu bist du ausgebildete private Ermittlerin? Sie zog ihr Handy aus der Hosentasche und gab die drei Buchstagen bei Google ein. Nichts.

Doch dann kam sie selbst darauf. Es könnte Knollenblätterpilz heißen. Mechthild hatte die Pilze selbst gesammelt und pulverisiert. Soweit Margareta wusste, trat der Tod bei einer Knollenblätterpilzvergiftung nicht sofort ein. Noch einmal befragte sie die Internetsuchmaschine. Erst sechs bis 24 Stunden nach dem Verzehr machte sich die Wirkung bemerkbar. Durchfall, Bauchschmerzen der übelsten Art, Erbrechen. Dann verschwanden die Beschwerden, um einen Tag später die Leber anzugreifen. Am vierten Tag kam Schüttelfrost dazu, die Haut verfärbte sich gelb. Nach den eintretenden Bewusstseinsstörungen folgte meistens der Tod, wusste das Internet.

Margareta durfte Mechthild nicht mehr aus den Augen lassen.

Die Zeit bis zur Abreise schlich nur so dahin. Margareta vermochte sich nicht mehr auf das Vortragsthema zu konzentrieren. Ihre eigenen notierten Ausführungen konnten sich keinesfalls sehen oder gar hören lassen. Nur eine halbe Seite hatte sie zusammengetragen. Bruder Christoph schien enttäuscht, als er ihr über die Schulter schaute.

Mechthild ahnte nichts. Sie war guter Dinge und laberte schon wieder auf Margareta ein.

Es kam die Zeit des Abschieds. Bruder Christoph verabschiedete sich von jedem Seminarteilnehmer persönlich. Anschließend standen Michael und Margareta noch eine Weile zusammen. Als Mechthild auf sie zugestürmt kam, zuckte Michael zusammen. Freudestrahlend hielt sie ihm und Margareta ihre liebevoll verpackten Präsente entgegen.

»Hagebuttenmarmelade aus dem Klostershop. Schmeckt hervorragend, du kennst sie ja schon, Michael.« Sie strahlte.

Zeit für Margareta, endlich einzuschreiten. Sie schlug der alten Frau die Gläser aus der Hand, die im hohen Bogen durch die Luft flogen und scheppernd auf dem Boden landeten.

»Die Marmelade ist vergiftet! Mit Knollenblätterpilzpulver. Oder was sonst soll ›K-B-P‹ heißen, liebe Mechthild?«

»Du Miststück! Woher weißt du das?«, posaunte die irre Alte.

»Hole die Polizei, Michael«, wandte sich Margareta an den schönen Mann.

Dieser grinste nur, während sie selbst der alten Mechthild, die die Flucht ergriffen hatte, hinterherlief.

Als Margareta Mechthild geschnappt und der kurz darauf eintreffenden Polizei übergeben hatte, trat Bruder Christoph zu ihr und Michael. »Nicht schlecht, wenn man eine Privatdetektivin zu Gast hat«, meinte er.

So hatte Margareta an dem Adventswochenende im Kloster zwar Gott nicht gefunden, dafür jedoch einen Doppelmord verhindert.

16 »SANTA CLAUS IS COMING TO TOWN«

Essen

Sandra machte genervt den Wecker aus und streckte sich noch einmal in ihrem kuscheligen Bett. Das Aufstehen fiel ihr täglich schwerer. War das so, wenn man über 40 Jahre alt war? Sie war außerdem mehr eine Nachteule, fand am Abend nicht ins Bett.

Dabei ging sie gerne zur Arbeit. Seit einem Jahr hatte sie diese Stelle als Sachbearbeiterin bei der Firma Kühn und Wehmke, Am Zehnthof in Essen, unweit des Mechtenbergparks mit dem tollen Bismarckturm. Die Firma war ein mittelständischer Betrieb mit 300 Angestellten, der Teile für die Autoindustrie herstellte. Sie teilte ihr Büro mit Silke, die im selben Alter war und ebenfalls Single.

Nach einer herben Enttäuschung war Sandra von Herford ins Ruhrgebiet gezogen. Sie wollte Axel vergessen. Axel, der sie belogen und betrogen hatte. Sie hoffte, hier im Pott einen neuen Mann kennenzulernen, sagte man doch den Ruhris Offenherzigkeit und Kontaktfreudigkeit nach. Bisher jedoch Fehlanzeige, nichts Gescheites dabei, wenn sie mit Silke auf die Piste ging.

Die Vorweihnachtszeit stimmte Sandra wehmütig. Sollte sie über die Feiertage allein in ihrem Apartment hocken oder zu ihren Eltern nach Herford fahren? Ohne Partner? Sich Ratschläge anhören, wie und wo man einen Mann findet?

Heidi und Nadja aus dem Büro nebenan waren verheiratet, hatten beide Kinder und entsprechende Themen drauf. Alles ging nur um den Nachwuchs und den Haushalt. Nein, so eine Mutti wollte Sandra nicht werden. Für Kinder war sie mit ihren 42 Jahren sowieso zu alt. Der Zug war abgefahren. Doch wenigstens einen Partner hätte sie gerne. Einen soliden, gut aussehenden, lustigen Mann, der ihr jeden Wunsch von den Lippen ablas.

Seit einigen Wochen gab es einen neuen Kollegen in der Firma. Carsten Moldenhauer war als Mann für alles eingestellt worden. In erster Linie als Fahrer, doch er betätigte sich auch als Lagerarbeiter, Bote und Kantinenhilfe. Schön war dieser Carsten nicht. Nur mittelgroß, halblange fettige Fransen auf dem Kopf, eine Brille mit mindestens zehn Dioptrien und stets picklige Haut. Seine Kleidung erinnerte an einen Kleidersack vom Deutschen Roten Kreuz. Aber er hatte schöne Augen und konnte lustige Dinge erzählen. Sandra fand ihn nett, lauschte gerne seinen Anekdoten, wenn er ihr Büro aufsuchte.

Erst gestern hatte er im Pausenraum mit leuchtenden Augen von seiner Mitbewohnerin, der Äskulapnatter Rosi, erzählt. Keine fünf Minuten später hatte er alle anwesenden Kolleginnen und Kollegen, die mit am Tisch saßen, zwölf an der Zahl, zum Schrottwichteln bei sich zu Hause eingeladen. Am nächsten Abend, dem 3. Dezember. Eine Art vorzeitige Nikolausfeier sollte es werden. Jeder möge eine Kleinigkeit mitbringen, Getränke stifte er.

»Jeder von euch hat bestimmt irgendeinen alten Mist in der Ecke liegen, den er loswerden möchte, oder?«, hatte er gefragt und Sandra mit einem Lächeln angesehen.

Die Kolleginnen und Kollegen waren wenig begeistert gewesen. Die einen hatten versprochen, es sich zu überlegen, die anderen hatten gleich abgesagt, sie hätten schon etwas anderes vor.

Sandra war jedoch angetan gewesen und hatte zugesagt. Allemal besser, als wieder einen Abend allein zu Hause zu verbringen. Die Warnungen von Silke, dass der Kerl unheimlich sei und sie besser nicht hingehen solle, hatte sie in den Wind geschlagen. Am Abend hatte sie in ihren Schränken nach einem Schrottwichtelbeitrag gekramt. Der rote Nussknacker aus dem Erzgebirge war ihr in die Hände gefallen. Voller Weihnachtseuphorie hatte sie das alte Teil in einen Karton gepackt, eine rote Schleife darum gebunden und sich auf den nächsten Abend gefreut. Vielleicht lernte sie einen ihrer Arbeitskollegen näher kennen, hatte sie gedacht. Und wenn alle Stricke rissen, könnte sie sich mit Carsten vergnügen, der zweifelsohne ein Auge auf sie geworfen hatte. Nur für den Übergang. Besser als einsam.

Gegen 16 Uhr machte sich Sandra am Freitag auf zur Sieglindenstraße, wo Carsten eine angeblich geile Bude bewohnte. Er hatte ihr erst in der Mittagspause vorgeschwärmt, wie toll er hausen würde. Als sie vor dem grauen Mietshaus stand, fiel ihre Kinnlade herunter. Tristesse pur!

Ängstlich drückte sie auf den Klingelknopf mit dem Namen Moldenhauer. Und schon brummte der Türöffner und ließ sie in den hässlichen Hausflur, der sämtliche Gerüche von Katzenurin bis abgestandenem Mittagessen vereinte.

Freudestrahlend riss Carsten die Wohnungstür im Parterre auf und begrüßte sie überschwänglich, bevor er sie in die Wohnung bat.

»Noch keiner da? Bin ich etwa die Erste?«, fragte sie vorsichtig und betrat die Diele, die voller Klamotten war. An der Garderobe hing eine große Anzahl an Jacken und Mänteln. Eimer, Staubsauer, Bügelbrett und Besen standen an die Wand gelehnt. In der Ecke brummte ein Kühlschrank vor sich hin.

Carsten führte sie ins Wohnzimmer. Sandra blieb fast das Herz stehen. Statt eines Wohnzimmerschrankes drei große, hell erleuchtete Terrarien, in denen Schlangen ihr Zuhause hatten. Er hatte immer nur von einer Schlange, von seiner Rosi, der Natter, erzählt. Von den beiden Riesenteilen, eine davon in leuchtendem Gelb, war nie die Rede gewesen. An der gegenüberliegenden Wand stand ein weiterer Glaskasten, in dem sich mindestens 100 Mäuse befanden, die ziellos hin und her irrten. Futter für die Schlangen, teilte Carsten ihr auf ihren angeekelten Blick hin mit.

»Setz dich doch, Sandra. Nein, es ist noch niemand da. Du bist die Erste.« Er deutete auf das Sofa, auf dem sich zwei Katzen tummelten.

Auf dem Tisch davor legte sie ihr Wichtelpaket ab. Schob es zwischen schmutziges Geschirr und unzählige gebrauchte Gläser. Ein Teller mit billigen Weihnachtsplätzchen, die mit Katzenhaaren verziert waren, stand in der Mitte.

Sandra wurde schlecht, doch sie setzte sich auf die Kante des Sofas, wo sie sofort von den beiden kleinen Tigern in Beschlag genommen wurde. Auf den zwei Sesseln gegenüber lagen Jogging- und Schlafanzug sowie eine alte Wolldecke, Socken und Unterhosen. Wo sollten die Kollegen sich hinsetzen, fragte Sandra sich angewidert.

Mit leuchtenden Augen stellte Carsten ihr ein gefülltes Weinglas hin. Die rote Flüssigkeit hatte er bereits in der Küche eingeschenkt. Sandras Unterlippe begann zu kribbeln. Morgen würde ein Herpes vom Allerfeinsten erscheinen. Den vorverlegten Nikolausabend hatte sie sich anders vorgestellt.

Carsten trug ein bekleckertes schwarzes Sweatshirt zu einer braunen Cordhose, die seine Katzen Ben und Urmel schon als Kratzbaum benutzt hatten. Er setzte sich – noch immer grinsend, als hätte er was genommen – ihr gegenüber auf einen der vollgepackten Sessel und schlug ein Bein über das andere. Barfuß! Er zog einen Fuß hoch und spielte an ihm herum. Unter seiner Hacke befand sich eine dicke Hornhautschicht, die Fußnägelränder waren schwarz. Mit einem Kugelschreiber versuchte Carsten, dem Abhilfe zu schaffen.

Was für ein ekeliger Kerl! Einfach fürchterlich, fand Sandra und hoffte, dass sie nicht der einzige Gast bleiben und es endlich an der Tür klingeln würde.

Plötzlich sprang er auf, lief zu den Mäusen, schnappte sich die danebenliegende Zange und holte ein zappelndes Tierchen heraus. »Jetzt pass mal auf!« Freudig erregt ging er damit zum Terrarium der riesigen gelben Schlange, einer Anakonda, und warf es hinein. »Guck mal, wie Linus die Augen aufreißt! Gleich hat er sie verschlungen.« Carsten schien Sandra vergessen zu haben, beobachtete stattdessen seine Schlange.

Ben und Urmel sprangen an Sandra hoch, forderten Streicheleinheiten. Als diese sich nicht rührte, verpasste Urmel ihr einen Pfotenschlag mitten ins Gesicht. Sandra hatte genug. Genug von der Nikolausfeier, genug vom Schrottwichteln.

Nach einer Stunde – Carsten hatte inzwischen begeistert sein Wichtelpaket geöffnet – waren die beiden noch immer allein. Carsten wurde zutraulicher, setzte sich ebenfalls auf die Couch und legte den Arm um Sandra.

Silke hatte sie vor diesem Kerl gewarnt, fiel ihr ein. Hätte sie mal auf ihre Kollegin gehört. »Wo sind denn die anderen?« Widerwillig schlug sie seinen Arm weg.

»Kommt wohl keiner mehr. Was soll's! Machen wir es uns eben zu zweit gemütlich. Kann doch auch schön sein.« Er legte eine CD mit hammerharter Rockmusik in den altersschwachen Player und widmete sich Sandras Wichtelgeschenk. Mehrmals betätigte er den Hebel am Rücken des Nussknackers, an dem er wohl große Freude hatte, und beobachtete, wie der Mund sich dabei öffnete und wieder schloss. Mangels einer Nuss schritt er zu dem Mäusebehältnis, fischte eine heraus und stopfte sie ins Maul des Nussknackers. Das kleine Tierchen zappelte voller Angst und fing an zu quieken.

Der war pervers, stand für Sandra zweifelsohne fest. Das war der Zeitpunkt, auf der Stelle von hier zu verschwinden. Sandra schnappte sich ihre Jacke und eilte Richtung Wohnungstür.

Als sie die Tür öffnen und verschwinden wollte, stellte Carsten sich ihr in den Weg und drückte ihr sein Wichtelgeschenk in die Hand. »Du wirst viel Freude damit haben«, rief er ihr hinterher, als sie die Treppe hinunterrannte.

Draußen auf der Straße atmete Sandra erst einmal die kalte Winterluft ein. Noch nie war sie so dankbar gewesen, sich an der frischen Luft zu befinden. Der Gestank in Carstens Wohnung war kaum mehr auszuhalten gewesen.

Dann dieses Chaos. Der Kerl war echt krank im Kopf. Mit klopfendem Herzen lief sie mit der Kiste unter dem Arm die dunkle Straße entlang, schaute hier und da in weihnachtlich geschmückte Fenster und kam langsam zur Ruhe.

Nach einigen Metern blieb sie stehen und schüttelte den Karton. Was da wohl drin war? Vielleicht tote Mäuse? Sandra konnte wieder lachen. Sobald sie zu Hause sein würde, wollte sie nachschauen. In wenigen Minuten hatte sie die vielbefahrene Krayer Straße erreicht und schlug den Weg nach rechts ein. Die Hälfte der Strecke bis zu ihrer Wohnung in der Barbarastraße hatte sie erreicht. Sie war froh, nicht mit dem Auto zu Carsten gefahren zu sein. Der Fußmarsch sorgte für einen klaren Kopf.

Oben auf der Brücke blieb sie stehen und schaute auf die A40 in Richtung Essen-Mitte herunter. Nur wenige Autos waren noch unterwegs. Die Rush Hour war vorbei. Leise rieselten ein paar Flöckchen Schnee herunter. Ein Auto hupte, betätigte die Lichthupe und holte Sandra in die Realität zurück. Vor Schreck fiel ihr der Karton runter. Wieso bis zu Hause warten? Neugierig und mit klopfendem Herzen riss sie das Geschenkpapier ab und knüllte es in die Jackentasche. Vorsichtig öffnete sie den Deckel des ehemaligen Schuhkartons. Ein schwacher Lichtstrahl der Straßenbeleuchtung fiel auf den Inhalt.

Sandra schrie auf und schloss den Deckel gleich wieder. Hatte sie richtig gesehen? Sie wagte einen weiteren Blick in den Karton. Sie hatte sich nicht getäuscht, im Karton lag eine abgetrennte Hand. Eine menschliche Hand mit viel Blut drum herum. Hatte er einen Menschen umgebracht und ihm die Hand abgetrennt?

Das war alles andere als lustig! Sandras Herz raste, ihr ganzer Körper zitterte. Ihr Verstand setzte aus, sie konnte nicht mehr klar denken. Voller Ekel schloss sie den Deckel. Sie musste die Polizei verständigen, war ihr klar. Und doch schaffte sie es nicht, fühlte sich wie gelähmt. Sie musste das Päckchen loswerden und das ziemlich schnell.

In ungefähr 30 Metern Entfernung näherte sich ein Paar. Oh, nein, sie durften nichts mitbekommen. In totaler Panik warf sie das Päckchen im hohen Bogen die Brücke hinunter. Weg damit! Nur weg damit!

Das befreiende Gefühl hielt jedoch nicht lange an. Der Karton knallte auf die Windschutzscheibe eines Pkws. Der Fahrer des Wagens konnte das Steuer nicht mehr halten. Ein fürchterliches Scheppern und Krachen folgte. Dann Ruhe! Dampf stieg auf.

Was habe ich getan, fragte Sandra sich und erwachte aus der Lethargie. Das Paar hatte Sandra inzwischen erreicht. Einige weitere Passanten – wo auch immer die so plötzlich herkamen – gesellten sich dazu. Alle starrten hinunter zu dem Auto, das gegen den Brückenpfeiler gerast war.

»Was ist da passiert? Haben Sie etwas gesehen?«, fragte eine ältere Dame und hielt sich erschrocken die Hand vor dem Mund. Sie beugte sich weit über das Geländer.

»Der ist bestimmt tot«, meinte ein anderer Passant.

Ein weiterer holte sein Handy aus der Tasche und rief die Polizei an.

Sandra bahnte sich einen Weg zwischen den Schaulustigen und ging davon. Nur nach Hause wollte sie.

Ich bin schuld! Ich habe einen Menschen auf dem Gewissen. Falls noch jemand in dem Fahrzeug gesessen hat, dann gleich mehrere, sagte sie sich.

Kaum zu Hause angekommen, hörte sie eine große Anzahl von Polizeisirenen. Sie betete, dass der Fahrer oder die Fahrerin nicht tot war. Unruhig lief sie in ihrer kleinen Wohnung auf und ab. Was tun? Die Polizei verständigen? Falls Carsten ein Mörder war, wo war der Rest der Leiche? Oder Carsten anrufen? Er würde alles abstreiten. Wie sollte sie ihm bloß auf der Arbeit gegenübertreten? Sie öffnete eine Flasche Wein, trank gierig zwei große Gläser davon und ging gegen Mitternacht ins Bett. In den Nachrichten war noch nichts von dem Unfall vermeldet worden.

Wie versteinert saß Sandra am anderen Morgen am Frühstückstisch und grübelte vor sich hin. Tue etwas, du Mörderin, sagte sie sich, war jedoch zu schwach, irgendetwas zu unternehmen. Sie schaltete den Lokalsender WDR 4 ein, wo tatsächlich von einem Unfall am frühen Abend auf der A40 in Essen berichtet wurde. Der Fahrer war schwerverletzt ins Krankenhaus gebracht worden. Weitere Untersuchungen wurden veranlasst und dringend Zeugen gesucht.

Sandra weinte vor Freude, dass der Mann noch lebte und alleine im Auto gesessen hatte. Was hatte die Kripo wohl für Augen gemacht, als sie eine Hand am Unfallort gefunden hatte?

Gegen 10 Uhr rief Silke an und wollte wissen, wie das Schrottwichteln bei Carsten gewesen sei. Kurz angebunden berichtete Sandra von seinem unmöglichen Zuhause und dass sie der einzige Gast gewesen war. Was sie denn erwichtelt habe, wollte Sandra wissen. »Eine Hand«, antwortete Sandra und beendete anschließend unter einem Vorwand das Gespräch.

Am Montagmorgen – Sandra wusste nicht mehr, wie sie das Wochenende zu Hause überstanden hatte – schaute sie aus dem Büro dem Eisregen zu, der gegen das Fenster trommelte. Ein Weltuntergangswetter ohne jegliche Weihnachtsstimmung. Daran konnte auch das Adventsgesteck auf ihrem Schreibtisch nichts ändern.

Silke beäugte die schweigende Kollegin skeptisch. Auf ihre Frage, ob Sandra in der Zeitung von dem Unfall gelesen habe, zuckte sie nur mit den Schultern.

Gegen Mittag betrat Carsten fröhlich pfeifend das Büro und wandte sich sofort Sandra zu. »Na, bist du gut nach Hause gekommen? War doch ganz gemütlich, oder?«

Sandra starrte ihn mit offen stehendem Mund an. »Du wagst dich noch hierher? Ich fasse es nicht!«

»Wieso nicht? Ich kann doch nichts dafür, dass du der einzige Gast warst.« Carsten grinste sie voller Unverständnis an.

Silke schaute die beiden abwechselnd an und verstand nur Bahnhof.

»Die Polizei hätte ich verständigen sollen. Du bist schuld an diesem Unfall, der am Abend passiert ist. Du und dein bescheuertes Wichtelgeschenk«, schrie Sandra ihm entgegen.

Dem immer lustigen Kollegen Carsten fiel die Kinnlade herunter. »Sag mal, spinnst du? Was habe ich mit dem Kerl zu tun, der vor den Brückenpfeiler gerast ist? Wahrscheinlich war der besoffen.«

Die drei Personen im Raum schwiegen, bis Carsten das Wort ergriff. »Das war ein tolles Wichtelgeschenk, oder? Wenn das nicht für ein Schrottwichteln geeignet war, dann weiß ich nicht.« Er war sich tatsächlich keiner Schuld bewusst.

»Du bist abartig. Wo hast du den Rest der Leiche versteckt?« Sandra konnte es nicht fassen.

»Was für eine Leiche? Jetzt spinnst du aber.«

»Wem hast du die Hand abgetrennt?«

»Niemandem. Die habe ich vom Theaterflohmarkt. Da werden einmal im Jahr die Requisiten versteigert. Damit die Hand echt wirkt, habe ich sie mit Theaterblut bestrichen. Toll was?«

»Wie bitte? Ich habe mich fast zu Tode erschrocken, als ich den Karton geöffnet habe.«

»Das wollte ich nicht, Sandra. Ganz bestimmt nicht. Ich dachte, du verstehst Spaß und erkennst sofort, dass das eine Gummihand ist. Ich wollte dir keine Angst einjagen.« Langsam begriff Carsten, was er angerichtet hatte.

Sandra war geschockt. Sie musste zur Polizei. Sofort! In der Zeitung stand schließlich, dass Zeugen sich melden sollten. Sie war zwar keine Zeugin, sondern die Unfallverursacherin, doch sie musste den Fall aufklären.

»Was hast du mit der Hand gemacht?«, wollte Carsten wissen, als ahnte er bereits Schlimmes.

»Ich habe sie voller Panik, da ich sie im schwachen Licht der Straßenlaterne für eine Menschenhand hielt, von der Autobahnbrücke geworfen.«

»Und dann landete sie auf dem Auto des Fahrers, der die Kontrolle über sein Fahrzeug verlor und gegen den Brückenfeiler gerast ist.« Carsten war tief betroffen.

Silke war entsetzt. »Was wird die SpuSi wohl gedacht haben, als sie die Hand fand, wo der Fahrer noch beide hatte?«

»Das frage ich mich auch.« Carsten fing an zu schmunzeln, was in der Situation völlig unangebracht war.

»Daran bist du schuld. So etwas verschenkt man nicht. Auch nicht beim Schrottwichteln. Hätte ich mich nicht so erschrocken, hätte ich die Kiste niemals von der Brücke auf die Fahrbahn geworfen.« Sandra schaute Carsten vorwurfsvoll an. Sie fuhr ihren PC herunter, packte ihre Tasche, zog ihren Mantel über und machte sich auf den Weg.

»Wo willst du hin?«, fragten Silke und Carsten fast zeitgleich.

»Zur Polizei natürlich. Ich muss die Sache aufklären. Mit der Schuld kann ich nicht leben.«

Carsten versuchte Sandra aufzuhalten, indem er sie am Arm festhielt. Die wütende Sandra schlug ihm ihre Tasche an den Kopf, bis er sie losließ.

»Aber halte mich daraus.«

»Sag mal, wie bescheuert bist du eigentlich?«, mischte sich nun Silke ein. »Du bist der Hauptschuldige! Selbstverständlich wird sie die Wahrheit sagen.«

Silke begleitete ihre Kollegin zur Polizeiwache.

Sandra kam mit einem blauen Auge davon. Sechs Monate auf Bewährung, damit konnte sie leben.

Bei Carsten fand die Polizei in der Wohnung eine mittlere Menge Marihuana und andere Rauschmittel. Ihm lastete man den Hauptteil der Schuld an.

17 »AM WEIHNACHTSBAUM DIE LICHTER BRENNEN«

Buer

Peter Lieberowski hasste regelmäßiges Arbeiten und einen festen Tagesablauf. Mehr als einmal hatte er versucht, sich den Bedingungen einer Firma anzupassen. Spätestens nach einer Woche hatte er die Pappe aufgehabt und er war bald wieder entlassen worden. Er liebte es, lange zu schlafen und richtig schön zu faulenzen.

Klar fehlte ihm das monatliche Einkommen. Das Betteln bei den Eltern und der Großmutter brachte irgendwann auch nicht mehr viel außer ein paar Wurstschnitten. Um seinen Hartz-IV-Bezug aufzubessern, versuchte er deshalb eine Karriere als Kleinkrimineller. Flexible Arbeitszeit und ein guter Verdienst, wenn man das richtige Objekt genügend ausgekundschaftet hatte. Doch in der Weihnachtszeit war das nicht so einfach, und manchen Abend musste er ordentlich Kohldampf schieben. Überall wurde eingebrochen und oft kam er zu spät, da vor ihm schon ein Kollege abgeräumt hatte. In der Fußgängerzone wurde es auch immer schwieriger, eine Geldbörse aus der Tasche einer Dame zu ziehen. Sie waren allesamt vorsichtiger geworden.

Sein Kumpel Willi hatte ihm von dem wunderbaren Adventsbrunch im Schloss Berge vorgeschwärmt, an dem dieser letzten Sonntag teilgenommen hatte. Das Essen und das Ambiente seien traumhaft gewesen. Als Willi das Angebot der Speisen aufgezählt hatte, war Peter das Wasser im Mund zusammengelaufen.

Schloss Berge war eine feine Adresse. Die wehrhafte Anlage der ehemaligen Burg wurde 1530 zu einem Schloss umgebaut, in der die Familie von Boenen gewohnt hatte. Doch über 40 Euro für ein Essen hatte Peter nicht, und alleine konnte er dort auch nicht aufschlagen. Mehrmals hatte er sich von Willi den genauen Ablauf des Brunchs erklären lassen, ihm regelrecht Löcher in den Bauch gefragt, so dass Willi genervt gewesen war. »Wat soll dat, Alter? Geh doch selbst hin. Dann weißte, wie dat abläuft.«

Am ersten Weihnachtstag um 10.45 Uhr – um 11 Uhr fiel der Startschuss für den Brunch – stand er vor dem Schloss und schaute zum ersten Stock hinauf, wo er in einem festlich geschmückten Saal das Personal hin und her laufen sehen konnte. Er blickte auf das Rundbeet vor ihm, auf dem ein großer beleuchteter Tannenbaum stand. Der französische Garten, in dem er sich befand, war im Jahr 1920 wieder hergerichtet worden und erinnerte Peter an einen Kurpark. Der Wassergraben, der das Schloss umgab, war in diesem eisigen Winter zugefroren. Für die Enten hatte man ein winziges Loch freigeschlagen.

Immer mehr Leute, in größeren und kleineren Grüppchen, liefen fröhlich schnatternd auf den Haupteingang zu. Pelzmantel an Pelzmantel drückten sich besonders die älteren Frauen aneinander, die das Geld mit sich schleppten, in bestickten Handtaschen oder ausgeleierten Lederteilen.

Peter atmete tief durch und mischte sich unter das Volk. Wird schon gutgehen, hoffte er. Vor ihm gingen mehrere alte Frauen, ihnen voran jüngere Menschen und eine Anzahl Kinder, die eine Gruppe bildeten.

»Und Friedrich hat tatsächlich gesagt, er wisse nicht, ob er kommen wird? Unverschämt. Keinen Familiensinn. So lange haben wir ihn nicht mehr gesehen«, sagte die rechte Pelzbemantelte und stieß die andere alte Frau in die Seite.

Diese kicherte. »Ich weiß gar nicht, ob ich den noch erkennen würde.«

Peter kam eine Idee. Er könnte Friedrich sein, beschloss er und lief genau diesem Trüppchen hinterher in den ersten Stock zum großen Saal »Graf von Limburg«.

Peter war für einen Augenblick sprachlos. So ein Prunk! Dicker roter Teppichboden, blinkende Kronleuchter, goldene Stuhlhussen, ebensolche Vorhänge. Fein gedeckte Tische, auf denen das Geschirr samt Gläser und Besteck nur so blitzte. Einer dieser festlichen Tische war für über 20 Personen gedeckt, an dem zwei Plätze frei blieben, nachdem seine Wahlfamilie Platz genommen hatte.

Kellner verteilten Sekt. Ein Tumult vom Allerfeinsten, da zeitgleich mindestens weitere 100 Leute euphorisch ihren Platz suchten. Die Wiedersehensfreude an seinem Tisch war groß, feine Anzüge trafen auf schicke Kostüme, rausgeputzte Kinder sprangen auf und ab. Peter zählte die goldenen Schmuckteile an den Hälsen und Armen der Frauen und kam auf eine stattliche Summe.

Es fiel kaum auf, als er sich auf einen der beiden freien Stühle an den Tisch setzte und wie selbstverständlich das gereichte Glas Sekt ergriff. Festlich angezogen war er nicht. Dicke braune Strickjacke zu einer ausgesessenen Jeans, seine Wetterjacke hat er vorhin dem freundlichen Herrn an der Garderobe gereicht. Nach einigen Minuten, als das große Begrüßungsdurcheinander vorbei war, schaute der eine oder andere fragend zu ihm herüber.

Die Bedienungen, herausgeputzte schwarz-weiß gekleidete Damen, hatten alle Hände voll damit zu tun, die Menschen dem Preis angemessen zu betreuen. Die ersten Gäste steuerten bereits den Vorspeisen entgegen, wollten unbedingt bei den Ersten sein. Peter hatte Glück. Nur wenige Meter von seinem Platz entfernt, in der rechten Ecke mit Blick in den Berger Park, war das prachtvolle Büfett U-förmig aufgebaut. Geradeaus konnte er in den kleinen Raum »Styna von Eickel« blicken, in dem in der rechten Ecke ein riesiger, rot geschmückter Tannenbaum stand.

Der Hunger trieb ihn dazu, sich ebenfalls zum Büfett zu begeben. Hastig schaufelte er sich Roastbeef, Schinken, Lachs, Brotscheiben und Butter auf seinen Teller und konnte es kaum erwarten, diese edlen Speisen zu sich zu nehmen. Wann hatte er zuletzt solche feinen Dinge gegessen?

Am Tisch schenkte man ihm zum Glück wenig Beachtung. Beim zweiten Gang drängte er sich dicht an die älteren, zittrigen Damen, die mit ihrer Handtasche zum Büfett schritten. Wieder schaufelte er sich den Teller voll und setzte sich an den Tisch zu dieser Familie. Nach dem Essen befühlte er vorsichtig die rechte Tasche seiner hässlichen Strickjacke. Zwei Börsen hatte er beim Gedränge am Büfett ergattert und hoffte, dass es sich gelohnt hatte. Er grinste und trug die Nase hoch. Er war schon ein ausgefuchster Kleinkrimineller, fand er.

Die alte Dame zu seiner Rechten sprach ihn an und fragte ihn, ob er Friedrich sei. Freundlich nickte er. »Klar, ich bin der Friedrich.«

Die Alte freute sich sehr, fragte nach seinem Vater und wie es der Mutter ginge. Peter erzählte Familiengeschichten vom Allerfeinsten und hoffte, dass er nichts Falsches herausließ. Die hellblauen Augen der alten Dame leuchteten und fingen vor Freude an zu tränen. »Dass Friedrich doch gekommen ist …«, wandte sie sich an die andere Greisin neben sich.

Die Luft wurde dünner, nachdem die Leute am Tisch ihren ersten Hunger gestillt hatten und nun die Plätze wechselten, um die anderen Verwandten zu begrüßen. Als die Alte allen erzählte, dass Peter Friedrich sei, stutzten sie, sagten aber nichts, sondern gingen zurück an ihre Plätze.

Die Vorspeisen wurden abgeräumt und die Hauptspeisen aufgefahren. Bauerngans, Ente, Rinderfilet und Straußenbrust wurden am Büfett von jungen Männern in winzige Scheiben geschnitten und den davorstehenden Leuten serviert.

Im Raum »Styna von Eickel« sah Peter besonders viele alte Frauen mit prallen Handtaschen und er überlegte, wie er an die eine oder andere herankommen könnte.

Doch erst einmal reihte er sich vor Ente und Gans ein. Wie lange hatte er so etwas nicht mehr gegessen? Wieder kam er einer alten Dame nahe und konnte seine Griffel nicht bei sich behalten, als ihre Tasche, die an einer goldenen Kordel baumelte, sich wie von selbst öffnete. Er hatte die Geldbörse gerade in seiner Jacke verschwinden lassen, da wurde er nach Gans oder Ente gefragt.

»Von beidem. Und bitte große Stücke, schließlich will ich satt werden«, sagte er zu den Bediensteten, griff sich Knödel und Rotkohl und schaufelte mehrere Kellen Soßen über alles.

Am Tisch stopfte er sich gerade ein Stück Bauerngans in dem Mund, als ihn eine der goldbehangenen Tussen ansprach.

Sie sei Jutta, seine Cousine, sie hätten heute Morgen ja noch miteinander telefoniert. Aus faltigen, zugekleisterten Augen starrte sie ihn an und verzog spöttisch den Mund.

»Klar, das habe ich doch nicht vergessen«, antwortete Peter lässig, aber die Angst kroch in ihm hoch. Jetzt schon verschwinden? Was war mit dem Nachspeisen- und Tortenbüfett? Mit dem Schokobrunnen? Das wäre schade, fand er.

»Sie sind nicht Friedrich. Vielleicht heißen Sie auch so, aber Sie gehören definitiv nicht zu unserer Familie. Meine alte Tante Lotti mag das glauben, doch wir beide wissen, dass es nicht so ist.« Die Frau ließ nicht locker. Als ihr Gatte, der kein Aufsehen erregen wollte, sie rief, verließ sie Peter mit den Worten »Wir sprechen uns noch« und setzte sich an ihren Platz.

Es wurde bereits getuschelt und der übergroße Kellner, der an dem Tisch für die Getränke sorgte, wurde herbeigerufen. Peter unterhielt sich mit der alten Dame neben ihm und hoffte, sie auf seine Seite ziehen zu können.

Toilette! Ein Toilettengang würde ihn erst einmal retten, wenn auch nicht für lange. Vorbei an dem großen Kellner, der ihn skeptisch beobachtete, durch den großen Saal in Richtung WC.

Das Herren-WC war ein feiner Raum mit bodentiefem Spiegel und glänzenden Granit-Fliesen. Er ging zügig durch zur Einzeltoilette, verschloss die Tür hinter sich und lehnte sich heftig atmend dagegen.

Als der Herr, der sich am Urinal Erleichterung verschaffte, den Vorraum verlassen hatte, griff er in seine ausgebeulte Jackentasche und zog drei Geldbörsen heraus. Alte abgewetzte Lederportemonnaies, zweimal schwarz, einmal dunkelbraun, die er nacheinander hektisch aufriss und das Bargeld herausnahm. Insgesamt immerhin 800 Euro, die er in die Hosentasche steckte. Die EC-Karten – er staunte, dass die alten Damen über solche verfügten – ließ er in der anderen Hosentasche verschwinden. Er öffnete das Fenster und schaute in den Hof. Unter ihm Gebüsch, danach der Schlossgraben. Als die Luft rein war, schmiss er die Börsen in die Sträucher. Er tupfte sich den Schweiß von der Stirn, richtete sein Haar und verließ die Stätte.

Nun bist du wieder flüssig, hast gut gegessen, also mache dich vom Acker, sagte er sich. Da vorne war die Treppe, keine zwei Meter entfernt. Er könnte unauffällig verschwinden. Aber ihn lockte die Nachspeise. Außerdem die vielen weiteren Geldbörsen, die er sich noch greifen könnte.

Also zurück zum Platz. Er wollte schließlich Tante Lotti nicht enttäuschen. Hocherhobenen Hauptes schritt er zum Tisch mit den fremden Buckligen und setzte sich dreist auf seinen Stuhl. Der lange Ober, auf dessen Namenschildchen an der Brust Robert Heiser stand, hatte ihn im Visier. Hochmütig ließ Peter ihn antanzen und bestellte sich ein Bier.

Soeben wurden die Torten hereingetragen. Der Schokobrunnen am Büfett sprudelte bereits verführerisch. Das daneben angerichtete Obst war von hervorragender Qualität. Sogar frische Erdbeeren befanden sich auf dem Tablett.

Er hatte sich gerade vier Stücke Torte auf seinen Teller gepackt und wieder hingesetzt, als zwei Tische weiter eine alte Graugelockte im muffigen Brokatkostüm laut aufschrie.

»Hilfe! Man hat mich bestohlen! Meine Geldbörse ist weg!« Mit zittrigen Fingern durchwühlte die Frau ihre Handtasche und heulte wie ein kleines Kind.

Die Frauen links und rechts neben ihr, wohl die Töchter, versuchten die Dame zu beruhigen, eine streichelte ihre faltige Wange.

Kellner Robert kam auf Peter zu und giftete ihn an. »Begleiten Sie mich nach unten an die Rezeption.« Sein Blick blieb an der braunen, verlausten Strickjacke hängen.

»Ich bin noch nicht fertig, wie Sie sehen. Außerdem, was soll ich da?«

»Ihre Taschen leeren.«

»Wie bitte? Ich habe damit nichts zu tun. Vielleicht hat die Frau vergessen, ihre Börse einzustecken. Die ist doch senil, das sieht man doch.«

»Kein Aufsehen bitte! Ich wiederhole mich ungern.« Robert war sichtlich nervös. Schließlich hatte er hier die Oberaufsicht.

Tante Lotti, die Peter in ihr Herz geschlossen hatte, wurde böse. »Lassen Sie den Mann essen. Das ist Friedrich, mein Neffe.«

Der Ober räusperte sich, machte einen kleinen Diener, faselte unverständliche Worte und stellte sich wieder an die Seite. Peter ließ er jedoch nicht mehr aus den Augen.

Der Gatte der roten Jutta, ein stämmiger Kerl in schwarzem Anzug, stand auf, nachdem er bedrängt worden war, um einzuschreiten. Er kam an Peters Platz, beugte sich vor und flüsterte ihm von hinten zu: »Wir beide wissen genau, dass Sie nicht Friedrich sind. Sie haben gut gegessen und getrunken. Das muss reichen. Verschwinden Sie auf der Stelle.«

Peter grinste nur und aß weiter. Soeben nahm er sich das Stück Marzipantorte vor.

Juttas Mann, Rechtsanwalt und Mitglied im Aufsichtsrat eines Stromkonzerns, setzte sich wieder, er wollte einen Skandal vermeiden.

Nun nahm Peter sich den Schokobrunnen vor, spießte Erdbeeren und Weintrauben auf und ließ die flüssige Schokolade darüberlaufen. Mit seinem Tellerchen in der Hand wagte er einen Blick in den kleinen Raum »Styna von Eickel«. Im Eingang standen zwei ältere Damen, eine mit bestickter Bügelhandtasche, die offen stand. Eine rote Lederbörse lächelte ihn an. Da konnte er nicht widerstehen.

Zack, er rempelte die Damen, angeblich aus Versehen, an, entschuldigte sich, verneigte sich und ging zu seinem Platz. Er spürte die pralle Börse in seiner Jackentasche. Was für ein tolles Gefühl! Die musste ordentlich Kohle dabeihaben, war er sich sicher. Anscheinend bezahlte sie die Zeche für sich und ihr Verwandtenvolk bar und nicht mit Karte. Das liebte er.

Doch er hatte die Rechnung ohne das zittrige Mütterchen gemacht. Keine fünf Minuten später schrie sie durch den kleinen Saal um Hilfe, sie sei bestohlen worden, ihr Geldbeutel sei weg.

Unschuld heuchelnd verspeiste Peter genussvoll das Schokoladenobst. Das wollte er noch mitnehmen, bevor er den Rückzug antreten würde. Was erwartete ihn schon zu Hause? Eine kalte, miese Bude, nichts Gescheites in den Schränken. Ein Rest Kartoffelsalat und ein Würstchen in einer Tupperschüssel, das er sich gestern bei seinen Eltern erbettelt hatte. Er hatte sich dort selbst eingeladen, obwohl sie auch nichts hatten. Seine verwahrloste Oma war auch dort gewesen. Der Heilige Abend war grauenvoll gewesen. Kein Geschenk. Nichts. Dagegen war die Feier für die Obdachlosen von der Kirche noch luxuriös.

Kaum hatte er sein Tellerchen leergegessen und ein paar liebe Worte mit Tante Lotti gewechselt, griff der Oberkellner Robert ihm unsanft in den Nacken und zischte ihm zu: »Sie kommen jetzt mit oder ich lasse Sie von der Polizei aus dem Saal schaffen. Ist das klar?«

»Klar wie Kloßbrühe«, witzelte Peter dämlich, verabschiedete sich von der lieben Tante Lotti per Handkuss und trottete dem Kellner hinterher, der die rückseitige Treppe ansteuerte, um möglichst wenig Aufsehen zu erregen.

»Du Dämlack! Warte ab, dir werde ich es zeigen!«, zischte Peter dem arroganten Ober zu, als sie die Steintreppen hinunterstiegen. »Hier essen heute bestimmt an die 200 Leute und zahlen viel Geld dafür. Da kommt es doch auf einen mehr oder weniger nicht an, oder?«

»Das fehlt gerade noch, dass wir einen Kriminellen wie dich durchfüttern. Versuche es mal mit anständiger Arbeit, du Penner.«

Dieser Robert war an Arroganz nicht zu übertreffen. Wahrscheinlich kam er sich groß vor, weil er einen Dieb zur Strecke gebracht hatte, dachte Peter.

»Penner hast du mich genannt? Was bildest du dir ein, du mieser kleiner Kellner?«

»Oberkellner, bitte!« So viel Zeit muss sein, sagte Robert grinsend.

Sie waren auf der Plattform der Treppe, die nach unten führte, angelangt. Voller Wut packte Peter den Kellner an seiner hübschen Anzugsjacke. »Was geht es dich überhaupt an?«

»Gleich nichts mehr«, antwortete Robert spöttisch. »Die Polizei ist schon unterwegs.«

Robert schubste ihn angeekelt weg, so dass Peter gegen einen kleinen Schrank stieß und ins Straucheln kam.

»Komm jetzt, der Chef weiß Bescheid und wartet unten an der Rezeption.« Langsam war bei Robert Schluss mit lustig.

»Ihr habt nichts gegen mich in der Hand, du Großkotz.« Peter hatte sich gerade noch an dem Schränkchen festhalten können und war nicht hingefallen. Allerdings rutschte ihm nun die Geldbörse aus der Jackentasche und auf dem Boden. Dabei sprang sie auf, und zahlreiche Münzen rollten klimpernd die Treppe hinunter.

»Na bitte, da haben wir doch was«, sagte der Oberkellner grinsend und griff nach der am Boden liegenden Börse. »Wenn das kein Beweis ist. Auch die anderen Teile werden wir finden, verlass dich drauf.« Robert riskierte einen kurzen Blick in das Scheinfach und pfiff anerkennend. »Das hätte sich gelohnt. Schade aber auch!«

Angst und Wut stiegen in Peter auf. Sollte sein Diebesleben etwa vorbei sein? Wieder einmal ab in den Kahn? Was hatte er für tolle Pläne für die Zeit nach Weihnachten geschmiedet. Da wollte er sich mehr auf Wohnungen und Häuser konzentrieren. Als echter Kleinkrimineller musste er schließlich vielseitig sein. Einmalige Strategien hatte er sich zurechtgelegt. Und nun kam solch ein Möchtegerngroß und wollte ihm alles kaputtmachen? Das konnte er nicht zulassen.

Niemals!

Genervt packte Robert den Dieb an der ollen Strickjacke und zog daran. »Nun komm schon. Ich habe noch Besseres zu tun. Oder muss ich Verstärkung holen?«

»Nein, das brauchst du nicht«, sagte Peter, packte kurz entschlossen den goldenen Kerzenständer, der neben ihm auf dem Schränkchen stand und ihn schon einige Zeit anlachte.

Ehe sich der Kellner versah, donnerte das Teil auf seinem Kopf nieder. Einmal, zweimal und der Kellner fasste sich mit schmerzverzerrtem Gesicht an den Hinterkopf.

Den Moment seiner Orientierungslosigkeit nutzte Peter aus. Er ging eine Stufe hoch und gab Robert einen kräftigen Tritt in den Allerwertesten, so dass der gute Mann die restlichen Steinstufen kopfüber hinunterfiel und mit verdrehten Gliedmaßen unten liegen blieb. Jetzt hielt er endlich den Mund.

Peter indes riss ihm die Börse aus der Hand und war mit wenigen Schritten im Erdgeschoss und drängte sich zwischen pelzbehangenen Damen an der Rezeption nach draußen. Nur weg hier!

100 Meter weiter wagte er einen Blick zurück zu dem imposanten Schloss Berge. Verabschiedete sich grinsend von den zwei beleuchteten Tannen, die den Eingangsbereich zierten, und rannte zur Bushaltestelle.

Mist, nur Scheine, stellte er fest. Das Kleingeld lag am Boden des Treppenhauses im Schloss. Er krallte sich das Geldbündel stopfte es zu den anderen Scheinen in seine Jeanstasche und warf die Börse in den Briefkasten, den er gerade passierte. Ganz so ein Schlechter war er schließlich nicht.

Hoffentlich konnte der Fahrer wechseln, dachte er, als der Bus vor ihm hielt.

18 »HERKULES ODER FRAUKULES?«

Horst

Tanja machte es sich auf dem Barhocker im Restaurant »Cloud 7« des Hotels »Heiner's« gemütlich, beherzigte die guten Ratschläge ihrer Freundin Nadja, und sah sich um. Ziemlich edel sah es hier aus, nur wenig weihnachtlicher Schmuck, was Tanja gefiel.

Nadja hatte in der letzten Woche hier ihre Firmenweihnachtsfeier hinter sich gebracht und war anschließend mit einem coolen Typen an der Bar zusammengetroffen, mit dem sie noch immer Kontakt hatte. Seitdem lag sie Tanja in den Ohren, sie solle auch mal ins »Heiner's« gehen und ihre Angel auswerfen. Das würde sich lohnen.

Nun saß Tanja also hier, doch am Abend vor dem vierten Advent war kaum Betrieb. Einzelne kleine Grüppchen aßen im Lokal zu Abend. An der Bar war so gut wie nichts los. Vielleicht war 18 Uhr nicht die geeignetste Uhrzeit, um sich einen Kerl aufzureißen? Wer verirrte sich um diese Zeit schon hierher? Irgendein Rentner, der genauso gerne früh schlafen ging wie sie?

Der Barkeeper schaute sie mürrisch an, nachdem sie nur eine Cola bestellt hatte.

Wo sollte sie ihre Angel auswerfen? Nur zwei alternde Besucher mit müdem Blick, wahrscheinlich Geschäftsreisende, die im »Heiner's« übernachteten und sich in ihrem Zimmer zu Tode langweilten. Wollte sie einen der alten Knacker am Haken haben? Mit Sicherheit nicht. Auf den richtigen Köder solle sie achten, hatte Nadja gesagt. Was war der richtige Köder?

Gegen 19 Uhr setzte sich – oh Wunder – ein Typ neben Tanja auf einen Hocker, grüßte freundlich und stellte sich vor. Torben heiße er und wolle nach dem Essen mit seinen Eltern und seiner Großmutter bei Pianomusik noch etwas trinken.

Das interessierte Tanja reichlich wenig. Sie beobachtete das Muttersöhnchen, wie es unsicher einen Glühwein orderte, sich nervös durch sein fettiges, halblanges Haar fuhr und sie anschließend anlächelte. Was sie hier mache, wollte er wissen.

Ihr sei zu Hause die Decke auf den Kopf gefallen, antwortete sie, was ja nicht gelogen war.

Torben trug einen roten, selbst gestrickten Pullunder mit einem weißen Hemd darunter und sah aus wie sein eigener Papa. Seinen grauen Trenchcoat hatte er an die Garderobe gehängt. Der Gepflegteste war er ebenfalls nicht. Die Haut fettig und pickelig, die Fingernägel meterlang. In Tanja schien er ein Opfer gefunden zu haben.

»Wo kommst du her?«, fragte Tanja. Weniger aus Interesse, sondern um das peinliche Schweigen zu beenden.

Nun legte Torben los, als hätte er auf diese Frage gewartet: »Ich wohne in Horst, direkt am Schloss in der Turfstraße, noch bei meinen Eltern in einer Drei-Zimmer-Wohnung. Da habe ich es gut, obwohl meine Eltern meinen, ich soll mir langsam eine eigene Behausung suchen. Immer wieder liegen sie mir damit in den Ohren. Wenn das nicht bald aufhört, ziehe ich die Konsequenzen. Jawohl! Dann ziehe ich zu meiner Oma, die im selben Haus wohnt. Dann schauen sie blöd!« Wütend rührte er in seinem Glühwein herum und wechselte das Thema. Jetzt war seine Arbeitsstelle dran. »Ich bin Security-Angestellter in einer großen Firma und arbeite überwiegend nachts. Ehrenamtlich kümmere ich mich um alte Leute, lese denen vor und spiele mit ihnen Brettspiele.« Seine grünen, verklebten Augen leuchteten.

Tanja war mittlerweile genervt von diesem sonderbaren Kauz. Andererseits könnte sie Nadja wenigstens von einem Fang erzählen, auch wenn der ungenießbar war und sie ihn schnell wieder entlassen wollte. Pah, dieser Security-Experte war nichts anderes als ein kleiner unterbezahlter Nachtwächter. Was verdiente er? 1.200 Euro netto? Wollte er damit etwa eine Familie gründen? Davon sprach er nämlich gerade. 35 Jahre alt sei er, und es sei an der Zeit, Frau und Kinder um sich zu reihen. Er sehne sich nach einer richtig guten Hausfrau. Sollten die etwa mit in die Wohnung der alten Oma ziehen? Tolle Aussichten.

»Was machst du eigentlich beruflich?«, fragte Torben.

»Ich arbeite in der Bücherei.«

»Interessant. Was machst du da so?«

Tanja rollte genervt mit den Augen. »Tja, was macht man in einer Bibliothek? Kuchen backen, Würstchen grillen, Schuhe besohlen.«

Er ließ die Mundwinkel fallen, fühlte sie verulkt, fing sich jedoch schnell wieder. »Wo wohnst du denn? Kommst du öfters hierher?«

»Nein, ich bin das erste Mal hier. Ein sehr schönes Lokal. Schon von Weitem habe ich den Nordsternturm mit der großen, irrwitzigen Figur gesehen. Wie nennt sie sich noch gleich? Herkules. Bis jetzt habe ich nichts Gutes darüber in der Zeitung gelesen. Obwohl, mit dem Weihnachtsbaum daneben sieht er gar nicht so schlecht aus.«

»Du warst noch nie hier und erlaubst dir, über Herkules zu urteilen? Der ist doch toll! Von wo kommst du denn nun? Von außerhalb?«

»Ich komme aus Buer. Dort wohne und arbeite ich.« Tanja war stolz, in Buer beheimatet zu sein, galt Buer doch als Vorzeigestadtteil von Gelsenkirchen.

»Das ist nur einen Katzensprung entfernt. Höchstens acht Kilometer. Wieso warst du dann noch nie in Horst?« Torben schaute sie verständnislos an und griff zum wiederholten Male mit seiner klebrigen Pfote in die Erdnussschale.

»Habe ich was versäumt? Was soll an Horst besonders sein? Ich mochte den Stadtteil nie. Wir hatten mal Verwandte in der Fischerstraße. So eine dunkle, trostlose Gegend. Mit der Straßenbahn sind wir von Buer nach Horst gefahren, um dieses laute Pack zu besuchen. Ätzend. Die Tante hing immer im Fenster mit ihrem großen Busen, an den sie mich zog, kaum dass ich die Wohnung betreten habe.«

»Mit Sicherheit hast du was versäumt. Du musst dir den Nordsternpark mal im Hellen ansehen«, sagte Torben kopfschüttelnd.

»Wahrscheinlich bist du nie über Horst hinausgekommen, und der Nordsternpark ist der einzige Park, den du kennst.« Tanja fing laut an zu lachen.

»Das ist nicht nur ein Park. Wusstest du, dass der Turm über 80 Meter hoch ist? 18 Etagen hat er. Von der Besucherterrasse aus hat man einen tollen Ausblick. Echt Wahnsinn!« Torben redete sich in Rage. Nun war der Herkules an der Reihe.

Tanja konnte die Begeisterung nicht nachvollziehen. Was war an der Herkules-Skulptur besonderes? Okay, ihr Erbauer Markus Lüpertz. Man hatte sie im Dezember 2010 auf den Nordsternturm gesetzt. 18 Meter hoch, 23 Tonnen schwer, nur einen Arm, dafür aber eine Keule am »appen Arm«. Haare und Bart königsblau, die Lippen rot. Dieser stolze Herkules, der irgendwie verschroben aussah, stand auf dem denkmalgeschützten Turm des Schachtes II der ehemaligen Zeche Nordstern. Freier Blick von da oben aufs Ruhrgebiet. Im alten Griechenland war Herkules ein Heil- und Orakelgott, Beschützer von Sportstätten und Palästen. Welche Bedeutung sollte er hier in Gelsenkirchen, der Stadt mit den meisten Arbeitslosen, haben? Wen beschützen? Wem Glück bringen? Wem mit seiner riesigen Keule eins überbraten? Nach dem Aus von Kohle und Stahl sollte er dem Revier neue Perspektiven aufzeigen.

Tanja schaute zu dem verträumten Torben hinüber. So ein Idiot! Da hatte sie die Angel echt in die falsche Richtung ausgeworfen. Oder war der falsche Köder schuld?

»Was soll ich viel herumreisen? Ich habe hier alles. Du tust so weltgewandt und kennst nicht einmal Herkules.«

»Da hast du mich falsch verstanden. Ich kenne ihn, habe ihn nur noch nicht live gesehen. Allein dieser Macho-Name: ›Herkules‹! Wieso nicht ›Fraukules‹? Immer nur Mann. Überall nur Mann. Wo bleibt die Gleichberechtigung?«

»Boah ey, noch so eine Tussi, die herumgendert. ›Herkules‹ stammt aus dem Griechischen, ein Gott war das. Du hast keine Ahnung, oder?«

Tanja wurde wütend. Dieser Penner! Was bildete der sich ein?

»Fraukules würde sich bescheuert anhören. Was sollte sie da oben auf dem Turm verkörpern? Hast du da mal drüber nachgedacht?«

»Dasselbe wie ein Mann. Gibt es für dich keine Gleichberechtigung?« Am liebsten hätte Tanja ihm ihre Cola über den fettigen Kopf geschüttet.

»Nur da, wo es angebracht ist. Es gibt Dinge, die sollten dem Mann, dem starken Geschlecht, vorbehalten bleiben.« Er bestellte sich einen weiteren Glühwein und laberte immer mehr dummes Zeug.

»Körperlich mag mancher Mann stärker sein, aber im Kopf haben die Frauen eindeutig mehr. Schau dich doch an. Wie weit hast du es mit deinen 35 Jahren gebracht? Sicherheitsfutzi! Was verdienst du da, du starker Mann? Dein Lohn reicht gerade mal für dich. Wohnst noch bei Mutti. Ich wette, du hast nur einen Hauptschulabschluss. Also null in der Birne!« So, dem hatte sie es gegeben, diesem Lappen. Immerhin konnte sie ein Abitur vorweisen.

Tränen traten in seine grünen Augen. Er räusperte sich verlegen. »Ich war als Kind oft krank. Einen Abschluss habe ich nicht.«

Auch das noch. Immerhin war er ehrlich. Jedoch frech und kein wenig galant. Große Klappe, nichts dahinter.

In dem Moment setzte sich ein Sahneschnittchen rechts neben Tanja, so wie sie sich eine Bar-Bekanntschaft vorstellte. Dunkelhaarig, smart, gutsaussehend, mit den Augen flirtend. Allein sein Outfit war ein Hingucker.

Der Mann lächelte sie an, blickte anschließend zu Torben, und schon war Tanja für ihn abgehakt. Die Bar füllte sich, und der Dressman lachte sich eine andere Dame an.

Tanja bestellte sich statt einer weiteren Cola nun einen weihnachtlichen Cocktail mit dem Namen »Christmas on the beach at waikiki«. Nüchtern war Torben kaum zu ertragen. Er erzählte weiterhin seine irren Geschichten. Jetzt waren die Omas aus der Demenzgruppe dran. Er habe so einen Stress gehabt und vor dem Fest für alle etwas gebastelt. Kerzenständer aus Tonkarton.

Der hat sie doch nicht mehr alle, dachte Tanja. Gegen 21 Uhr reichte es ihr. Sie wollte bezahlen, die Bar verlassen und heimfahren.

Torben wollte sie aufhalten. »Du kannst doch jetzt nicht gehen. Jetzt, wo es gerade gemütlich wird.«

»Ich kann, mein Lieber, verlasse dich drauf. Ich kann!« Nachdem sie bezahlt hatte, griff sie sich ihren Mantel und wollte verschwinden.

Doch sie hatte nicht mit der Schnelligkeit von Torben gerechnet. Blitzartig beglich er ebenfalls seine Schulden, hüllte sich in seinen Mantel und folgte ihr, stolperte regelrecht neben ihr her.

Draußen schlug Tanja eine eisige Luft entgegen. Säße sie doch bloß schon in ihrem Auto.

»Ich begleite dich wenigstens noch bis zu deinem Fahrzeug. Für eine Frau ist es gefährlich so ganz alleine in der Dunkelheit.« Er spielte den großen Beschützer.

»Ich habe keine Angst und finde den Weg alleine.« Tanja legte einen Zahn zu.

Doch so leicht gab Torben nicht auf. »Lass uns noch eine Runde durch den schönen Park drehen. Komm schon. So jung kommen wir nicht mehr zusammen.«

Wir beide kommen überhaupt nicht mehr zusammen, wollte sie sagen. Weil er aber immer weiterbettelte, gab sie schließlich nach. »Okay, aber nur eine kleine Runde.«

Sie schlugen den Weg rechts ein, passierten einen Kinderspielplatz und gelangten irgendwann an die Aussichtsplattform auf der Halde. Menschenleer. Wer war auch so blöd, um diese Uhrzeit bei dieser Kälte spazieren zu gehen? Nicht mal ein Hundebesitzer war mit seinem kleinen Freund unterwegs.

Immer wieder drehte Torben sich um, blieb kurz stehen und starrte auf den Turm mit der Herkules-Figur. »Schau doch, wie imposant der aussieht. Und erst der tolle Weihnachtsbaum daneben.«

»Dieser Herkules scheint dein großes Vorbild zu sein.« Sie schüttelte verächtlich den Kopf.

Er rückte immer näher an sie heran, legte plötzlich den Arm um sie und zog sie an sich.

Tanja war geschockt, nahm seinen ekeligen Geruch nach feuchtem Schrank wahr und stieß ihn weg. »Was soll das?«

»Ich will dich beschützen«, sagte er stolz. Die grünen Augen fixierten ihren Mund.

»Ich brauche keinen Beschützer. Habe ich dir schon gesagt. Kann das selbst erledigen.« Tanja wurde mulmig zumute. Sie war längst nicht so cool, wie sie sich gab. Sie war ganz allein in weiter Flur mit einem Irren, wurde ihr plötzlich bewusst. Wer weiß, was er bei sich trug? Vielleicht einen Teaser? Um sie kampfunfähig zu machen?

Torben hielt weiterhin Lobesreden über Herkules und den Stadtteil Horst.

Tanja hätte heulen können. Sie fühlte sich müde und erschöpft. »Wir sollten umkehren. Mir ist kalt.«

»Noch ein kleines Stück«, sagte Torben und scherte sich ein Teufel darum, dass sie fror.

Sie passierten eine große Wiese. Praktisch vor ihren Füßen fand Tanja einen herrlichen Knüppel, den wohl ein

Hund bei seiner Gassirunde vergessen hatte. Sie hob ihn auf und bewunderte ihn.

»Hat ein Hund liegen lassen«, meinte Torben.

Tanja bestaunte den wohlgeformten Knüppel und fühlte sich schlagartig besser. Würde Torben handgreiflich werden, könnte sie sich damit wehren. Sie musste schmunzeln.

Ihr Weg führte sie in Richtung Emscher. Nun fing es auch noch an zu schneien. Ihre Frisur konnte Tanja vergessen.

»Und, was machst du an Heiligabend?«, fragte Torben, wollte die Antwort jedoch nicht wissen, denn er erzählte ihr direkt, wie er das Fest verbringen würde. Natürlich mit Oma, Papa und Mama. Vor dem Essen gingen alle in die Kirche, wo er die Kollekte einsammle. »Was meinst du, was an dem Abend eingenommen wird? Du würdest staunen.«

»Ist doch egal, darfst du sowieso nicht behalten.«

Sie erreichten die bekannte Doppelbogenbrücke, die über den Rhein-Herne-Kanal führte, und blieben mitten darauf stehen. Torben beugte sich über das Brückengeländer und starrte hinunter ins Wasser, wohingegen Tanja die Schiffe beobachtete, die in weiter Ferne an der Seite angelegt hatten.

»Meine Oma väterlicherseits ist ins Wasser gegangen. Genau an Heiligabend. Wollte nicht mehr leben«, erzählte er ihr spontan und konnte seinen Blick nicht vom dunklen Wasser lösen. »Kannst du dir vorstellen, was da zu Hause los war?«

»Nein, kann ich nicht und will ich auch gar nicht. Was interessiert mich deine Depri-Oma?« Leise, so dass Torben es nicht hörte, sagte sie: »Ich kann sie irgendwie verstehen.« Was für eine spooky Familie, dachte sie, machte auf dem Absatz kehrt und wollte den Rückweg antreten. Sie hatte endgültig genug von diesem Typen.

Doch leider hatte sie Torben unterschätzt. Er packte sie von hinten, dockte sich mit seinem Mund an ihren Nacken an und zog sie zu sich heran, umklammerte sie regelrecht wie ein Affe, wollte nicht loslassen.

Tanja schrie und bettelte. Nichts. Mit dem Knüppel in ihrer Hand holte sie aus und schwang das Teil nach hinten, traf direkt in seinen Unterleib. Obwohl sie nichts gesehen hatte, landete der Knüppel genau an der richtigen Stelle.

Vor Schmerz schreiend ließ er sie los, taumelte durch die Gegend und hielt sich letztendlich am Brückengeländer fest, um sich zu beruhigen. »Du Miststück! Olle Emanze! Was bildest du dir ein? Jetzt haste Schiss gekriegt, oder?«, keuchte er vor sich hin.

»Schiss vor dir? Ich weiß mich zu wehren.«

»Du wirst jedenfalls nie einen Mann abkriegen. Kannst dich nicht unterordnen, wie sich das für eine Frau gehört.«

Sie brach in schallendes Gelächter aus. »Ich will auch gar keinen Mann abkriegen. Jedenfalls nicht so einen verrückten wie dich. Ich kann für mich selbst sorgen, brauche so eine ärmliche Lusche nicht.«

Ein Anblick des Grauens, dachte Tanja. Dieser jämmerliche, hässliche Macho wollte ihr an den Kragen. Doch so nicht. Schon einmal hatte sie ähnliche Erfahrungen mit einem zudringlichen Kerl gemacht, und auch damals hatte sie sich wehren können, was ihr Glück gewesen war.

Als Torben einen weiteren Annäherungsversuch startete, diesmal heftiger und von vorne, streckte er seine affenlangen Arme nach ihr aus. Speichel rann ihm aus dem Mund. Die grünen Augen weit aufgerissen, gab er Urlaute von sich.

Doch bevor er ihr seine Grabschaufeln in die Oberarme drücken konnte, holte sie mit dem Knüppel erneut aus und schlug ihm diesen um die abstehenden Ohren. Links und rechts und wieder links. Das Geräusch, das dabei entstand, war nicht ohne. Als würde man eine Melone mit einem Beil zerteilen, dachte sie, schwang noch einmal den Knüppel und schlug zu. Der Leistungssport, den sie regelmäßig betrieb, zahlte sich nun aus. Ihre Muskelkraft war beachtlich.

Er taumelte benommen zurück, konnte nicht fassen, was mit ihm geschah, hielt sich die Hände an die Ohren, aus denen mittlerweile Blut tropfte, und prallte gegen das Brückengeländer. Ehe er sich sammeln konnte, bückte sie sich, packte seine schmalen Fesseln und schmiss ihn über das Geländer.

»Ich kann nicht schwimmen«, rief er noch im freien Fall, bevor er unten im Kanal aufschlug. Platsch und weg war er.

Mit großen Augen und rasendem Puls beugte sich Tanja über das Geländer und starrte in das dunkle Wasser, das den armen Torben verschlungen hatte. Fort war er. Gut, dass er nicht schwimmen konnte. Sonst hätte es vielleicht Komplikationen gegeben. So würde man ihn irgendwann, irgendwo finden, mit ramponiertem Schädel und ordentlich Alkohol im Blut.

Damals bei Jens war das nicht so einfach gewesen. Der hatte sich mehr gewehrt, erinnerte sie sich auf dem Weg zu ihrem Auto.

19 »IHR HIRTEN ERWACHT!«

Scholven

Tante Hilde zwinkerte Elke zu und klopfte ihr mit ihrer dicken Hausfrauenpranke auf die Schulter. »Mach dir einen schönen Tag, Kind! Zu Weihnachten bekommst du noch mal was. Das hier ist einfach so. Ein Adventsgeschenk sozusagen. Es wird dir gefallen.« Tante Hilde lachte ihr wieherndes Pferdelachen. Ihre rote Gesichtsfarbe ließ ihren Kopf aussehen, als würde er kochen. Sie hatte niemanden mehr, diese burschikose Frau, keinen Mann, keine lebenden Kinder, nur sie, die gutmütige Elke, die sich um die bollerige Tante kümmerte. Den Neffen Gunnar gab es noch, der Sohn ihrer missratenen Schwester Sigrid, doch der saß meistens im Knast. Und wenn er mal auf freiem Fuß war und die alte Tante besuchte, dann nur, um Bares zu erbetteln, notfalls mit Gewalt.

Elke bedankte sich brav und verließ das alte Haus an der Feldhauser Straße, in dem die Tante in einer bescheidenen Drei-Zimmer-Wohnung lebte, und lief zu ihrem Fahrzeug. Pralinen und einen Gutschein für fünf Besuche in der Salzgrotte hatte sie bekommen. Schenkte man einer 35-jährigen Frau, die mitten im Leben stand, einen solchen Gutschein? Und dann gleich für fünf Besuche?

Ein Aufenthalt in der Grotte sei besser als an der Nordsee, stand in dem beigelegten Flyer, den Elke sich nun im Auto ansah. Die salzhaltige Luft helfe bei Asthma, Hauterkrankungen, Schilddrüsenleiden, Kopfschmerzen und Migräne. Auch bei Schlaflosigkeit. Okay, sie konnte oft schlecht einschlafen. Doch das lag an Mirko, ihrem schnarchenden Partner. Vielleicht sollte sie ihn in die Grotte schicken? Oder besser gleich zum Teufel, so wie er sie in der letzten Zeit nervte. Wie ein neuer Mensch verlasse man nach 45 Minuten die Grotte.

Besagte Einrichtung befand sich nur eine Straße weiter, in der Nienkampstraße, in einem ehemaligen Bunker. Elke zog die Nase kraus. Was für ein eigenartiges Geschenk. Tante Hilde war selbst einmal pro Woche dort zu Gast, frühstückte sogar da. Elke dachte nicht weiter darüber nach und fuhr heim nach Erle, vergaß den Gutschein, aß während der Autofahrt von den leckeren Markenpralinen.

Die Straßen waren glatt an diesem frostigen zweiten Adventssonntag. Zehn Minusgrade zeigte ihr Thermometer. Elke war noch nicht nach Advent und Weihnachten zumute. Ob Mirko schon in die Gänge gekommen war und das Mittagessen vorbereitet hatte, so wie vereinbart? 13 Uhr. Wahrscheinlich saß er mal wieder ungeduscht in seiner ausgebeulten Jogginghose vor dem Laptop und zockte, wie fast jeden Sonntag. Dass sie einen mindestens genauso harten Job hatte wie er, ignorierte er und betätigte sich kaum im Haushalt. Sie war die Frau und basta. Am letzten Sonntag war er zum traditionellen Gänseschießen gewesen und hatte ihr einen kleinen jämmerlichen Vogel mitgebracht, den er stolz auf den Küchentisch geworfen hatte. »Hier, kannst du zubereiten«, hatte er hochnäsig gesagt und war zum gemütlichen Teil übergegangen. Sie hatte ihn und die Gans ignoriert und war zu ihrer Freundin Mara gefahren.

Der dritte Advent begann so trostlos, wie die anderen beiden für Elke geendet hatten. Schon beim Frühstück plapperte Mirko ununterbrochen von seinen Jagderlebnissen, schmatzte wild und stank vor sich hin. Hilfe, hätte sie am liebsten geschrien, stellte die Ohren auf Durchzug und googelte nach der Salzgrotte. Wäre das eine Alternative? Sie schaute auf die Uhr. 11.30 Uhr. Wenn sie sich beeilte, könnte sie den dritten Durchgang noch schaffen.

Schnell unter die Dusche und in bequeme Kleidung geschmissen, und die Fahrt durch die frostige Winterluft konnte losgehen.

Mirkos verdutztes Gesicht und die Frage, wohin sie denn wolle und was es zum Mittagessen gebe, beantwortete sie mit: »Schieß dir doch einen Hasen.«

Als sie durch den Gelsenkirchener Stadtteil Scholven fuhr, kam Vorfreude auf. Mal was anderes als ihr muffiges Büro und der noch muffigere Mirko. Vielleicht lernte sie dort jemanden kennen? Es werden ja nicht nur Asthmatiker mit herbem Auswurf anwesend sein, sagte sie sich.

Sie fuhr auf den großen, runden Bunker zu. Er war wunderschön bemalt, eine Seelandschaft mit Leuchtturm, Strand und Sonne, die sofort gute Laune verbreitete.

An der Rezeption erzählte ihr ein junger Mann in genervtem Tonfall, was es außer der Sitzung in der Salzgrotte noch alles gab, und fragte sie, ob sie einen Hibiskus-Tee wolle, den es heute gratis für jeden Gast gebe. Ob sie ein Handtuch und eine Wolldecke dabei habe, wollte er noch wissen. Handtuch ja, Decke nein, brauche sie aber auch nicht. Den Tee nehme sie gerne.

Tante Hilde hatte ihr von dem Salzgrottenteam vorgeschwärmt. Patent, freundlich, zuvorkommend. Das passte nicht zu diesem jungen Mann hier.

Er lotste Elke zu dem Raum, in dem bequeme Liegestühle standen, vier davon waren besetzt. Elke nahm auf einer freien Liege Platz, nachdem sie das Handtuch ausgebreitet hatte. Das Teeglas stellte sie neben sich und legte sich ihre Jacke über die Beine. Auch die anderen Personen, zwei Männer und zwei Frauen, hatten ein Teeglas neben sich auf dem Boden stehen.

Von dem Raum war sie ganz begeistert. Richtiger Sandboden wie an der Nordseeküste, gemauerte Wände mit eingelassenen Kaminen, die ein wunderbares Licht erzeugten. Tischchen mit ausgefallener Deko hier und da. In der Mitte des Raumes eine riesige Säule, die aussah, als bestehe sie aus Salz. Es roch fantastisch nach frischer Meeresbrise.

Sie nahm die anderen Personen genauer in Augenschein. Die beiden älteren Männer hatten ihre Münder weit offen stehen, gaben jedoch keinen Laut von sich. Kein Schnarchen, kein Husten. Die schmuckbehangenen Frauen schliefen ebenfalls, und auch auf Elkes lautes »Guten Tag« regte sich niemand. Aus den Lautsprechern erklang Rockmusik, keine leisen Pianoklänge, wie Tante Hilde ihr erzählt hatte. Wie konnten die bei der Musik nur schlafen?

Hier stimmte doch etwas nicht. Elke nahm das Teeglas in die Hand und überlegte. Sollte sie zu den Senioren gehen und aus der Nähe prüfen, ob es ihnen gut ging? Sie setzte das Glas an ihre Lippen und nahm einen sauren Geruch war. Das war doch kein Hibiskus-Tee. Sie stellte das Glas wieder hin und stand auf.

Sie ging zu der Liege rechts neben ihr und sprach den Mann an. Nichts. Sie fühlte seinen Puls. Ebenfalls nichts.

Elkes Herz begann zu rasen. Dasselbe bei den Frauen ihr gegenüber. Bei der linken Dame hing die Zunge seitlich aus dem geschminkten Mund. Der zweite Herr sah auch eher tot als lebendig aus.

Der Tee, schoss es Elke in den Kopf. Dieser Rezeptionist hatte alle mit Tee vergiftet. Wozu? Um sie auszurauben? Bestimmt war der kein Angestellter. Hatte er den echten Mitarbeiter oder die echte Mitarbeiterin etwa auch vergiftet? Sie lief zurück zu ihrer Liege und kramte in ihrer Tasche nach ihrem Handy. Sie musste die Polizei verständigen. Sofort! Vielleicht waren die vier nur bewusstlos und es war noch nicht zu spät.

Bevor sie die Notrufnummer gewählt hatte, zischte ihr der falsche Mitarbeiter in den Nacken: »Austrinken! Und zwar sofort!«

Vor Schreck fiel Elke das Handy aus der Hand. So schnell ließ sie sich jedoch nicht einschüchtern. »Was haben Sie ihnen gegeben? Sind die alle tot?«

»Nein, nur betäubt. Und jetzt trink endlich!« Wütend gab er ihr eine Kopfnuss. Ein Schweißtropfen rann von der Stirn über seinen Nasenrücken, anschließend über sein Kinn und tropfte auf ihre Schulter.

»Ich trinke das nicht!« Obwohl ihr Kopf dröhnte, stieß sie den Kerl von sich und bückte sich nach ihrem Handy.

Doch der Mann war schneller. Mit einem Fußkick beförderte er es in die Ecke. »Du wirst schon sehen, was du davon hast.« Mit Gewalt zerrte er an ihrem Pullover. »Mitkommen!« Er stieß sie brutal vor sich her.

Bis zur gläsernen Eingangstür waren es höchstens sieben Meter. Ob sie es wagen konnte, loszulaufen, um zu flüchten? Was drückte er ihr da in den Rücken? Den Lauf einer Pistole?

Er packte sie am Kragen und stieß sie in die andere Richtung. Vor der Infrarot-Wärmekabine kam er zum Stehen, öffnete diese und schubste sie unsanft hinein. Da sich die Tür nicht verriegeln ließ, behalf er sich mit einem Besenstiel, den er von außen unter die Türklinke schob. »Damit du es schön warm hast«, schrie er ihr durch die Scheibe zu und hantierte an dem Regler herum.

Hätte sie doch bloß so getan, als würde sie den Tee trinken, und sich anschließend tot gestellt. Vielleicht wäre es ihr dann gelungen, die Polizei anzurufen oder zu türmen. Besucher kamen heute mit Sicherheit keine mehr, schließlich war das der letzte Durchgang. Würde Mirko sie vermissen? Bestimmt erst am Abend. Der war mit seinen Kollegen aus der Jägerschaft unterwegs.

Resigniert setzte sie sich auf die Bank des kleinen Kämmerchens und überlegte. Es wurde wärmer und wärmer, der Schweiß rann ihr von der Stirn.

Er kratzte sich am Kinn und dachte nach. Wie würde er die Sache zu Ende bringen? Da war ja auch noch die Angestellte in der Abstellkammer, der er mit einem Kerzenständer eins übergebraten hatte. Jetzt noch die Tussi in der Wärmekabine.

Die Taschen der beiden Damen in der Salzgrotte enthielten anders als gedacht keine Reichtümer. Kamen die in der Weihnachtszeit mit fast leeren Geldbörsen! Er brauchte Geld. In ein paar Tagen war Weihnachten. Im Knast hatte er sich zwar ein paar Flöhe dazuverdient, doch reichte das nicht, um vernünftig Weihnachten zu feiern.

Zum Glück hatten alle widerspruchslos den Tee getrunken, bis auf dieses Biest, das zum Schluss gekommen war. Eine zähe Nuss. Als Erstes würde er den Frauen den Schmuck vom Körper reißen. Die Welt würde der auch nicht bringen. Das hatte er von seiner Informantin ganz anders zu hören bekommen. Was hatte die herumgestrunzt, wer hier verkehren würde. Der große Geldadel. Die High Society. Gab es eine solche bessere Gesellschaft überhaupt hier in Scholven?

Wie blöd die Angestellte geguckt hatte, als er am Morgen den Empfangsraum betreten hatte. Sie hatte ihn für einen Kunden gehalten, aber schnell gecheckt, dass er ihr nichts Gutes wollte. Er hatte den Kerzenständer geschnappt, der auf der Theke neben dem Adventsgesteck stand, ihr damit eins übergebraten und dann ab mit ihr in die Abstellkammer. Er hätte ihr auch von dem Hibiskus-Tee geben sollen. Auf einen Liter hatte er 100 Eibennadeln gemörsert und den feinen Staub hinzugefügt. Seine Opfer sollten nicht sterben, sondern nur bewusstlos werden.

Er wurde unruhig. Alles verlief anders als geplant. Was sollte er mit der Tussi in der Wärmekabine machen? Er hatte den Kasten auf die höchste Stufe gestellt. Ob sie schon ohnmächtig war?

Bevor noch weitere Kunden die Grotte betraten, schloss er die Tür ab und ging zur Infrarot-Wärmekabine. Die Frau war noch ganz schön munter, musste er feststellen. Wie eine Irre polterte sie mit den Fäusten gegen die Glaswand, schrie, er möge sie rauslassen. Sofort!

Ist die irre? Wenn das jemand hörte! Das nächste Haus stand zwar einiges entfernt. Aber was, wenn ein Fußgänger ihre Hilferufe hörte? Dann säße er schneller wieder im Kittchen, als ihm lieb war.

Er zog den Besenstiel von der Klinke und öffnete die Tür. Sie keifte sofort drauflos, packte ihn am Hals und warf ihm die bösesten Worte an den Kopf. Total verschwitzt war sie, ihr Kopf glühte.

Die muss jetzt von dem Tee trinken, sagte er sich und fasste sie an den Oberarmen. Sie war jedoch schneller. Ehe er sie bändigen konnte – er wollte ihr einen Faustschlag ins Gesicht verpassen – spürte er einen spitzen Gegenstand in seinem rechten Auge. Ein furchtbarer Schmerz durchfuhr ihn. Nun war das andere Auge an der Reihe. Wieder dieser fürchterliche Schmerz und jetzt Blindheit auf beiden Augen. Er spürte einen Schal um seinen Hals, der langsam, aber gründlich zugezogen wurde und ihm die Luft zum Atmen nahm. Dann wurde es dunkel um ihn. Warm und dunkel.

Elke lief auf Hochtouren. Kam das von der Hitze, der sie mindestens eine halbe Stunde lang ausgesetzt war? Sie ging zu den vier Regungslosen, in der Hoffnung, dass sie noch nicht tot waren. Zuerst wollte sie nach ihrem Handy suchen und die Polizei rufen, bevor der Irre wieder zu sich kam. Doch vergeblich. Diese Ratte, dachte sie. Er musste es an sich genommen haben. Sie holte ihre Jacke und rannte auf die Straße. Auf die Idee, sich in ihr Auto zu setzen und davonzufahren, kam sie nicht, lief einfach drauflos, immer geradeaus, bis sie die Feldhauser Straße erreicht hatte.

Tante Hilde fiel ihr ein. Durch die eiskalte Luft rannte sie bis zum Haus, in dem die Tante wohnte, und drückte wie eine Irre den Klingelknopf. Nachdem sie das Surren des Türöffners hörte, stürmte sie ins Haus, polterte die Treppen hinauf, bis sie völlig außer Atem vor der Tür der Tante stand.

Erschrocken fasste sich die Tante an ihr Herz. »Was ist los, Kind? Wie siehst du denn aus? Wo kommst du her?«

Total erschöpft betrat Elke die Wohnung der Tante und ließ sich in der großen Wohnküche auf das Sofa fallen. »Ich war in der Salzgrotte. Da bin ich überfallen und eingesperrt worden. Ein mieser Kerl hat mir mein Handy weggenommen. Die Leute in der Grotte sind alle tot. Er hat sie vergiftet. Wir müssen die Polizei holen, Tante Hilde!« Hemmungslos fing Elke an zu weinen und konnte sich kaum beruhigen.

»Was erzählst du da, Kind? Geht es dir nicht gut?« Ungläubig starrte die voluminöse Hilde ihre Nichte an und zweifelte an deren Verstand.

Polizeisirenen ertönten. Hilde rannte zum Küchenfenster und sah auf die Feldhauser Straße. Ein Polizeiwagen nach dem anderen raste durch Scholven in Richtung Nienkampstraße. Hilde drehte sich zu ihrer Nichte um. Nun glaubte sie ihr. Dennoch ergab es für sie keinen Sinn.

»Jemand muss schon die Polizei verständigt haben. Du meinst, es hat Tote gegeben?«

Elke starrte zum offenen Fach des Küchenschrankes, in dem sich zwischen jeder Menge altertümlicher Weihnachtsdeko ein gerahmtes Foto befand. »Da, das ist er!«, schrie sie, stand auf und griff sich das Foto.

»Ach Kind, das ist doch Gunnar. Dein Cousin. Der Sohn von Sigrid, der Schwester von mir und deiner Mutter. Erkennst du ihn nicht?«

»Das ist der Kerl, der die Leute vergiftet und mich in die Wärmekabine in der Salzgrotte gesperrt hat. So einen Cousin soll ich haben? Ich habe ihn vorher noch nie gesehen.« Mit zittrigen Händen hielt sie das Foto in der Hand. »Hast du ihm von der Grotte erzählt?«

Der Tante zitterten die Knie. Sie musste sich in einen Sessel setzen. »Er war vorige Woche hier, hat wieder nach Geld gebettelt. Saß lange im Knast. Ich kam gerade aus der Grotte und habe ihm vielleicht von dort vorgeschwärmt.

Vielleicht habe ich auch den schönen Schmuck erwähnt, den viele der Damen dort tragen.« Hilde schüttelte verzweifelt den Kopf. »Ich wäre doch niemals auf den Gedanken gekommen, dass der so bescheuert ist und die Leute dort vergiftet. Du meine Güte – ich bin schuld!« Entsetzt stopfte die Tante sich einen Dominostein von dem bunten Teller auf dem Tisch in ihren Mund.

»Mich wollte er auch zwingen, den bitteren Tee zu trinken. Doch ich habe ihm was gehustet. Zum guten Schluss habe ich ihm mit meinem spitzen Absatz nacheinander in beide Augen gestochen, ihm meinen Schal um den Hals gebunden und ganz fest zugezogen. Dann bin ich geflüchtet. Habe ihn noch kreischen gehört.«

Noch mehr Fahrzeuge mit Sirenen passierten die Feldhauser Straße. Hilde sprang vom Sessel auf und ging zum Fenster. »Zwei Krankenwagen! Vielleicht haben die Leute überlebt. Oh, was habe ich nur getan«, jammerte sie. »Gut, dass du dich befreien konntest, Kind. Wir sollten dennoch die Polizei anrufen und den Überfall melden.«

Gerade nahm sie den Telefonhörer in die Hand, da polterte es an der Tür.

»Da scheint es jemand eilig zu haben. Bestimmt mein Nachbar, der sich wieder etwas leihen will.« Hilde wackelte zur Wohnungstür und stieß kurz darauf einen Schrei aus. »Gunnar, was willst du denn hier?«

»Was wohl, du dämliche Kuh. Dein Tipp mit der Salzgrotte war scheiße. Die Bullen sind hinter mir her. Einer der Nachbarn aus dem gegenüberliegenden Haus, der bei der Kälte im Fenster hing, wird die Polizei gerufen haben. Ich muss mich hier verstecken, bis die Luft rein ist.« Er schubste die bekittelte alte Frau zur Seite und ging durch in die Wohnküche.

»Ach, schau mal an. Wen haben wir denn da? Was machst du hier? Guck dir meine Augen an. Die brennen wie verrückt. Ich kann immer noch nicht richtig sehen. Das wirst du mir büßen!«

»Gunnar, das ist doch deine Cousine Elke. Du kennst wohl keine Skrupel, oder?« Hilde stand am Küchenschrank und dachte nach.

Er ging auf seine Tante zu und packte sie mit grobem Griff an ihrem Doppelkinn. »Haben nicht alle so gut zu futtern wie du. Dicke Rente und so. Ich brauche Kohle! Du wolltest mir ja letztens nichts geben. Geizige Ziege!«

»Du Verbrecher! Versuche es mal mit richtiger Arbeit! Ich habe schon die Polizei verständigt. Sie werden gleich hier sein«, bluffte die schlaue Tante.

Gunnar stürzte sich auf Elke, schmiss sich regelrecht auf sie und versuchte, ihr den rechten Arm nach hinten zu drehen. »Schade, dass ich meine Knarre nicht dabei habe. Dann muss es eben so gehen.«

Er zog mit der linken Hand ein dünnes Nylonseil aus seiner Hosentasche, mit dem er Elke fesseln wollte. »Ich habe eine Geisel. Entweder lassen die mich ziehen oder der Cousine geht es dreckig. Ein Fluchtwagen wäre nicht schlecht. Und Knete natürlich.«

Hilde zweifelte am Verstand ihres Neffen. Elke jammerte vor sich hin und wehrte sich mit Händen und Füßen.

Gunnar hatte die Rechnung ohne seine rüstige Tante gemacht. Von hinten schlug sie ihm – dem Kohleofen sei Dank – mit dem schweren Feuerhaken über seinen fettigen Schädel. Einmal, zweimal und ein drittes Mal.

Gunnar fasste sich an den Kopf, verdrehte die Augen und ging in die Knie. Blut tropfte auf Tante Hildes Perserteppich. In Gemeinschaftsarbeit wurde Gunnar mit dem Nylonseil wie ein Paket verschnürt.

Endlich rief Hilde die Polizei an. Wenig später klingelte es an der Wohnungstür. Zwei Streifenbeamte und ein Kriminalbeamter betraten die Wohnung und kümmerten sich um den Verbrecher.

Dabei erfuhren die taffen Damen, dass alle betäubten Personen überlebt hatten.

In der Abstellkammer hatte man eine geknebelte Person gefunden, die diensthabende richtige Mitarbeiterin. Auch ihr ging es den Umständen entsprechend gut.

Gunnar verbrachte die Feiertage im Krankenhaus und wanderte anschließend ins Gefängnis. Hilde und Elke feierten gemeinsam Weihachten. Mirko blieb außen vor. Elke hatte genug von ihm.

20 »TANZE, MEINE KLEINE PRINZESSIN«

Erle

Hildchen Stein verließ die Zechensiedlung, in der sie seit ihrer Geburt im Jahre 1934 wohnte, und machte sich auf, um Alwin Urbanski im Pflegeheim im Haunerfeld zu besuchen. Als sie den Wohnturm passierte, in dem die Tochter ihrer Freundin Waltraud lebte, schaute sie automatisch nach oben, ob sie Margareta Sommerfeld entdeckte. Nichts zu sehen. Wahrscheinlich war die Detektivin unterwegs, um zu ermitteln, dachte Hildchen.

Sie schüttelte den Kopf und stieß fluchende Worte aus, als sie die Straßenseite wegen riesiger Sandhaufen wechseln musste. Sie fragte sich, wieso die gerade jetzt, in der Weihnachtszeit, bei diesem Winterwetter, mit den Umbauarbeiten fortfahren mussten. Seit zwei Jahren waren sie zugange, um aus der alten Zechenkolonie eine Vorzeigesiedlung zu schaffen. Neue Fenster, Eingangstüren und Balkone sollten den Wohnwert steigern, ebenso die energetische Sanierung der denkmalgeschützten Häuser. Auch die Keller wurden saniert, die alten Betonböden herausgeschlagen und neuer Beton gegossen. Dabei hatte man das doch erst 1945 erledigt, erinnerte sich die alte Frau.

Nur gut, dass in dem Haus, in dem sie wohnte, die Heizung bereits funktionierte und die neuen Fenster eingebaut waren. Mit dem Keller wollte die Firma bis zum Fest in zehn Tagen ebenfalls fertig sein.

Dieses monotone Hämmern seit Monaten ging ihr an die Nerven. Selbst die altertümliche Weihnachtsdeko in ihrer nostalgischen Wohnung konnte das nicht wettmachen. Und wenn alles fertig war, würden sie wieder die Miete erhöhen. Dabei verfügte Hildchen nur über eine kleine Rente. Sie hatte nur wenige Jahre als Näherin selbst in die Rentenkasse eingezahlt. Ihr Göttergatte Siegfried war nicht der strebsamste unter den Bergleuten gewesen, viel krank und dazu noch faul. Er war früh gestorben.

Sie hätte Alwin heiraten sollen, der war unter Tage beschäftigt gewesen, auf der Zeche, und bezog eine gute Rente. Alwin. Der immer ein Auge auf sie geworfen hatte, schon als sie noch Kinder gewesen waren. Doch sie hatte damals Paul geliebt. Für ihn hatte sie im Luftschutzraum ihres Wohnhauses getanzt, während Bomben über dem Ruhrgebiet abgeworfen wurden. Die kleine, wunderschöne Bunkerprinzessin in ihrem rosa Kleidchen, das ihre Mutter eigens dafür genäht hatte. Alwin hatte Mundharmonika gespielt, und Hildchen hatte getanzt. Um den Nachbarn in dem kleinen, höchstens zehn Quadratmeter großen Raum ein wenig Freude zu bereiten in dieser schweren Zeit.

Ihre Eltern, Emma und Josef Stein, waren stolz gewesen auf ihre Tochter. Die zahnlosen Urbanskis, die Eltern von Alwin, hatten jedes Mal geklatscht und für kurze Zeit den Krieg und die damit verbundenen Entbehrungen vergessen.

In Wirklichkeit hatte Hildchen nur für Paul getanzt, den sie über alles geliebt hatte. Die blauen Augen des Halbwüchsigen hatten sie die ganze Zeit über beobachtet. Er war im gleichen Alter wie Alwin. Seine Eltern, die Tomaschewskis, fromme Kirchgänger, waren leise und bescheiden gewesen. Und Alwin und Paul dicke Freunde.

Irgendwann war die Entwarnungssirene ertönt, und die aufatmende Hausgemeinschaft hatte den schweren Riegel öffnen und zurück in ihre Wohnungen laufen können. Bis zum nächsten Mal.

Ob Paul noch lebte?

Er war keine 15 Jahre alt gewesen, als er kurz vor Kriegsende 1944 an die Front einberufen wurde. Dieser hübsche, zarte Junge mit den dunklen Haaren und den stechend blauen Augen. Am Abend vor seiner Abfahrt hatten sie im Hof gestanden. Hildchen und Paul, noch Kinder und doch erwachsen. Sie hatten sich an den Händen gehalten.

»Wirst du auf mich warten, Hildchen?«, hatte Paul gefragt.

Hildchen hatte genickt und geweint.

Oben am Fenster hatte Alwin die beiden beobachtet. Der Abschied von seinem Freund war ihm noch bevorgestanden.

Hildchen hatte Paul nie wiedergesehen. Zwei Jahre später hatte sie einen Brief bekommen. Einen Liebesbrief, den sie sehr oft gelesen hatte. Schöne Worte. Doch am Ende hatte Paul geschrieben, dass sie nicht auf ihn warten solle. Da sei ja noch Alwin. Der würde sich um sie kümmern.

Doch sie hatte Alwin nicht gewollt. Als Freund ja, niemals jedoch als Ehemann. Alwin hatte es immer wieder versucht, aber Hildchens Herz hatte nur Paul.

Die Jahre waren vergangen – ohne weitere Nachrichten von Paul. Etliche Männer waren verwundet aus dem

Krieg zurückgekommen, auch noch Jahre nach dessen Ende. Doch Paul blieb verschwunden.

Gemeinsam mit seinen Eltern hatte sie sich an den DRK-Suchdienst gewandt und sich im Freundeskreis von Paul umgehört. Doch Paul war verschollen. Die Tomaschewskis hatten sich verzweifelt an jede kleine Nachricht geklammert, wenn ein Soldat zurückkehrte und von der Front berichtete. Hildchen hatte sie immer wieder besucht, um sie zu trösten und es zu erfahren, falls es etwas Neues gegeben hätte. Die einfachen Leute hatten Hildchen gemocht und hätten sie gerne als Schwiegertochter gehabt.

Das Schicksal wollte es anders.

An ihrem 20. Geburtstag war sie Siegfried begegnet, der sie mit seinem Charme für sich gewonnen hatte. Ein Dummschwätzer, dachte sie heute. Hatte nichts, konnte nichts und war blöd wie Brot. Ab da hatte Alwins Werben ein Ende gehabt. Bei ihm wäre es ihr besser ergangen, wusste sie heute.

Jetzt war Alwin 91 Jahre alt und lag mehr tot als lebendig im Pflegeheim. Sie fühlte sich verpflichtet, sich um ihn zu kümmern. Weil Paul und Alwin Freunde gewesen waren. Und weil sie die Urbanskis, die Eltern von Alwin, sehr gemocht hatte. Die lagen schon lange auf dem Friedhof, gleich gegenüber dem Pflegeheim, genau wie die Tomaschewskis und ihre Eltern.

Auf dem Rückweg wollte sie all ihren lieben Verstorbenen einen Besuch abstatten. Es hatte geschneit. Schneebedeckte Gräber und die Fußspuren im Schnee mochte Hildchen gerne.

Als sie das Heim betrat, schlug ihr der Geruch von gekochtem Blumenkohl und Harzer Käse entgegen. Mitten in dieser Geruchsexplosion stand ein geschmückter Weihnachtsbaum ganz in Rot. Sie lief den Gang entlang zu dem Zimmer, in dem Alwin zu Hause war. Ein kleines, hell möbliertes Einzelzimmer mit Blick in die Parkanlagen, recht gemütlich eingerichtet.

Er hockte in einem Sessel vor dem Fenster. Er trug einen sauberen Jogginganzug und sah äußerst gepflegt aus, was man nicht von allen Bewohnern behaupten konnte. Mit dem Laufen wollte es nicht mehr so klappen. Morbus Parkinson. Bis vor einem Jahr hatten sie noch gemeinsame Friedhofsrunden gedreht, doch das schaffte Alwin inzwischen nicht mal mehr mit seinem Rollator.

Sie legte ihm zwei Orangen und eine Tüte Lebkuchenherzen auf den Tisch, und er bedankte sich mit Tränen in den Augen. Seine Stimme war leise, jedoch gut verständlich. »Schön, dass du da bist, Hildchen. Was gibt es Neues? Was macht der Umbau?«

Wutentbrannt legte Hildchen los und berichtete ihm von den nervenden Arbeiten im und ums Haus, in dem auch Alwin fast sein ganzen Leben lang gewohnt hatte.

»Wirst du mich Weihnachten besuchen?«, wollte der alte Mann wissen und schaute sie mit wässrigen Augen hoffnungsvoll an.

»Ich denke schon«, lachte Hildchen und tätschelte Alwin die von Altersflecken übersäte Hand.

Als sie sich später verabschieden wollte, hielt Alwin sie fest. »Ich muss dir noch was sagen, Hildchen. Es ist wichtig. Mir geht es nicht so gut, und wenn ich Weihnachten nicht mehr erleben sollte, will ich, dass du es weißt.«

»Was denn, Alwin? Du wirst doch nicht schlapp machen? Bist ja noch rüstig.«

Alwin ließ nicht locker und sah die attraktive alte Dame

mit den noch immer blond gefärbten Haaren lange an. »Ich muss es dir sagen, Hildchen. Du weißt, ich habe nie geheiratet. Ich habe immer nur dich geliebt. Aber da war ja noch Paul …« Ehe er sein Anliegen loswerden konnte, schlief er vor Erschöpfung ein.

Hildchen schüttelte lächelnd den Kopf und verließ sein Zimmer. Was hatte er ihr sagen wollen?

Um zu Hildchens Zuhause zu gelangen, musste man über riesige gefrorene Sandberge steigen, Haufen von Gerümpel passieren und sich an Lkws etlicher Firmen vorbeischlängeln. Am Tag vor dem Fest herrschte jedoch Ruhe. Nicht wegen Weihnachten. Nein. Bei den Betonsanierungsarbeiten war eine Leiche gefunden worden, was in der Siedlung binnen einer Stunde wie ein Lauffeuer die Runde gemacht hatte.

Ein Leiche so kurz vor dem Weihnachtsfest! Hildchen und Waltraud saßen am Küchentisch in Waltrauds Küche und sahen sich betroffen an.

»Ein Toter bei uns im Keller. Da werden nur noch Knochen vorhanden sein«, meinte Waltraud und schenkte Hildchen und sich Kaffee ein.

»Ob die arme Person kurz nach Kriegsende im Jahr 1945, als man die Keller renovierte, in den Beton eingelassen worden ist?«, sinnierte Hildchen. Sie war fix und fertig, weil sie fürchtete, es könne sich um ihren geliebten Paul handeln. War er deshalb nicht zurückgekommen? Hatte Alwin ihr davon erzählen wollen, als sie letzte Woche im Heim gewesen war? War er etwa der Mörder? Mord aus Eifersucht?

»Da haben wir hier noch nicht gewohnt. Wir sind erst in den 1970er-Jahren hergezogen, vom Wetterweg, eine

Straße weiter.« Waltraud tippte auf ihrem Handy herum, um ihre Tochter Margareta zu erreichen. Die musste es sofort erfahren, schließlich war sie mit dem zuständigen Kommissar seit Jahren liiert.

Es dauerte nicht lange und Margareta traf bei ihrer Mutter ein, wo sie zwei verzweifelte alte Frauen vorfand. Sie kannte die Geschichte von Hildchen, ihrem Paul und dem kranken Alwin, den sie regelmäßig besuchte. Jetzt stand er unter Mordverdacht, zumindest bei Hildchen und ihrer Mutter.

Polizei und Kripo, Margaretas Lebensgefährte Thomas Scheffel mit seiner Kollegin Jenni, waren schon vor Ort. Ein Spezialeinsatzkommando sowie Bausachverständige waren dabei, den Toten möglichst unbeschadet aus dem Beton zu befreien und in die Gerichtsmedizin zu schaffen.

Thomas gewährte Margareta einen kurzen Blick auf die Leiche. Überwiegend Knochen. Nur der Kopf war mit brauner Lederhaut umspannt und erinnerte Margareta an einen Indianer. Sogar Zähne konnte sie in dem offen stehenden Mund erkennen.

»Was wirst du tun? Wo ermitteln?«, wollte Margareta von ihrem Partner wissen.

Dieser stöhnte laut auf und verließ den verstaubten Keller. »Ach, Margareta, der Mord ist über 70 Jahre her. Okay, Mord verjährt nicht, doch man sollte den Toten in diesem Fall ruhen lassen. Wir werden seine Überreste gut lagern und abwarten.«

Margareta wurde wütend. Diese lasche Art von Thomas war ihr bekannt und nervte sie total. »Hilde Stein sitzt bei meiner Mutter am Küchentisch. Willst du sie nicht wenigstens anhören? Sie ist überzeugt, dass es sich bei dem Toten um ihren Jugendfreund Paul handelt. Er wurde gegen Kriegsende eingezogen und ist nie zurückgekehrt. Sie hat Alwin in Verdacht. Da weißt du schon mal die ungefähre Richtung, in die du ermitteln musst.«

»Margareta, dieser Alwin ist fast 100 und steht mit einem Bein im Grab. Sollte er es gewesen sein, wird man ihn bestimmt nicht noch vor Gericht zerren. Schalte mal ab und konzentriere dich auf die Festtage. Hattest schließlich Stress genug in den letzten Wochen. Wir müssen noch alles einkaufen, falls wir über Weihnachten nicht verhungern wollen. Getränke sind auch aus.« Pfeifend zog er von dannen, die hübsche Jenni an seiner Seite. Jenni, die ihr damals schon Stefan Kornblum weggeschnappt hatte.

»Willst du nicht wenigstens kurz bei meiner Mutter vorbeischauen?«, rief sie ihm hinterher. Margareta war sprachlos über so viel Desinteresse.

»Grüße sie schön. Ich sehe sie ja morgen.«

Der hatte tatsächlich nichts anderes im Kopf als Getränke und Lebensmittel, um sich zum Fest der Völlerei hinzugeben. So eine Träne, dachte Margareta und ging noch einmal hinab in den Keller, wo zwei Männer mit Masken gerade dabei waren, die Leichenteile in eine Zinkwanne zu legen. Wirklich kein schöner Anblick, der sich ihr bot, aber irgendwie interessant.

Einer der Männer hielt ein verrostetes Kettchen in der Hand, betrachtete es kurz und legte es auf einen Mauervorsprung ab. Margareta nahm es heimlich an sich und verschwand aus dem Keller. Sie steckte die Kette in einen kleinen Beutel und diesen in ihre Manteltasche, zog ihn im Treppenhaus wieder hervor und besah sich das Teil. Der winzige Anhänger an diesem verrosteten Kettchen erinnerte sie an eine Taube. Gab es damals schon Taubenväter? Wann begann dieser Sport im Ruhrgebiet?

Zurück am Küchentisch ihrer Mutter, tröstete sie die völlig aufgelöste Hilde. »Es muss sich nicht um Paul handeln.« Die beiden Frauen wollten, dass Margareta ihnen genau schilderte, wie der Tote aussah beziehungsweise das, was von ihm übrig war. Zum Glück hatte sie mit ihrem Smartphone ein Foto geschossen. Sie versicherte Hildchen, dass Thomas alles daransetzte, um den Mörder zu finden. Dabei wusste Margareta genau, dass sie diesen Fall aufklären würde.

Thomas Scheffel trug aus Protest seine Jogginghose und die dazu passende Kapuzenjacke. So gehen lassen hatte er sich am Heiligen Abend noch nie. Dass Waltraud dieses Jahr wegen des Umbaus bei ihrer Tochter Margareta feierte, fand er ja noch okay, schließlich brachte sie eine Schüssel Kartoffelsalat und einen Berg Würstchen mit. Doch dass ihre Freundin Hildchen auch anwesend war, war nicht eingeplant gewesen. Dieses barmherzige Samaritertum widerte ihn an.

Natürlich war der Leichenfund tags zuvor Thema Nummer eins. Das aufgebrezelte Hildchen fragte den Hauptkommissar Löcher in den hervorstehenden Bauch. Am liebsten wäre er zu seinem Haus nach Herten gefahren. Die Kälte dort in den Räumen hinderte ihn jedoch daran. Da gab es auch keinen Weihnachtsbaum, und der Kühlschrank war leer. Außerdem war er nicht der Typ, der gerne alleine war, besonders nicht zu Weihnachten. Auf die Frage, was er als Nächstes unternehmen würde, zuckte er mit den Schultern und fauchte die alte Frau an, dass sie das einen feuchten Kehricht angehen würde. Als Scheffel das Geschnatter der drei weinseligen Frauen gänzlich auf den Keks ging, verzog er sich mit seinem bunten Teller ins Schlafzimmer.

Am ersten Feiertag machte sich Hildchen mit einem Weihnachtsstern unter dem Arm auf, um Alwin im Pflegeheim zu besuchen. Es schneite dicke Flocken und war lausig kalt. Die Großbaustelle Zechensiedlung lag brach. Einige Fenster waren noch vernagelt, und durch die Ritzen konnte man Lichter eines Weihnachtsbaumes erkennen. Trotzdem wollte keine Weihnachtsstimmung bei Hildchen aufkommen. Sie wusste nicht, ob sie Alwin noch immer für den Mörder halten sollte. Margareta Sommerfeld hatte ihr die Augen geöffnet, gesagt, dass durchaus andere Menschen infrage kommen könnten. Margareta hatte sie auch schon fast davon überzeugt, dass die Leiche nicht zwangsläufig Paul sein musste.

Als sie das Pflegeheim betrat, stürzte Schwester Gisela auf sie zu, um ihr zu berichten, dass es Herrn Urbanski gar nicht gut gehe.

Hildchen fand ihn im Bett liegend, schweißgebadet, mit hochrotem Kopf. Trotzdem entschied sie sich, ihm von dem Leichenfund im Keller vor zwei Tagen zu berichten. Darauf kam es nun auch nicht mehr an, sagte sie sich. Was kommt, das kommt.

Alwin hörte sich alles an, sagte nichts.

»Als ich das letzte Mal hier war, wolltest du mir was erzählen, bist dann aber eingeschlafen, Alwin. Was wolltest du mir sagen?« Gebannt starrte sie dem alten Mann auf seine aufgesprungenen Fieberlippen. Was erwartete sie? Ein Geständnis? Dass er Paul umgebracht hatte, am

Tag bevor dieser zur Front einberufen worden war? Dass er ihn dann irgendwo versteckt und später, als der neue Beton gegossen wurde, da reingepackt hatte? Wollte sie das hören?

»Ich wollte dir was sagen? Das weiß ich gar nicht mehr.«, sagte Alwin flüsternd und dachte nach.

Mutig näherte sich Hildchen ihm. Eine Aceton-Wolke, die seinem Mund entwich, nebelte sie ein. »Hast du Paul umgebracht? Aus Eifersucht?«

Tränen kullerten Alwin über seine faltigen Wangen. »Nein, habe ich nicht. Wir haben uns am späten Abend vor seiner Abreise gestritten. Natürlich ging es um dich. Paul hatte Angst, dass du und ich zusammenkommen würden. Dabei warst du doch noch ein Kind. Kaum elf Jahre alt.«

»Was wolltest du mir dann sagen?«, bohrte Hildchen nach.

»Der Brief, den du zwei Jahre später bekommen hast. Erinnerst du dich? Der war nicht von Paul. Den habe ich geschrieben. Du hast dich so gefreut.« Mit einem Lächeln auf den Lippen kämpfte der Mann gegen den Schlaf an. »Am Fenster gegenüber hat uns der alte Lukowski beobachtet, als wir gestritten haben. Doch der ist tot, der kann nichts mehr sagen.«

Hildchen musste schmunzeln. Die Lukowskis waren die Piraten der Siedlung gewesen. Ständig hing einer von ihnen am Fenster, auch nachts.

Als Alwin kurz darauf für immer einschlief, verließ Hildchen weinend das Zimmer. Seine letzten Worte waren: »Du hast so schön getanzt, du kleine Bunkerprinzessin!«

Margareta hatte die Faxen dicke. Den jammernden Liebhaber in seinem ausgebeulten Jogginganzug, die beiden alten Frauen und nur ein Thema: der Leichenfund. Thomas äußerte sich am ersten Weihnachtstag überhaupt nicht dazu, stank weiter vor sich hin, verlangte nach einer warmen Mahlzeit.

Margareta hing am PC, stellte Nachforschungen bezüglich des Taubensports im Ruhrgebiet an, reinigte das Kettchen mit dem winzigen Anhänger und bestaunte es etliche Male.

Weil der Herd kalt blieb, bestellte Margareta Pizza. Seine verzehrte Thomas auf dem Sofa sitzend im Wohnzimmer vor dem TV und sprach kein Wort.

Gegen 14 Uhr klingelte es an der Tür. Eine verzweifelte Hilde Stein bat um Einlass. Seufzend bat Margareta die alte Frau in die Küche und hörte sich ihr Leid bei Kaffee und Christstollen an. Alwin sei tot, habe gestanden, nichts mit dem Toten im Keller zu tun zu haben. Allerdings habe er den Liebesbrief geschrieben, den Hildchen 1947 angeblich von Paul erhalten hatte.

Von dem Taubenkettchen erzählte Margareta Hildchen nichts, fragte sie jedoch Löcher in den Bauch, wer früher in der Siedlung Tauben hatte.

Als hätte sie ein Ventil geöffnet, sprudelte Hildchen los und erzählte mit leuchtenden Augen von damals, Taubengeschichten vom Allerfeinsten. Auch die Bunkerprinzessin-Geschichten durften nicht fehlen. Hildchen blühte regelrecht auf.

Thomas schmiss wütend die Wohnzimmertür zu und stellte den Fernseher lauter.

Morgen geht er, stand für Margareta plötzlich fest. Das Maß war voll.

Immer wieder fiel der Name Lukowski, der den schönsten Taubenschlag in der Siedlung gehabt haben soll. Sein Taubenschlag habe sogar den Krieg unbeschadet überstanden. Alle seien neidisch auf ihn und seine Tauben gewesen. »Aber der Lukowski war ein blöder Kerl, hing dauernd am Fenster im ersten Stock des Wohnhauses und beobachtete die Leute, die vorbeikamen. Alwin hatte erzählt, dass Lukowski den Streit zwischen ihm und Paul am Abend vor Pauls Abreise beobachtet habe. Ob Lukowski was mit dem Toten zu tun hat? Ein schäbiger Kerl war das. Der hat sich mit allen gezankt. Einmal wurden ihm zwei Zähne ausgeschlagen, die blieben unersetzt. Er hatte kein Geld, und die Krankenkasse hat die Kosten damals nur übernommen, wenn fünf Zähne nebeneinander gefehlt haben.«

»Wann ist dieser Lukowski gestorben?« Margareta war neugierig geworden. Lukowski, ein Mörder?

»Gar nicht. Zumindest nicht hier. Das war damals eine echte Sensation. Von heute auf Morgen ist er kurz nach Kriegsende mit der Ulrike aus dem Konsum abgehauen. Ein ganz junges Ding. Und er war damals bestimmt schon 40 Jahre alt.« So wie Hildchen das betonte, bekam man den Eindruck, dass Männer mit 40 allesamt Greise waren.

»Wie hieß diese Ulrike mit Nachnamen? Wohnte die auch in der Siedlung?«

»Ulrike Fischer. Ja, die wohnte direkt neben dem Konsum.«

Demnach musste diese Ulrike, die laut Hildchen ein echtes Flittchen gewesen sein soll und die Kerle beim Obst abwiegen angemacht habe, heute um die 90 Jahre alt sein, falls sie noch lebte, schlussfolgerte Margareta.

Erst gegen Abend verzog Hildchen sich. Kurz drauf erschien Waltraud, Margaretas Mutter, die unbedingt in Sachen Kellerfund auf den neuesten Stand gebracht werden wollte.

Am zweiten Feiertag wurde der aufmüpfige Thomas Scheffel vor die Wahl gestellt. Falls er in Margaretas Wohnung bleiben wolle, müsse er sofort die Ermittlungen in dem Mordfall Betonleiche aufnehmen.

Zähneknirschend stimmte Thomas zu. Margareta hatte sehr gute Vorarbeit geleistet. Sie händigte ihm auch das Kettchen aus.

Und siehe da, er wurde noch zwischen Weihnachten und Neujahr fündig.

Der Tote war nicht Paul Tomaschewski, sondern Erwin Lukowski, der nicht mit dem jungen Ding verschwunden war. An Hand des Zahnstatus – zwei ausgeschlagene Vorderzähne – und der Kette mit dem Taubenanhänger, die ihm von der Reisevereinigung für die beste Taube verliehen worden war, konnte man ihn identifizieren.

Ulrike Fischer weilte noch unter den Lebenden, hockte in einem Altersheim im Wiehengebirge. Thomas machte sich sogar die Mühe, die alte Frau aufzusuchen. Sie sei nicht mit dem geilen Lukowski durchgebrannt. Ihre Brüder, Emil und Fritz, hätten ihm einen Denkzettel verpassen wollen, weil er die junge Schwester nicht in Ruhe gelassen habe. Bei der Prügelei sei er die Kellertreppe hinuntergefallen und mit dem Kopf unglücklich an einer Steinstufe aufgeschlagen. Die Betonarbeiten seien den beiden Brüdern gerade recht gekommen. So hatten sie eine Entsorgungsmöglichkeit für den Kerl gefunden. Sie selbst sei zu einer Tante ins Wiehengebirge geschickt worden, wo sie kurz darauf einen Landwirt geheiratet habe. Das Gerücht, sie sei mit dem Lukowski durchgebrannt, habe sich sehr schnell in der Zechensiedlung verbreitet. Irgendwann war jedoch Gras über die Sache beziehungsweise Beton über Lukowski gewachsen.

21 »TANZTEE MIT TOMMI«

Bad Sassendorf

Volles Haus im Tagungszentrum Bad Sassendorf. »Tanztee mit Tommi« nannte sich diese Veranstaltung und Margareta fragte sich, was sie eigentlich am vierten Advent hier machte.

In fünf Tagen war Weihnachten, und sie wusste noch nicht, ob sie dann zu Hause sein wollte. Sie hatte die Faxen dicke! Als sie gestern ihren Partner Thomas Scheffel dabei beobachtet hatte, wie er ohne Maß und Ziel Weihnachtsplätzchen in sich hineinstopfte, hatte sie nur noch weggewollt.

Würde es wieder so ein Weihnachtsfest wie im letzten Jahr werden, als sie die Leiche im Keller des Hauses gefunden hatten, in dem ihre Mutter wohnte? Nichts mit Tannenduft und Lichterglanz. Das Jahr davor war Thomas' Mutter ermordet worden. Auch nicht viel besser.

Jedenfalls erschauderte sie beim Anblick ihres Freundes, wenn der in seinem Jogginganzug breitbeinig auf der Couch saß. Und das tat er meistens.

Innerhalb von einer halben Stunde hatte sie ihr Köfferchen gepackt und es in ihr Auto geladen. Ohne Gruß war sie davongebraust. Als Ziel war ihr nichts Besseres eingefallen als Bad Sassendorf. Die Autobahn war frei gewesen, das Wetter wenig winterlich. Im Forellenhof hatte sie ein Einzelzimmer bekommen.

Nach einer erholsamen Nacht in einem wunderschönen, modernen Zimmer zu 77 Euro pro Nacht inklusive umfangreichem Frühstück, war sie mehr oder weniger herumgegammelt, hatte im italienischen Lokal »Cappuccino« eine Pizza gegessen und im Kurpark, der mit einer puderzuckerdünnen Schneeschicht überzogen war, einen Spaziergang gemacht. Der Besuch des Weihnachtsmarktes hatte ihre Stimmung auch nicht aufgehellt. Ähnlich wie der Markt bei ihr zu Hause bot er Gegrilltes, Reibeplätzchen, Kunstgegenstände, Glühwein und Kakao, gebrannte Mandeln und auch viel Schnick an. An der Kurverwaltung war ihr ein Plakat ins Auge gestochen: »Tanztee mit Tommi«. 15 Uhr sollte das Event im Kongresszentrum beginnen. Spaß und Freude wurden versprochen. Ein Mann im mittleren Alter mit Pisspottpony und winziger Brille hatte sie aus dem Plakat heraus angegrinst. Seine lila Weste und das strahlend weiße Hemd hatten letztendlich den Ausschlag gegeben. Wieso nicht mal Spaß haben, nach so viel Stress in den letzten Wochen, hatte sie sich gesagt. Sie hatte als Privatdetektivin einigen Männern Untreue nachgewiesen, und ihre Kasse klingelte. Der Kerl, den sie zu Hause sitzen hatte, war zwar nicht untreu, doch er lebte mit seinen 43 Jahren wie ein Großvater. Dabei war er fünf Jahre jünger als Margareta.

Sie hatte auf ihre Uhr geschaut und bemerkt, dass die Veranstaltung bereits in einer Viertelstunde losging.

Und nun saß sie hier. Nur ungern hatte der verkniffen schauende Kerl sie hereingelassen, da alles ausgebucht war. Zu »California Blue« tanzten dicht gedrängt überwiegend ältere Menschen, schmuckbehangene Damen und herausgeputzte Herren in altertümlichen Anzügen, allesamt fröhliche Gesichter, Harmonie pur. Und mittendrin ein strahlender Tommi an seiner riesigen Orgel, das Mikrofon nah an seinem Mund. In echt sah er viel älter aus als auf dem Plakat. Doch mit seinen flotten Sprüchen, die er zwischendurch losließ, versprühte er gute Stimmung.

Einige Pärchen, die an den Tischen saßen, schauten sich tief in die Augen und flirteten, was das Zeug hielt. Margareta verstand: Mindestens die Hälfte der Anwesenden war mit einem Kurschatten hier.

Es folgten Hits wie »Atemlos« von Helene Fischer, etliche Howard-Carpendale-Songs wie »Wegen dir«, »Hello again« und so weiter.

Verzückt starrte Margareta auf ihr Kuchenstück und das Kännchen Kaffee. In ihren Beinen begann es zu kribbeln. Ach, wäre das schön, mal wieder zu tanzen, dachte sie. Sie überlegte, wann sie zum letzten Mal getanzt hatte. Das musste schon sehr lange her sein. Thomas hasste Tanzen, und Schlager sowieso. Er stand mehr auf klassische Musik.

Verträumt beobachtete Margareta die tanzenden Paare. Sie staunte über die Ausdauer dieser älteren Männer, die sich zur Musik im Kreise drehten, wie junge Götter. Manche schmissen ihre langen Stelzen dabei weit von sich, andere tanzten stocksteif.

Sie war ganz in Gedanken versunken, als sich ein Mann in ihrem Alter zu ihr herunterbeugte und freundlich fragte, ob er sich zu ihr setzen dürfe. Die anderen beiden Menschen, die am Tisch saßen – zwei Verliebte im fortgeschrittenen Alter – bekamen nichts mit, schauten sich nur gegenseitig tief in die Augen.

Margareta nickte. So ein junger Mann? Was will der hier? Ist der etwa auf der Suche nach einer Frau? Vielleicht nur für eine Nacht? Dann auch gerne was Älteres? Nachts sind alle Katzen grau. Der dunkelhaarige Mann mit der adretten Scheitelfrisur, den Margareta auf Mitte 40 schätzte, hatte ein lustiges Bärchengesicht, schöne blaue Augen und ein wahnsinnig liebes Lächeln.

Er setzte sich zu ihr an den Tisch. Mit seinen Augen fixierte er sie und verwickelte sie sofort in ein Gespräch. Wohnhaft in Sassendorf sei er. Sein Name: Tim Obermeier. Er schaue fast jedes Mal vorbei, wenn Tommi zum Tanz aufspiele. Und ja, er sei Single, habe die passende Frau noch nicht gefunden. Unter seinem blauen, goldbeknopften Jackett trug er ein blaugestreiftes Hemd. Etwas altertümlich, sein Outfit, aber sehenswert.

Auch Margareta stellte sich vor und verschwieg ihm dabei nicht ihren Partner Thomas Scheffel. Sie erzählte sogar von den Gewitterwolken, die in der Adventszeit am Liebeshimmel aufgezogen waren und dass sie ein paar Tage Abstand brauchte, um zu sich zu kommen.

»Och, so kurz vor Weihnachten? Das tut mir leid. Das renkt sich bestimmt wieder ein. Wollen wir tanzen?« Völlig selbstlos bemühte er sich um Margareta, ganz Kavalier alter Schule.

Keine zwei Minuten später legten die beiden zu dem neuesten Hit der Gruppe »Fantasy« eine flotte Sohle aufs Parkett. Dass sein kleines Bäuchlein dabei den ihren streifte, störte sie überhaupt nicht. Er war ein wunderbarer Tänzer, konnte sicher führen. Margareta war begeistert. Obwohl man ihn nicht gerade als Adonis bezeichnen konnte, war er ein toller Kerl. Margareta lebte förmlich auf. Tanzen! Das war es! Wieso war sie nicht eher dar-

auf gekommen? Ein Antidepressivum der ganz besonderen Art.
Nach drei Hits an einem Stück schlug er eine Tanzpause vor, führte sie galant an den Tisch zurück und stürzte sich auf seinen Kuchen. Während er das Pflaumenteil mit der ordentlichen Portion Sahne verzehrte, berichtete er ihr, was er schon alles bei den Tanznachmittagen erlebt hatte. Nichts Abwertendes, alles freundlich. Es war jedoch nicht so, dass Tim nur erzählte und Margareta nicht zu Wort kommen ließ. Immer wieder stellte er interessiert Fragen und lauschte ihren Antworten. Von ihrem Beruf war er total begeistert. Eine private Ermittlerin habe er noch nie kennengelernt. Er sei medizinischer Bademeister und im Kurzentrum beschäftigt.

Eine Idealbesetzung, dachte Margareta. Ein empathischer Mitarbeiter, und der halbe Kurerfolg war sicher. Er berichtete von den armen Hausmütterchen und teilweise ausgezehrten Frauen, die sich daheim für die Familie abschufteten, und dabei Unze für Unze ihrer Schönheit und ihres Sexappels dabei aufgefressen wurden. In der Kur, besonders an diesen Tanznachmittagen, fanden sie wieder Lebensmut, lernten einen Mann kennen, der ihnen Komplimente machte, sie ein wenig verwöhnte, ihnen den Lebensmut zurückgab, wenn auch nur für eine Nacht. Er würde sein Übriges dazutun. Sie massieren, ihnen die Bäder und Packungen sowie Inhalationen anrichten und sich ihre traurigen Geschichten anhören.

»Da hast du echt einen tollen Beruf. Ich wusste bisher gar nicht, was ein medizinischer Bademeister alles leistet.« Sie schaute auf seine gepflegten Hände und spürte sie überall an ihrem Körper.

Keine Viertelstunde später drehten sich die beiden wieder auf der Tanzfläche, und Margareta ließ sich von Tims starken Armen durch den Raum führen, während Howie sein »Deine Spuren im Sand« sang.

Bis zur letzten Minute kosteten die zwei den Tanznachmittag aus. Tim bestand darauf, Margareta zum Hotel Forellenhof zu begleiten. Es war zwar erst 19 Uhr, doch schon stockdunkel.

Am Hotel sahen sich in die Augen und verabschiedeten sich mit Küsschen rechts und Küsschen links. Wie dicke Freunde. Seine Einladung zu einem Abendessen lehnte sie ab, nahm jedoch sein Angebot an, ihr am nächsten Morgen einen Massagetermin zu besorgen. Er notierte sich ihre Handynummer.

Glücklich und erschöpft suchte sie ihr Zimmer auf und schaltete den Fernseher ein. Gedanklich schwebte sie noch immer über die Tanzfläche des Kongresszentrums. Einen solchen Mann hatte sie noch nie kennengelernt. So etwas Liebes aber auch. Ein Freund mit ehrbaren Absichten, der sie nicht über die Matratze ziehen wollte.

Drei Anrufe in Abwesenheit! Thomas! Obwohl sie keine Lust hatte, sich mit ihm auseinanderzusetzen, schnaufte sie tief durch und rief ihn zurück. Nein, sie wisse nicht, wann sie nach Hause komme. Ja, könnte schon sein, dass sie bis nach Weihnachten bleibe. Nein, sie wisse nicht, ob sie ihm noch einmal verzeihen könne.

Was sollte sie ihm auch verzeihen, fragte sie sich. Seine bescheuerte Art?

Nach dem Gespräch mit Thomas atmete sie tief durch und rief ihre Mutter an. Bringen wir es hinter uns, sagte sie sich. Waltraud wusste noch nichts von ihrer überstürzten Abreise.

Guten Mutes marschierte Margareta nach dem Frühstück durch den romantischen Kurpark mit seinen imposanten Fachwerkbauten in Richtung Börde-Therme am anderen Ende des Parks. Es hatte geschneit und alles sah recht weihnachtlich aus. Vorbei am Schnitterhof, der mit Lichterketten und hübschen Tannenbäumen auf Weihnachten einstimmen wollte.

Vor gut zwei Stunden hatte sich Tim freudig erregt telefonisch gemeldet, um ihr den Massagetermin um 11 Uhr zu bestätigen. Eine Dame habe abgesagt. Ganze 40 Minuten habe er für Margareta eingeplant. Und wenn sie schon mal da sei, könne sie auch eine Runde im Thermalbad schwimmen.

Margareta hatte dieses Thermalbecken in nicht allzu guter Erinnerung. Vor einigen Jahren war sie dort – übrigens auch zur Weihnachtszeit – auf Kommissar Blauländer gestoßen. Sie schüttelte sich kurz, um diese unangenehme Erinnerung zu verdrängen.

In den letzten Jahren hatte sich hier nicht viel verändert. Das Gradierwerk nebenan war erneuert worden und auch die Außenbecken des Thermalbades. Innen blitzte alles vor Sauberkeit und roch nach Schwimmbad, was Margareta so gerne mochte.

Auf dem Gang zu den Massageräumen kam ihr Tim schon entgegen, ihr toller Tänzer vom Vortag. Als sie in seine gletscherblauen Augen sah, wähnte sie sich in einem Liebesroman. Dann dieses Lächeln. Einfach zauberhaft. In seinem Brandt-Zwieback-Jungengesicht tauchten zwei Grübchen auf. Frisch gewaschenes Haar und ein strahlend weißer Anzug machten den medizinischen Bademeister perfekt. So ein Glück, ihn getroffen zu haben, dachte Margareta, während sie hinter ihm herlief. Ein Mann, der nicht versuchte, sie anzubaggern, abzuschleppen, oder wer weiß was mit ihr zu veranstalten. Alles fand auf einer höheren Ebene statt, glaubte sie jedenfalls.

In dem Raum, in den er sie führte, duftete es nach Amber und Vanille, wofür eine kleine Duftlampe verantwortlich war. Oranges Licht und ein plätschernder Springbrunnen machten die Wohlfühloase vollkommen. Die Liege war mit einem orangefarbenen Handtuch bedeckt. Tim dimmte das Licht des riesigen Salzkristalls und bat Margareta, sich mit dem Gesicht Richtung Boden auf die Liege zu legen. Sie zog sich bis auf den Slip und den BH aus und legte ihre Kleidung auf einen kleinen Cocktailsessel.

»Aber Margareta, es handelt sich um eine Ganzkörpermassage, da musst du dich ganz frei machen«, sagte Tim schmunzelnd und wollte ihr wie einer senilen Alten auf die Liege helfen.

Dann ging es los. Er beträufelte ihre Haut mit einem Apfelsinen-Duftöl, begann oben am Nacken und ließ seine Schlangenhände über ihren gesamten Körper wandern. Mal stärker, mal ganz zart. Er versetzte Margareta mit seinen Zauberhänden regelrecht in Trance. Leise Pianomusik tat ein Übriges.

So eine Massage hatte sie noch nie erlebt. Und niemals solche Hände. Er war nicht nur ein toller Tänzer, sondern auch ein wahnsinniger Masseur. Mit leiser Stimme redete er auf sie ein. Eine Art Mantra, immer die gleichen Worte. Sie hatte mal gelesen, dass Mantrasingen den Körper in harmonische Schwingungen versetzte. Wie gut das tat!

Als seine Zauberhände ihr Hinterteil erreichten, wollte sie ihm zuerst Einhalt gebieten, dachte sich dann aber, dass er wusste, was er tat. Mit sanftem Druck gruben sich seine Hände in ihre Muskeln, kneteten, klatschten und rieben, dass sie hin und weg war. Das Mantrasingen ging in ein Brummen über, die Hände wanderten an ihren Oberschenkeln entlang und schoben sie sachte auseinander.

Was hatte der Kerl vor? Doch ein gerissener Verführer? Sie wollte ihn stoppen, fand jedoch nicht die Kraft dazu, gab sich ihm hin.

Irgendwann durchbrach das laute Klingeln eines Weckers die erotische Stimmung, und Tim schaltete auf seriösen Bademeister, half ihr von der Liege und verschwand ohne Gruß aus dem Raum. Taumelnd zog Margareta sich an, wartete einen Augenblick, ob er wieder auftauchen würde, verließ dann das Zimmer und begab sich zum Thermalbad. Sie brauchte jetzt dringend Abkühlung.

Während sie ihre Bahnen in dem Becken zog, suchten ihre Augen nach Tim. Massierte er schon an der nächsten Frau herum? Was war das eben?

Zum Abendessen lud er sie in das Lokal »Zur Rosenau« ein, weil sie es abgelehnt hatte, ihn zu Hause zu besuchen und sich von ihm bekochen zu lassen. Kurz nachdem sie gegen 14 Uhr die Börde-Therme verlassen hatte, hatte Tim sich auf ihrem Smartphone gemeldet und so getan, als sei nichts gewesen.

Nun saßen sie bei Steak und Salat an einem adventlich gedeckten Tisch mit Kerzenschein, der sich in den gefüllten Rotweingläsern widerspiegelte.

»Wieso wolltest du nicht zu mir nach Hause kommen? Hast du etwa Angst? Ich kann gut kochen und hätte dir mein berühmtes Zitronenhähnchen serviert.« Er sah enttäuscht aus. Sein Lächeln wirkte traurig.

»Nein, ich habe keine Angst. Aber ich habe bei solchen Nach-Hause-Einladungen schon so viel erlebt, dass ich misstrauisch bin. Entweder fand ich eine erschreckende Einrichtung vor, oder eine Hexe von Mutti war mit von der Partie. Irgendwann wird man da vorsichtig. Das ging nicht gegen dich. Außerdem bin ich in festen Händen.«

»Das weiß ich doch, Margareta!« Seine Stimmung hellte sich auf. Er erzählte ihr von seiner Wohnung. Neubau. Drei Zimmer mit Balkon, in der Alleestraße, 690 Euro kalt.

»Nicht gerade billig. Ich wohne auch in einer Alleestraße, ebenso meine Mutter.«

»Ja, das ist eine Komfort-Wohnung mit allem Schnick und Schnack«, erzählte er voller Stolz.

Verdiente ein medizinischer Bademeister so viel? Warmmiete mit Garage, da war er locker 1.000 Euro pro Monat los. Oder hatte er irgendwelche Nebeneinnahmen? Sie musste wieder an seine Zauberhände denken, und kalte Schauer liefen über ihren Rücken.

Nach dem wunderschönen Abend war sie sich jedoch sicher, dass Tim ein ganz harmloser Vertreter war.

Am Dienstag landete sie nach mehreren Telefonaten mit Thomas und ihrer Mutter Waltraud wieder unsanft auf dem Boden der Tatsachen. Fahr nach Hause, sagte sie sich. In drei Tagen ist Weihnachten. Du hast noch so viel zu tun. Du hattest eine tolle Auszeit, schöne Tage mit dem wunderbaren Tim, der lieb war, tanzen und massieren und vor allem gut zuhören konnte. Nachdem er sie vorhin noch einmal ordentlich durchgeknetet hatte, dieses Mal weniger erotisch und ohne Grummeln, gönnte sie sich im überfüllten Brunnenhaus-Café ein Stück Torte und ein Kännchen Kakao.

Tim hatte sie zum Abendessen eingeladen, in sein Reich in der Alleestraße. Seine treuen Augen hatten sie so bittend angesehen, dass sie nicht hatte absagen können. Er würde ihr schon nichts tun.

Gegen 18 Uhr schlug sie bei ihm auf und war vom ersten Augenblick an geblendet. Diese tolle Wohnung, diese Einrichtung, in die er überhaupt nicht hineinpasste in seiner Jeans, die ihm bis unter die Brust reichte und mit einem Gürtel fixiert war. Dazu trug er ein langärmliges, bunt gestreiftes Polo-Shirt.

Möbel aus dem Schöner-Wohnen-Journal, eher spartanisch die gesamte Einrichtung. Ein Mix aus alt und neu. Die Küche ein Traum in Weiß. Wie souverän er sich bewegte, als würde er den ganzen Tag nichts anderes tun als kochen und Gäste bewirten.

Als sie endlich das Zitronenhuhn mit Kroketten und Ofengemüse vor sich stehen hatte und einen kräftigen Schluck von dem Sauvignon Blanc nahm, fragte sie sich, wann er das zubereitet hatte, wann dafür eingekauft, wenn sein Dienst erst gegen 16 Uhr beendet gewesen war. Ein Dessert sollte es auch noch geben. Ein winziges Schoko-Küchlein mit flüssigem Kern.

Im Erker im Wohnzimmer stand ein geschmückter Weihnachtsbaum, der sie an zu Hause denken ließ.

Margaretas ungutes Gefühl wurde immer stärker. Etwas stimmte hier nicht. Das war doch nicht die Wohnung eines Single-Bademeisters. Die gesamte Einrichtung sah nach viel Geld aus. Sie kannte ihn nun seit drei Tagen, und er hatte noch keine Anstalten gemacht, mehr als ein Freund für sie sein zu wollen.

Während er sein Küchlein aß, sah er sie mit sehnsuchtsvollem Blick an und griff nach ihrer Hand. »Bleib über Weihnachten, Margareta. Sei mein Gast. Ich würde dich gerne verwöhnen. Dich bekochen und dich massieren. Gib uns eine Chance.« Bei dem Wort »massieren« riss er die Augen weit auf.

»Ich muss nach Hause. Da sind Thomas und meine Mutter. Das musst du verstehen. So schön die Tage mit dir auch waren.«

Beim Abschied sah er sie traurig an, nahm sie in seine starken Arme und drückte sie kräftig an sich. »Bleib doch«, flüsterte er.

Nein, er war ein Mann aus Fleisch und Blut, kein geschlechtloses Wesen, sagte sie sich, als sie am Mittwochmorgen hektisch ihren Koffer packte und zu ihrem Wagen eilte. Ob sie sich noch einmal persönlich von ihm verabschieden sollte? Lieber nicht.

Es hatte erneut geschneit und war spiegelglatt auf dem Gehweg und auf den Straßen. Margareta war nicht wohl bei dem Gedanken, gleich über die Autobahn fahren zu müssen.

Tim war traurig. Die ganze Nacht hatte er an Margareta gedacht. So eine Frau hätte er gerne an seiner Seite. Gutaussehend, gebildet, humorvoll. Er wusste, dass sie Bad Sassendorf heute nach dem Frühstück verließ. Kurz entschlossen rief er seinen Chef an und teilte ihm mit, dass er ein Stündchen später komme, er wolle vor der Arbeit noch zum Arzt. Er zog sich seinen warmen Mantel an, dazu die passende Biberpelzmütze und machte sich auf den Weg zum anderen Ende der Alleestraße.

Schon von Weitem sah er ihren Wagen in der Parkbucht. Soeben schloss sie den Kofferraum und stieg ins Auto. Er rannte, so schnell es der vereiste Gehweg zuließ. »Halt, warte, Margareta! Warte auf mich! Ich muss dir noch etwas sagen«, rief er in die kalte Luft. Doch sie hörte ihn nicht.

Margareta startete den Motor und schaute in den Rückspiegel. Sie legte den Rückwärtsgang ein und gab Gas. Wegen des vereisten Untergrunds fanden die Reifen zunächst keinen Halt und der Wagen setzte sich nicht in Bewegung. Margareta drückte fester auf das Gaspedal und schoss plötzlich aus der Parkbucht. Sie nahm einen Knall war, spürte einen Widerstand.

Was hatte sie überfahren? Bestimmt eine Katze. Und das zu Weihnachten!

Sie wollte keinen Ärger, legte den Vorwärtsgang ein und brauste davon.

Tim lag regungslos am Boden. Mit dem Kopf war er unglücklich gegen einen Blumenkübel gefallen, nachdem ihn das Auto erwischt hatte. Blut schoss aus seinem Hinterkopf, durchtränkte die Biberpelzmütze.

»Margareta«, flüsterte er ganz leise. »Ich wollte mich nur von dir verabschieden.«

Das waren seine letzten Worte, bevor er die Welt mit einem Lächeln auf den Lippen verließ.

22 »BRATWURSTDUFT UND GLÜHWEINRAUSCH«

Recklinghausen

Die Tür ging auf und Sven schob sich aus seinem kleinen Reihenhaus in der Bergknappenstraße in Recklinghausen. Lausig kalt war es eine Woche vor Weihnachten. Er fühlte sich einsam. Was nützte das schönste Haus, wenn er alleine war?

Seine Eltern waren im letzten Jahr auf der Fahrt in den Urlaub verunglückt. Ihm waren das Haus und ein paar Ersparnisse geblieben. Wie schön war es gewesen, als seine Mutter ihn, den fast 30-jähringen Bären, noch so richtig verwöhnt hatte. Er hatte in seinem Zimmer unter dem Dach gehockt, ferngesehen, gebastelt oder am PC gezockt. Die Mutter hatte seine Wäsche gemacht und ihn bekocht. Frauen hielten es bei ihm nie lange aus, da sie seine Hobbys nicht teilten und nicht so wollten wie er. Erst recht nicht sofort Sex. Sie wollten reden, ausgeführt werden, Freunde besuchen. All das waren Dinge, die Sven nicht mochte.

Im letzten Jahr hatte er auf dem Weihnachtsmarkt an der Würstchenbude seiner Nachbarn Frank und Lissi Ramona kennengelernt. Sie war ganz anders gewesen als seine bisherigen Errungenschaften, die auf dem Weihnachtsmarkt nur shoppen, stöbern, Schlittschuh laufen, Freunde treffen, Glühwein und Punsch trinken und Musik hören wollten. Ramona hatte ebenso gerne gegessen wie er, viel und fettig, nicht viel Wind um ihr Aussehen gemacht und war im Bett eine Granate gewesen. Nach den Festtagen hatte sie sich jedoch vom Acker gemacht. Wieso, wusste Sven bis heute nicht.

Ob er in diesem Jahr wieder so eine Frau kennenlernen würde? Er würde sich wie immer in der Weihnachtszeit an der Grillbude »Bratwurst & Schaschlik« aufhalten, drei bis fünf Bratwürste essen, mindestens drei Töpfe Kakao trinken, die Leute beobachten und abwarten, dass die Richtige vorbeikommen würde. Sie musste keine Schönheit sein, konnte ruhig auch was auf den Rippen haben. Die Dicken waren gemütlicher, wusste er.

Er lauschte nach nebenan. Das Haus von Lissi und Frank lag ruhig da. Seine Nachbarn waren bestimmt schon auf dem Weihnachtsmarkt und heizten Grill und Bräter an. Seit Simba, der Golden Retriever der Nachbarn, nicht mehr lebte – irgendein Schwein hatte ihn vergiftet –, war es drüben noch ruhiger. Der Sohn kam selten nach Hause, seit er den Hund nicht mehr hüten musste. Sven mochte zwar keine Hunde, doch er verstand nicht, wie man so ein Tier töten konnte. Simba war ihm oft auf den Keks gegangen, wenn er sich durch die Hecke gepresst und mit großer Freude Löcher in seinen Rasen gegraben hatte. Häufig hatte er an der Terrassentür gekratzt und nach Wurst gebettelt. Svens Eltern hatten den Hund zu ihren Lebzeiten sehr verwöhnt.

Links wohnte Raimund Schibilski, ein knurriger Witwer, mit dem er kaum Kontakt hatte. Der Rentner verschlief den lieben langen Tag und lebte nur vom Alkohol.

Knappe fünf Kilometer waren es bis zum Weihnachtsmarkt in der Altstadt. Svens Magen knurrte. Er hätte vorher etwas essen sollen. Sich ständig den Bauch mit Würsten und Kakao vollzuschlagen, hatte seinen Preis. Die Nachbarn gaben ihm keinen Rabatt. Und so viel verdiente er als Landschaftsgärtner schließlich auch nicht. Bei diesem Frostwetter war oft Kurzarbeit angesagt.

Mit seinem alten, zerbeulten VW-Käfer fand er schnell einen Parkplatz, stieg aus, stopfte sich eine Zigarette in den Mund und machte sich auf den Weg. Sein Blick fiel auf die matschige braune Pampe am Straßenrand, die vor ein paar Tagen noch weißer, unschuldiger Schnee gewesen war. Bis eine Heerschaar Hunde, klein und groß, ihre Riesenhaufen im Schnee versinken lassen und mit ihrem Urin den Schnee gelblich verfärbt hatten. Na ja, dieses Jahr gab es einen Bello weniger, obwohl Simba niemals durch die Stadt gelaufen war und seine Geschäfte irgendwo verrichtet hatte, wo es nicht angebracht war.

Schnell hatte er den Stand der Nachbarn erreicht. Die Kinnladen von Lissi und Frank fielen beim Anblick von Sven herunter. Lissi nickte nur und drehte weiter ihre Würste um. Frank rührte in der Schaschlik-Soße. Erst drei Kunden hatten sich an den Stand verirrt. Es war ja auch noch früh, nicht einmal 12 Uhr.

Eine Dame im schmutzigen Wintermantel mit unmöglicher Fettfrisur orderte eine Curry-Wurst mit Pommes Schranke. Unter dem Arm trug sie einen sauteuren erzgebirgischen Schwippbogen und bestaunte diesen immer wieder.

Dafür gab sie Geld aus, dachte Sven. Sie sollte sich lieber einen neuen Mantel kaufen, den man ihr drüben bei KiK schon für ein paar Euro hinterherwarf, und sich mal den fettigen Kopf schamponieren und beschneiden lassen. Stattdessen ergötzte sie sich sicherlich zu Hause in ihrer überfüllten Assibude an so einem Scheiß.

Sven hatte nichts aus den Kartons mit der Weihnachtsdeko, die im Keller ruhten, gekramt, um das Haus weihnachtlich zu schmücken. Wozu? Er war froh, wenn die Feiertage vorbei waren.

»Na, alles klar? Wieder eine Bratwurst?«, fragte ihn sein Nachbar Frank und suchte die dunkelste Wurst aus, um sie in ein ebenso verkohltes Brötchen zu stopfen und ihm zu reichen. »Koch dir lieber mal was Gescheites. Gemüse und Kartoffeln.«

»Kümmere dich um deinen eigenen Dreck«, meinte Sven und griff gierig nach der Wurst.

Lissi knallte ihm einen Becher Kakao auf die Theke. »Bist du wieder auf Brautschau? Nicht so einfach, was?« Es folgte ein gehässiges Lachen.

Sven zog die Schultern hoch und sagte nichts mehr. Obwohl er die beiden Nachbarn nicht mochte, zog es ihn täglich zu ihnen an den Stand. Ebenso gut könnte er seine Wurst an einem anderen Stand auf dem Weihnachtsmarkt essen. Litt er etwa unter einem Stockholm-Syndrom? Er sympathisierte mit diesen Leuten, obwohl sie ihn blöd behandelten. Oder lag es daran, dass sie sich gut mit seinen Eltern verstanden hatten? War ihm egal. Es war so und fertig.

Zwei Würste später gesellte sich eine spindeldürre hässliche Blondine mit krausem Haar zu ihm, grinste ihn an und zeigte dabei zwei riesige Hasenzähne. Die Flippers sangen »Leise rieselt der Schnee«. Lissi grinste sich ins Fäustchen und zwinkerte Sven zu.

Die Frau im braunen Steppmantel, der Sven an Morgenmantel und Krankenhaus erinnerte, bestellte sich eine Wurst mit Krautsalat und drängte ihm ein Gespräch auf. Zweifelsohne war die Dame einsam. Genau wie er. Da hatten sie was gemeinsam. Doch ging es ihm dreckig genug, um mit diesem Monster, Moni hieß sie, anzubandeln? Er wechselte ein paar Worte mit ihr, zahlte seine Zeche und machte sich auf den Heimweg.

Frank war wütend auf Sven. Seit sein geliebter Simba tot war, war er auf vieles wütend. Die Trauer fraß ihn regelrecht auf und er musste sich zusammenreißen, jeden Tag seine Arbeit am Imbissstand aufzunehmen.

Frank hatte Angst vor Heiligabend. Das erste Weihnachtsfest ohne seinen Hund. Wie sollte er das überstehen? Noch stürzte er sich, obwohl es ihm schwerfiel, in die Arbeit vom frühen Morgen bis zum späten Abend. Ablenkung! Das war für ihn die einzige Möglichkeit, nicht zu oft an Simba, den niedlichen Golden-Retriever-Rüden, zu denken. Sie waren eine Symbiose gewesen. Lissi, Simba und er. Und dann war er vor zwei Wochen mit Schaum vor dem Mund im Garten gelegen und hatte ganz doll gehechelt. Wie ein Irrer war er mit seinem Liebling zur Tierklinik nach Recklinghausen gerast, die weinende Lissi neben sich. Die Ärzte dort hatten alles versucht. Doch es war zu spät gewesen. Simba war innerlich verblutet. Man hatte in seinem Bauch Wurststücke mit Teilen einer Rasierklinge gefunden. Wer hatte so etwas über seinen Gartenzaun geworfen?

Die ersten Tage ohne seinen geliebten Hund hatte Frank kaum überstanden. Er war in seinem TV-Sessel gesessen und hatte geheult. Immer wenn es Gassizeit war, hatte ihn das heulende Elend doppelt stark getroffen.

Der Weihnachtsmarkt und seine Bude »Bratwurst & Schaschlik« lenkten ihn ab. Die Hilfskraft, die er eingestellt hatte, damit noch Zeit für Simba blieb, hatte er nach Hause geschickt. Simba war Geschichte. Er würde arbeiten, bis er umfiel.

Nach dem ersten Schock war ihm ein Verdacht gekommen, wer es gewesen sein könnte. Sven, der Nachbarssohn! Der blöde Kerl war völlig abgedriftet, seit seine Eltern verunglückt waren. Er hatte Simba gehasst, nur er konnte ihm das angetan haben! Er hatte ihn aus seinem Garten verjagt. Mit Stöcken nach ihm geworfen. Dabei hatte es Simba so einen Spaß gemacht, sich durch ein enges Loch im Zaun zu quetschen, um in den Nachbargarten zu gelangen. Dort hatte es immer ein Stückchen Fleischwurst für ihn gegeben. Doch seit das nette Ehepaar verunglückt war, war Schluss mit Leckerchen gewesen.

Sven hatte den gutmütigen Hund nicht gemocht. Was war schlimm an einem kleinen Loch im Rasen, das Simba mit großer Freude gegraben hatte?

Als Sven zum ersten Mal in dieser Saison an seinem Stand aufgetaucht war, war Franks Wut noch größer geworden. Am liebsten hätte er seinen Kopf in das sprudelnde Fett der Fritteuse getaucht.

Als Sven am nächsten Tag wieder gekommen war, hatte er beschlossen, es ihm heimzuzahlen. Wenn er den dämlichen Blick des jungen Mannes schon sah, der nur an seinen Stand kam, um eine verfressene Tussi abzuschleppen. Im letzten Jahr war es die übel aussehende Ramona gewesen, gestern hatte er ein Auge auf die spindeldürre Moni geworfen. Es musste etwas geschehen. Das war er Simba schuldig. Frank musste seinen inneren Frieden finden.

Noch sechs Tage bis Heiligabend. Noch fünf Tage Weihnachtsmarkt. Und dann? Würde er an den freien Tagen in ein schwarzes Loch fallen?

Gegen Mittag kreuzte Sven auf und bestellte seine obligatorischen Bratwürste. Dazu soff er laut schlürfend den Kakao. Ihm etwas in die heiße Flüssigkeit zu schütten, könnte gefährlich werden. Was, wenn die Töpfe vertauscht wurden und ein anderer Gast das Zeitliche segnete? Nein, das Risiko war zu groß. Er musste sich etwas anderes einfallen lassen.

Um 14 Uhr standen Sven und diese spindeldürre Moni noch immer an seinem Stand, an dem es an diesem Tag ganz schön Gedränge gab. Sven lud die Frau auch noch ein und konnte anschließend kaum bezahlen, kratzte die gesamte Barschaft aus seiner alten Börse zusammen. Für über 20 Euro hatten sie gespeist und getrunken. Wenn sich Monis Mund beim Lachen großzügig öffnete, blickte man in eine sanierungsbedürftige Kiesgrube. Eine Geruchswolke, die ihn an gekochten Blumenkohl erinnerte, zog zu Frank herüber.

»Lass uns zu Weihachten wegfahren, Schatz«, sagte er zu seiner Lissi und behielt dabei Moni im Auge, die Sven heute anscheinend besser gefiel als tags zuvor.

Und was sagte seine Holde, die nie gerne in Urlaub fuhr? »Daran habe ich auch schon gedacht, Franky! Rolf wird Verständnis dafür haben.« Ihr verwöhnter Sohnemann würde es auch mal ohne sie aushalten.

Ob er in einem überfüllten Urlaubsort weniger an Simba denken musste?

Irgendwann schwirrten das dünne Gerät und sein Nachbar Sven ab. Morgen tauchte er wieder hier auf, war Frank sich sicher. Dann waren es nur noch vier Tage. Es musste etwas geschehen.

Am Abend, es fing gerade an zu schneien, entzündete Frank eine Grabkerze für Simba in seinem Garten. Er befreite liebevoll den wunderschönen Grabstein, den er eigens für Simba hatte anfertigen lassen, vom Schnee. Anschließend kroch er unter die Hecke, suchte mit der Taschenlampe zum x-ten Mal den ganzen Garten nach etwas Verdächtigem ab.

Er stellte sich hinter die Hecke zum Nachbargarten und glotzte in Svens Wohnzimmer. Laute Musik schallte durch die Scheiben. Die Rollläden hatte er nicht heruntergelassen. Svens laute, dämliche Stimme ließ ihn erschaudern. Dieser Mörder, dachte er. Sven war nicht allein. Moni saß neben ihm auf der altertümlichen Blumenmustercouch und quiekte wie eine Irre. Wahrscheinlich haben sie sich mit Alkohol abgefüllt. Da haben sich zwei gefunden.

Frank war nicht der Einzige, der Sven beobachtete. Von der anderen Gartenseite aus konnte er Raimund Schibilski sehen, wie er an der Hecke hing und ebenfalls in das erleuchtete Wohnzimmer starrte. Schibilski war ein echter Menschenhasser und äußerst unbeliebt in der Siedlung. Er nahm Kindern den Ball weg, wenn er über seinen Zaum flog. Einen Jungen hatte er sogar wegen einer Nichtigkeit in seinen Stall gesperrt, bis die Polizei vor seiner Tür stand. Ein richtig übler Zeitgenosse war er jedoch erst geworden, als seine Hannelore vor ein paar Jahren das Zeitliche gesegnet hatte. Der Krebs hatte sie aufgefressen.

Kopfschüttelnd und völlig verfroren ging Frank zurück in sein Haus. Sollte er wegziehen? Wäre das eine Lösung?

Drei Tage vor Weihnachten. Franks Stand war gut besucht, auch Sven war da.

Frank beobachtete ihn. Auf Svens Stirn trat Schweiß. Er zitterte. Zitterte und starrte ihn an. Wie lange würde es noch dauern, bis der Kerl zusammenbrach? Vor einigen Minuten hatte Frank ihm die Würste gereicht, die er für ihn präpariert hatte. Er hatte zu Hause Rasierklingen aus dem Drogeriemarkt mit einer kleinen Zange in winzige Stücke geteilt und in einen kleinen Beutel gesteckt, diesen anschließend in seiner Hosentasche verschwinden lassen. Am Stand hatte er sich kaum konzentrieren können, bis Sven endlich aufgetaucht war.

Lissi hatte ihm immer wieder warnende Blicke zugeworfen, die so viel heißen sollten wie: »Lege mal einen Zahn zu!«

Als Sven vorhin gekommen war, hatte Frank zwei besonders schöne Würste genommen, seine Tütchen aus der Hosentasche gezogen und an der Anrichte an der Rückseite des Stands, mit dem Rücken zu Sven, die Rasierklingenstücke in die Würste gedrückt. Hatte Sven es ebenso gemacht? Die Würste für seinen Simba so fachmännisch präpariert?

Er hatte die Würste auf einen Pappteller gelegt, zwei Brötchen dazu und Sven den Teller gereicht. »Geht aufs Haus, Junge. Guten Appetit!«, hatte er gesagt.

Sven hatte Bauklötze gestaunt. Ebenfalls seine Begleitung Moni, die sich mit ihrem dünnen Arm dämlich grinsend an seinen Edelparka gehängt hatte. Auch Lissi war verwundert gewesen über die Großzügigkeit ihres Mannes.

Seither wartete Frank. Nach zehn Minuten, beide Würste hatten sich bereits in Svens Bauch befunden, war noch immer nichts geschehen. Frank hatte sich gewundert. Müssten die Klingen nicht beim Schlucken wehtun? Wann würde er Blut spucken? Würde er auch so hecheln wie Simba?

Jetzt, nach 20 Minuten, zeigten sich die ersten Anzeichen. Sven wurde bleich im Gesicht, die Augen quollen ihm hervor. Er begann stark zu zittern.

Frank grinste in sich hinein. Lissi ahnte, dass Frank schuld an Svens Zustand war.

Nach weiteren zehn Minuten würgte Sven, Blut und Schleim traten aus seinem Mund, und er übergab sich. Sein Gesicht war kreideweiß.

Moni weinte hysterisch. »Sven, sag doch was. Was ist mit dir?« Dann wandte sie sich an Frank. »Was haben Sie ihm gegeben? Sie Trottel!«

»Er hat das bekommen, was er verdient hat«, sagte er. Im selben Moment wurde ihm bewusst, dass er besser die Klappe gehalten hätte. Die Kripo würde schnell dahinterkommen, und dann saß er zu Weihnachten im Gefängnis. Wollte er das? Darüber hatte er noch gar nicht nachgedacht.

Sven klappte winselnd zusammen und kam vor Franks Imbissstand auf dem Boden zum Liegen. In weiter Ferne hörte er das Martinshorn des Rettungswagens. Eine Viertelstunde später transportierte man Sven ab. Die keifende Moni stets an seiner Seite, die in einer Tour Hetzparolen gegen Frank ausrief. »Der hat ihn umgebracht! Seine Würste sind vergiftet!«

Die umstehen Passanten zuckten zusammen und verließen fluchtartig die Bude. Im wenigen Minuten war sogar die Polizei vor Ort, um ihn zu befragen.

Das hätte ruhiger vonstattengehen müssen, wurde Frank klar. Er hatte gar nicht an Lissi gedacht. Dass er Weihnachten im Knast verbringen müsste, war ihm relativ egal. Doch was war mit Lissi?

Nach einer Stunde – der Stand war inzwischen wie leer gefegt – tauchten Hauptkommissar Scheffel und seine Kollegin Gehrke auf, um Frank zu befragen und anschließend die Bude dicht zu machen. Frank war so fertig, dass er die Tat gestand und dem Kommissar sogar den Beutel mit den restlichen zerkleinerten Rasierklingen aushändigte.

Aus der Klinik kam die Nachricht, dass Sven durch einen Not-OP gerettet worden war. Es ginge ihm den Umständen entsprechend.

»Warum nur? Aus welchem Grund wollten Sie Ihren Nachbarn töten?«, fragte Scheffel ihn kopfschüttelnd.

»Er hat meinen Hund umgebracht. Auf dieselbe Art und Weise. Mein geliebter Simba musste sterben, weil er ebenfalls präparierte Wurststückchen gegessen hat, die Sven bei uns im Garten ausgelegt hat.« Frank dachte nach. Hätte er ihn besser erschlagen sollen und in seine Kühltruhe stecken? Und ihn später, wenn der Winter vorbei gewesen wäre, im Wald vergraben? Nein, das wäre der schlimmen Tat nicht gerecht geworden. Er sollte leiden, wie Simba gelitten hatte. Und das hatte geklappt. Noch war er nicht über dem Berg.

Lissi brach zusammen und musste von einem herbeigerufenen Notarzt versorgt werden. »Warum nur, Franky? Warum hast du das getan?«, flüsterte sie pausenlos.

Nach einem mehrstündigen Verhör im Polizeipräsidium durfte Lissi, der es etwas besser ging, ein letztes Mal mit Frank sprechen. Todtraurig saßen beide im Vernehmungszimmer.

»Wie konntest du das bloß tun, Franky? Man wird dich einsperren und verurteilen. Versuchter Mord. Davon wird unser Simba auch nicht wieder lebendig.«

Frank zuckte nur mit den Schultern. Besser fühlte er sich nicht. Die Gerechtigkeit war nicht wiederhergestellt worden. Er fühlte sich leer und ausgebrannt. Das hätte Simba sicherlich nicht gewollt.

Am nächsten Tag bekam er in seiner U-Haft-Zelle Besuch von Kommissar Scheffel. »Ihr Nachbar, dieser Sven, den ich heute schon kurz verhören konnte, streitet es ab, Ihren Hund getötet zu haben. Sie haben sich eventuell umsonst strafbar gemacht.«

»Das sagt er doch bloß. Er war es!«

»Und wenn nicht?« Scheffel hatte seine Zweifel.

Es waren die traurigsten Feiertage, die Lissi je erlebt hatte. Am Neujahrstag – es hatte geschneit und die Sonne schien – ging sie in den Garten, um eine neue Kerze für Simba anzuzünden. Nebenan bei Sven war alles ruhig. Lissy hatte ihn im Krankenhaus besucht. Er hatte immer wieder beteuert, mit Simbas Tod nichts zu tun zu haben.

Am Nachmittag klingelte es an der Tür. Raimund Schibilski stand sternhagelvoll davor und wollte ihr ein frohes neues Jahr wünschen. »Jetzt biste den blöden Köter los und auch deinen Mann. Das mit dem Nachbarn ging ja in die Hose.« Ein dreckiges Lachen verließ seinen Mund.

»Du warst es, Schibilski! Du hast unseren Simba getötet!«, fiel es Lissi plötzlich wie Schuppen von den Augen.

»Wenn du dir einen neuen Köter anschaffst, geht der auch wieder übern Jordan, das verspreche ich dir. Dieses dämliche Gekläffe will ich hier nicht. Hast du kapiert?«

23 »PLÄTZCHENDUFT UND MANDELKERN«

Westerholt

Ein eiskalter Wintertag, der Samstag vor dem vierten Advent. Weihnachtlich beleuchtete Fachwerkhäuser, Ruhe und Frieden. Das Alte Dorf Westerholt. Es fehlte in keinem Reiseführer. 60 windschiefe Fachwerk-Bruchbuden, am Rande eine Kirche, mehr nicht, fand Thomas. Brigitte wohnte mit ihren vier Kindern in der Kronengasse, in einer Vier-Zimmer-Wohnung mit niedlichem Vorgarten vor dem Haus. Zimmer konnte man die kleinen Hasenställe nicht nennen. Thomas bekam Platzangst, da die Fenster dermaßen klein waren, dass er kaum hätte seinen Kopf durchstecken könnte, wenn er gewollt hätte.

Brigitte, kurz Gitti genannt, war jedenfalls eine tolle Frau, die er im Internet kennengelernt hatte. Der Zufall wollte es, dass sie beide in Westerholt wohnten. Thomas allerdings in einer modernen Neubauwohnung. Die Kinderschar, zwischen drei und neun Jahre alt, hatte sie ihm lange Zeit verschwiegen, sich von ihm ausführen, bekochen und verwöhnen lassen. Er mochte Gitti, sie war blond und schlank, fuhr voll auf sie ab. Ja, die war es, hatte er sich nach drei Monaten gesagt. Er war das Singleleben so satt gewesen und hatte Gitti, die äußerlich seinem Beuteschema entsprach, eines Abends vorgeschlagen, zusammenzuziehen, den Weg gemeinsam zu gehen.

Sie müsse ihm noch etwas gestehen, hatte die sonst so redegewandte Frau gemeint und war verstummt. Nach einiger Zeit war sie damit herausgerückt, dass sie keine Erzieherin sei – das heiße, in gewissem Sinne schon, – sondern zu Hause ihre eigene muntere Schar hüte und von Hartz IV lebe.

Da war ihm klar geworden, wieso sie ihn bis dahin nie zu sich nach Hause eingeladen hatte. Immer, wenn sie sich trafen, hatte sie einen Nachbarn oder die Oma zum Aufpassen organisiert.

Thomas war sprachlos gewesen. Natürlich hatte er ihr nicht gesagt, dass er Kinder nicht ausstehen konnte. Er hatte sich das Kleinvolk erst einmal angesehen.

Am ersten Advent war er zum Kaffeetrinken eingeladen gewesen. Dachte er da noch an brav am Tisch sitzende, kakaoschlürfende und kuchenessende Kinder, die Jungen mit gezogenem Scheitel, die Mädchen mit geflochtenen Zöpfen, war er schnell eines Besseren belehrt worden. Die wilde Horde war durch alle Räume gesprungen, über Tische und Bänke, hatte nebenher den Kuchen gegessen, alles vollgeschmiert und gekrümelt, den Kakao verschüttet und seine neue Jeans versaut.

So toll Gitti auch war, er würde lieber auf sie verzichten und sich nach einer kinderlosen Alternative umsehen, hatte er sich nach diesem Nachmittag vorgenommen. Die Kinder mochten ihn ebenfalls nicht, hatten mit Bauklötzen nach ihm geworfen und ihn bespuckt.

Genau drei Mal hatte er das Spielchen in ihrer engen Bude mitgemacht, denn ganz so egal war ihm Gitti doch nicht.

Gestern war sie auf eine Idee gekommen, wie er ihren Kindern näherkommen könnte. Er sollte mit der Rasselbande Plätzchen backen. Allein. Sie würde derweil mit ihrer Freundin Susi zu einem Wellnesstag aufbrechen.

Punkte sammeln durch Plätzchen backen? Thomas war skeptisch.

Nach einer durchwachten Nacht hatte er sich jedoch dafür entschieden. Auf Gitti wollte er noch nicht verzichten. Hätte er sich nicht so weit aus dem Fenster lehnen sollen mit seinen angeblichen Backkünsten? Okay, er hatte letztens für seine Arbeitskollegen im Büro einen Zitronenkuchen gebacken. Backmischung von Dr. Oetker. Gestern Abend hatte er sich noch einige Plätzchenrezepte aus dem Internet heruntergeladen. Einen Fleischwolf hatte Gitti, ebenso kleine Ausstechformen. Damit würden die Kinder beschäftigt sein, hoffte er. Plätzchen ausstechen, anschließend mit Zuckerguss glasieren und Teig durch den Fleischwolf drehen, um Spritzgebäck entstehen zu lassen, dessen Enden man in Schokoglasur tauchen könnte.

Im Alten Dorf angekommen, betrat er die heimelige Wohnung. Die Kinder waren wenig begeistert. Was hatte er als Kind Eifer gezeigt, als er zur Oma gegangen war, um mit ihr Plätzchen zu backen.

Ole, der Älteste der vier stand Kaugummi kauend mitten in der Küche und starrte ihn an. Mia, ein Jahr jünger, gab ihm Tipps, wusste alles besser. Diese kleine Dicke mit der Prinz-Eisenherz-Frisur hatte er gefressen. Miss Neunmalklug. Mit der würde er noch Freude haben.

Frida, vier, und Nils, drei Jahre alt, steckten noch in ihren Schlafanzügen. Thomas bekam den Auftrag, sie zu waschen und anzuziehen.

Gitti war total overstylt und rannte hektisch mit ihren High Heels durch die Wohnung. Sie wollte los, wartete nur auf ihre Freundin.

»Also, ich bin gegen Abend zurück. Mittags kochst du den Kindern am besten Nudeln. Dazu eine Tomatensoße. Wenn was ist, rufst du mich an. Oder du klingelst nebenan bei Gerard.«

»Ich würde viel lieber mit Gerard Plätzchen backen als mit Thomas. Der mag uns nicht. Aber wir ihn auch nicht.« Gelangweilt schaute Ole Thomas an.

»Ihr gewöhnt euch schon aneinander«, sagte Gitti, küsste die Kinder der Reihe nach und war zur Wohnungstür hinaus.

Kaum war die Mutter aus dem Haus, plapperten alle auf einmal los, die Kleinen krabbelten auf die Eckbank, um das Geschehen am Tisch genau mitzubekommen. Ole und Mia kramten die Zutaten aus dem Kühlschrank. Schüsseln hatte Gitti schon bereitgestellt. Mit zitternden Händen las Thomas die ausgedruckten Rezepte, doch nichts blieb in seinem Kopf hängen. Die Geräuschkulisse lenkte ihn dermaßen ab. Der DVD-Player ließ Rolf Zuckowski Weihnachtslieder singen, begleitet von den Kindern.

Irgendwann war der Teig für das Spritzgebäck fertig, und Ole schrie wie am Spieß, dass er damit den Fleischwolf, der an der Tischplatte befestig war, befüllen wolle. Er sei schließlich der Älteste. Mia schmiss ihr Glas mit Limo um, Frida ließ ein rohes Ei vom Tisch rollen.

Thomas atmete tief durch und war im Begriff, einfach zu verschwinden. Wieso tat er sich das hier an, fragte er sich. So schön war Gitti schließlich auch nicht.

Tatsächlich hatte er es geschafft, zwei Bleche Spritzgebäck noch fast hell aus dem Ofen zu holen. Ole hatte sich beim erneuten Befüllen des Wolfes den Finger geklemmt und dick bepflastert. Nun saß er heulend auf der Eckbank. Bevor Mia sich auch noch verletzte, übernahm Thomas den Part an der Maschine. Die Kleinsten liefen mit wildem Gesang durch die ganze Wohnung, schrien und lachten.

Irgendwann klatschte der genervte Thomas in die Hände und rief: »So, nun stechen wir Plätzchen aus, Kinder.«

Vor Begeisterung kreischend stürmte die Horde zum Tisch. Thomas ging das Rezept durch und stellte fest, dass zu wenig Butter da war.

Er gähnte und überlegte, was zu tun war. Sein Blick suchte Ole. »Du nimmst deine Schwester Mia, und ihr lauft zum nächsten Supermarkt und kauft Butter. Los, zieht euch eure Jacken an.«

»Wir dürfen nicht alleine zum Einkaufen. Ich bin erst neun Jahre alt. Ich war noch nie alleine im Supermarkt«, jammerte Ole ängstlich.

»Du gehst zusammen mit deiner Schwester. Ist doch noch hell draußen. Ihr geht bis zum Ende der Straße, dann biegt ihr rechts in die Schlossstraße ein, kommt dann auf die Kolpingstraße, anschließend wieder rechts auf die Turmstraße, die führt euch auf die Bahnhofstraße, links geht es dann zu Rewe.«

»Ich weiß, wo man gehen muss, war ja schon oft mit Mama da.« Ole zog ein Gesicht, als würde er gleich anfangen zu heulen.

»Du bist nicht allein. Mia ist bei dir.« Thomas wurde langsam ungeduldig. Er drückte dem Jungen zwei Euro in die Hand und schob die Kinder aus der Wohnung.

»Und wenn das Geld nicht reicht?« Ole besah sich das Zwei-Euro-Stück.

»Dann hast du Pech gehabt.«

Thomas schaltete den Fernseher ein und setzte die beiden Kleinen davor. Ruhe! Endlich etwas Ruhe. Widerwillig beseitigte er das Chaos vom Mittagessen. Tomatensoße, überall Tomatensoße und vergossene Limo. Hatte er das nötig? Okay, Gitti war blond und hatte einen strammen Hintern. Doch rechtfertigte das diesen Stress?

Es klopfte an der Tür. Klopfen statt Klingeln bedeutete, dass es Gerard sein musste.

Vor der Tür stand Gittis Nachbar und bester Freund, von dem sie Thomas schon oft die Ohren vollgestrunzt hatte. Er hatte sich diesen Kerl jedoch ganz anders vorgestellt. Die Durchschnittlichkeit dieses Mannes haute ihn um. Mitte 30, schütteres Haar, zu einem Zopf gebunden, winzige Nickelbrille. Typ ewiger Student. Was er beruflich machte, hatte ihm Gitti nicht gesagt, sondern nur mit den Schultern gezuckt. Wahrscheinlich wusste sie es auch nicht, oder sie wollte nicht sagen, dass er nichts machte. Er habe bis vor Kurzem mit seiner alten Mutter zusammengelebt, habe sie bis zu ihrem Tod gepflegt.

»Ich bin Gittis Nachbar Gerard«, stellte er sich vor. »Alles klar?«

»Natürlich. Wieso auch nicht?« Thomas mochte diesen Mann nicht, der versuchte, über seine Schulter hinweg in die Wohnung zu glotzen.

Und da kamen auch schon Frida und Nils angelaufen. Heulend warfen sie sich Gerard in die dünnen Arme.

»Der hat Ole und Mia einkaufen geschickt. Die sind schon ganz lange weg. Bestimmt haben sie sich verlaufen«, beklagte Frida sich.

Fassungslos ging Gerard einen Schritt auf Thomas zu. »Sind Sie noch zu retten? Sie können so kleine Kinder doch nicht alleine losschicken!« Wie selbstverständlich ging Gerard durch in die Küche. Die Kinder hängten sich an ihn und wollten getröstet werden.

»So klein sind sie nun auch nicht mehr. Ich bin früher öfters mal zum nächsten Laden gegangen. Da war ich noch viel jünger. Bis zu Rewe sind es höchstens 500 Meter.«

»Wenn ich das schon höre: früher. Wie lange sind sie denn weg?« Gerard machte sich ernsthaft Sorgen, trocknete die Tränen der Kleinen und putzte ihnen die Nasen.

»Höchstens eine Stunde. Die kommen schon wieder.« Thomas sah die Angelegenheit gelassen und war sich keiner Schuld bewusst.

»Ich bleibe bei den beiden Kleinen und Sie gehen los und suchen sie.« Gerard sah Thomas böse an.

»Bin ich bekloppt? Bei der Kälte? Die trudeln bestimmt gleich hier ein.«

Nach einer Stunde war Gerard noch immer nicht zurück. Inzwischen war es 18 Uhr und stockdunkel draußen. Thomas hörte den Schlüssel im Schloss der Wohnungstür und atmete auf. Gitti, na endlich, dachte er. Sie würde eine Lösung parat haben.

Frida und Nils liefen der gut gelaunten Mutter in die Arme und brüllten los, erzählten beide gleichzeitig schluchzend, was passiert war.

Gitti traute ihren Ohren nicht und sah Thomas, der gähnend auf dem Küchenstuhl saß, wütend an. »Du hast meine Kinder alleine losgeschickt, um Butter zu holen? Sag mal, bei dir piept es wohl!« Hysterisch lief sie auf Thomas zu und packte ihn mit beiden Händen an seinem Pullover, zerrte voller Panik an ihm herum.

Thomas gab ihr einen Schubs und schrie sie an: »Jetzt

bleib mal auf dem Teppich! Dein Nachbar wird sie gefunden haben und mit ihnen irgendwo hingegangen sein.«

»So einer ist Gerard nicht. Auf den kann ich mich hundertprozentig verlassen.«

»Ach ja? Wieso bist du dann nicht mit ihm zusammen? Wo er so toll mit den Kindern klarkommt.« Hämisch grinste Thomas sie an.

»Ja, das stimmt. Mit den Kindern kann Gerard gut. Für mich ist er nur ein Freund. Als Partner gefällt er mir rein optisch nicht.«

Gitti zog ihr Handy aus der Tasche und versuchte Gerard zu erreichen. Er nahm ihren Anruf entgegen. Wenig später beendete sie erleichtert das Gespräch und atmete tief durch.

»Er hat sie fast zwei Stunden gesucht und sie in einer kleinen Nebenstraße gefunden. Sie hatten sich verlaufen. Nun sitzen sie bei Reul in der Gaststätte und trinken einen Kakao. Ole und Mia wollten nicht nach Hause, was ich verstehen kann.« Abfällig sah sie auf Thomas herab.

»Das darf doch nicht wahr sein! Ich komme hier um vor Sorgen, und der Kerl sitzt in einer Kneipe?«

»Du machst jetzt besser den Abgang. Bist nicht mal in der Lage, auf meine Kinder aufzupassen.« Gitti hatte die Faxen dicke und wollte ihn nicht mehr sehen.

»Kinder? Das sind Monster! Null Benehmen haben die. Außerdem war das deine Idee, diese Backaktion.«

Gitti schaute auf den Teller mit dem Spritzgebäck. »Nicht mal in Schokolade habt ihr sie getaucht. Und wo sind die ausgestochenen Plätzchen?«

»Wir hatten keine Butter mehr. Das sagte ich schon. Die sollten die Kinder ja holen.«

»Ich fasse es nicht! Wie kann man kleine Kinder bei Eis und Schnee zum Einkaufen losschicken? Du hättest selbst gehen sollen, und Gerard hätte auf die Kinder aufpassen können.«

Während die zwei Kleinen im Wohnzimmer einen Zeichentrickfilm ansahen, besah Gitti sich den Fleischwolf. »Der ist ja noch ganz dreckig. Nicht mal spülen kannst du. Hier in den Ecken sitzt noch Teig. Ebenso an der Schraube. Ekelhaft!« Sie nahm den Fleischwolf prüfend in ihre Hände.

»Weißt du was? Es ist besser, du suchst dir einen anderen Kerl. Schreib aber dann sofort dazu, dass du vier unmögliche Blagen hast. So schön bist du auch wieder nicht, dass man die in Kauf nimmt.«

Voller Wut schwang Gitti den Fleischwolf hin und her, nahm Maß und donnerte Thomas das Teil auf den hübschen Kopf. Dieser Lackaffe, dachte sie, als er blutend zusammenbrach. Keinen Deut besser als all die anderen war er.

Schon ein paar Sekunden später erwachte sie aus der Schockstarre, verließ die Küche, schloss die Tür, schnappte sich ihre beiden Kinder und rannte panisch mit ihnen aus der Wohnung. Nur weg, dachte sie.

Im Treppenhaus begegnete sie Gerard sowie Ole und Mia, die gerade durchgefroren zurückkamen. Nach der herzlichen Begrüßung verschwanden alle in Gerards Wohnung. Zitternd setzte sie sich dort auf einen Küchenstuhl. Keines der Kinder fragte nach Thomas. Sie freuten sich, dass sie wieder zusammen waren.

»Was ist denn passiert?«, wollte Gerard wissen, als er in Gittis Gesicht sah.

»Ich habe etwas ganz Schlimmes getan, Gerard. Du musst mir helfen.« Flehend sah sie ihren Freund und Nachbarn an.

»Wir müssen die Polizei holen, Gitti. Bestimmt bekommst du mildernde Umstände zugesprochen.« Gerard fühlte sich unwohl in seiner Haut. Einen Mord vertuschen? Damit wollte er nichts zu tun haben.

Sie hatten die Kinder vor seinem Fernseher geparkt. Frida und Nils schliefen bereits. Ole war König der Fernbedienung und zappte wild herum.

»Nein, ich will nicht ins Gefängnis! In einer Woche ist Weihnachten. Das kann ich den Kindern nicht antun. Können wir ihn nicht irgendwo entsorgen?« Bittend schaute Gitti den mageren Gerard an. Notfalls müsste sie sich opfern und zärtlich zu ihm werden. Sie würde alles tun, um nicht im Knast zu landen.

Gerard wusste genau, auf was sie anspielte. Doch es war etwas anderes, ob man jemanden, von dem man finanziell abhängig war, zwischenlagerte, damit die Kohle, die er dringend benötigte, weiterfloß, oder einen Ermordeten verschwinden ließ, um Zeit zu schinden. Er hatte keinen Beruf, hatte zigmal versucht, irgendwo Fuß zu fassen, drei verschiedene Studiengänge begonnen, um festzustellen, dass das nichts für ihn war. Er hatte seine Mutter gepflegt. Das war er ihr schuldig gewesen, denn sie hatte ihn, den kleinen Nachkömmling, der ihr mit fast 50 geschenkt worden war, immer nach Strich und Faden verwöhnt. Sie war von selbst gestorben mit 82 Jahren. Der Krebs hatte sie aufgefressen. Ganz nach ihrem Wunsch war sie in seinen Armen eingeschlafen, während er ihren zwei Beamtenrenten hinterhertrauerte. Er brauchte das Geld. So war er auf die Idee gekommen, eine übergroße Gefriertruhe anzuschaffen und seine Mutter da hineinzupacken, bis er sein vor Kurzem begonnenes viertes Studium beendet hatte. Bis dahin würde er allen erzählen, dass seine Mutter zu ihrer Schwester nach Sachsen gereist war.

Das funktionierte bis jetzt ganz gut. Keiner hatte in den letzten Monaten nach seiner Mutter gefragt, alle glaubten die Geschichte der kranken sächsischen Schwester. Er holte pünktlich die Rezepte für Mutters Medikamente beim Hausarzt ab, erzählte, dass es ihr so lala gehe, ihr die Luftveränderung sehr gut bekomme und der böse Krebs Ruhe gebe. Nein, die Mutter wolle dort im Osten keinen neuen Hausarzt, alles solle so weiterlaufen, bis sie wieder hier sei.

Eine schöne Beerdigung hatte er ihr in der Gefriertruhe bereitet, sie in ihr bestes Kostüm gepackt, ihr die Haare gewaschen und gekämmt und sie dezent geschminkt. Ein schönes Rosenkopfkissen – seine Mutter hatte Rosen über alles geliebt – sowie eine passende Decke standen der Verblichenen gut. Besser könnte sie es in einem richtigen Grab, in der Gruft neben seinem Vater, auch nicht haben. Und billig war diese übergroße Gefriertruhe mit einer Breite von 2,07 Meter auch nicht gewesen. Ihm war allerdings klar, dass die Mutter im Keller kein Dauerzustand war.

»Vergiss es.« Gerard sah die heulende, am Tisch sitzende Gitti an. Er dachte an die vier kleinen Kinder, die nebenan in seinem Schafzimmer schliefen wie kleine Engel.

»Außerdem kann ich unmöglich einen weiteren Toten in die Gefriertruhe packen, so viel Platz ist da gar nicht.«

»Hast du vergessen, wer deine Mutter so schön hergerichtet hat? Das Kostüm über ihre steifen Glieder gezerrt hat? Ihr die Haare so toll gestylt hat? Wunderbare Fotos haben wir gemacht. Ich hoffe, du hast sie gut aufbewahrt.«

»Nein, Gitti, das mache ich nicht. Bei mir ist es eine finanzielle Notlage. Ich brauche die beiden Renten meiner

Mutter. Irgendwann werde ich einen guten Beruf haben und genug eigenes Geld verdienen.«

Gitti fing lauthals an zu lachen. »Das glaubst du doch selbst nicht! Du bist 35 Jahre alt und hast noch nichts auf die Kette bekommen. Deine Mutter wird noch in 20 Jahren da unten im Keller in der Gefriertruhe liegen. Was spielt es für eine Rolle, wenn sie für, sagen wir, drei Monate, Besuch bekommt?«

»Und dann? Was wird in drei Monaten sein? Außerdem wird man diesen Thomas vermissen. Seine Verwandten und seine Arbeitskollegen werden nach ihm suchen. Die Polizei wird kommen und dich verhören. Dann fliegt die Sache mit meiner Mutter mit auf. Die schönen Renten sind futsch. Wir beide landen im Kahn!«

Es brauchte sehr viel Überredungskunst, bis Gerard einverstanden war. Sie steckten ihn in zwei Jutesäcke, schleppten ihn die Treppe hinunter, legten ihn auf die Mutter drauf. Anschließend entsorgten sie den Fleischwolf und putzten die halbe Nacht die Küche. Bei einem Glas Wein legte Gitti sich eine Version zurecht, wie und wann Thomas sich vom Acker gemacht hatte. Er wäre mit den Kindern total überfordert gewesen und hätte sie im Stich gelassen, wäre getürmt. Das wollte sie der Polizei erzählen, falls diese den Weg zu ihr finden würde.

Erst einmal war Weihnachten angesagt. Wie eine richtige kleine Familie feierten die sechs das Fest und hatten Thomas schnell vergessen.

24 »MARIA DURCH EIN' DORNWALD GING«

Buer

Es war ein eiskalter verschneiter Wintertag. Der heilige Morgen! Und was machte ich? Ich stand schon wieder an der Gruft meiner Mutter und starrte auf die Grablaterne, in der eine Kerze flackerte. Niemals ausgehen lassen wollte ich sie. Immer wenn ein Licht abgebrannt war, kam das nächste hinein. Mutti sollte es am Heiligen Abend schön haben.

Vier Monate war sie nun tot. War einfach umgefallen. Mit 73 Jahren. Eine Rossnatur war sie gewesen, nie krank. Und dann das schnelle Ende an einem warmen Tag im August. Sie hatte Reibeplätzchen gebraten. Nur für mich. Ich hatte sie von der Arbeit aus besuchen wollen, wie immer, einmal die Woche. Für mich, ihren lieben Sohn Fritz, hatte sie jedes Mal ein schönes Essen zubereitet. Dinge, die Heike, meine Gattin, niemals kochen würde. Weder Reibeplätzchen noch Erbsensuppe mit Schweinepfötchen oder Rippchen mit Sauerkraut.

Heike wollte meine Mutter irgendwann nicht mehr besuchen. Die Alte sei blöd, lüge und betrüge, hatte sie verlauten lassen. Dabei war meine Mutter die reinste Seele gewesen, die ich gekannt hatte. Sie war traurig gewesen, dass Heike sie nicht mehr hatte sehen wollen und den Kontakt abgebrochen hatte.

Heike war froh, dass meine Mutter nun hier unten in der Gruft lag, glaubte ich zumindest. Sie konnte meine Trauer nicht verstehen, meckerte nur an mir herum. Das Schlimmste war, dass sie unsere Töchter Nele und Josie gegen die Oma aufgehetzt hatte, so dass sie die Oma auch nicht mehr hatten besuchen wollen.

Deshalb führte mich mein Weg heute schon ganz früh hierher. Regelrecht gezogen wurde ich. Auf die Frage von Heike, wann ich den Weihnachtsbaum schmücken und die Einkäufe tätigen wolle, hatte ich nur die Schultern gezuckt. Da war mir nicht nach. Hatte denn niemand Verständnis für mich? Mein alter Hausarzt hatte vorgestern den Kopf geschüttelt, als ich eine weitere Verlängerung meiner Arbeitsunfähigkeitsbescheinigung verlangt hatte.

»Herr Bornemann, Sie müssen in Ihren Alltag zurückfinden. Nur zu Hause auf der Couch, das bringt doch nichts. Ab dem 2. Januar ist Schluss mit krank. Da gehen Sie wieder zur Arbeit.« Über seinen dunklen Brillenrand hinweg hatte er mich wütend angeschaut.

Dieser Ochse! Keine Ahnung vom wahren Leben hatte der. Und mein Chef ebenso wenig. Wenn ich nicht bald auf der Matte stehen würde, versetze er mich, hatte er gedroht. Ins Lager! Er wusste, wie ich Gabelstaplerfahren hasste. So etwas machte man nicht mit einem alten Mann wie mir. Immerhin war ich bald 50 Jahre alt. Aber ich ließ mir nicht drohen. Sollte er mich doch entlassen. Wir hatten ja auch noch Heikes Gehalt. Als Buchhalterin verdiente sie nicht schlecht. Und ich könnte mir in aller Ruhe was Neues, weniger Stressiges, suchen. Das hätte

Mutti bestimmt so gewollt. Außerdem hatte ich noch ihre Ersparnisse. 45.000 Euro waren kein Pappenstiel. Ich trug es in einem ledernen Brustbeutel ständig mit mir herum. So war es vor Heike sicher.

Schneeflocken umwehten mich. Mein Mantel war schon fast zugeschneit, als ich mich endlich auf den Heimweg machte, um mich in die Höhle des Löwen zu begeben. Ich verabschiedete mich ordentlich von Mutti und verließ dann das Feld, auf dem sie nun wohnte.

Am Zugang stieß ich mit einer alten Frau zusammen, die mich aus großen blauen Augen ansah. Sie lächelte und grüßte mich freundlich. Ich dachte, mein Herz bliebe stehen. Die Frau sah aus wie meine Mutter! Wie war das möglich? Aus ihrer schwarzen Wollmütze, die voller Schnee war, lugten graue Locken hervor. Sie trug eine schwarzrandige Brille, wie meine Mutter sie zu Lebzeiten getragen hatte. Auch der schwarze Mantel sah ähnlich aus. Sie zog die große Kartoffelnase kraus. Auch diese hatte meine Mutter besessen und ständig auf die gleiche Art gerümpft. Identisch waren der breite Mund und die großen Hasenzähne.

»Du musst Fritz sein. Das spüre ich. Ich bin Maria, die Schwester deiner Mutter.« Ihre sonore Stimme würde besser zu einem Mann passen.

Mir verschlug es die Sprache. Gemeinsam gingen wir zur Gruft. In meinem Gehirn wirbelte alles durcheinander. Schwester? Hatte meine Mutter eine Schwester?

Langsam erinnerte ich mich, und die alten Geschichten, die ich verdrängt hatte, kamen hoch.

Die beiden waren auf einem Bauernhof im Osten in der Nähe von Leipzig aufgewachsen. Bennewitz hieß der kleine Ort. Meine Mutter hatte kein gutes Haar an ihrer drei Jahre jüngeren Schwester gelassen. Ein böses Aas sei sie gewesen, habe sie des Nachts gewürgt, sie im Stall getreten, wenn es ihr nicht schnell genug gegangen war beim Melken. Sämtliche Schulkameraden hatten Blessuren von ihren Quälereien davongetragen. Als sie eines Tages die Nachbarin fast erdrosselt hatte, wegen einer Nichtigkeit, war sie in die Psychiatrischen Kliniken nach Leipzig eingewiesen worden. Meine Mutter hatte ab da von ihrer Schwester Emma nichts mehr sehen und hören wollen. Die bösartige Schwester war der Hauptgrund gewesen, wieso Maria in jungen Jahren bei einem Verwandtenbesuch im Westen geblieben und nicht wieder nach Hause zurückgekehrt war. Bei diesen Verwandten hier in Gelsenkirchen hatte sie ihren Ehemann Paul kennengelernt und ihn wenig später geheiratet. Als Marias Eltern im Osten kurz nacheinander verstorben waren, war der Kontakt nach Bennewitz ganz abgebrochen, worüber Maria nicht böse gewesen war. Nun ruhte Maria neben Paul, der ihr vor zwei Jahren vorausgegangen war.

Nach all dem, was meine Mutter mir erzählt hatte, hätte ich sofort die Flucht ergreifen müssen, doch dieser Blick zog mich in den Bann, ich musste dieser Frau einfach zuhören, war wie gelähmt. Auch die Gestik und Mimik meiner Tante Emma erinnerten mich an meine Mutter, und, so blöd sich das anhörte, sie tröstete mich irgendwie. Ich spürte ein Heimatgefühl. Ja, sie konnte sehr schön reden, erklärte mir mit schönen Worten, wieso sie hier war.

Sie lebe seit einigen Jahren in einem Kloster, dafür habe der Chefarzt der Psychiatrie gesorgt, nachdem es auf verschiedenen Bauernhöfen, wo sie als Magd untergebracht war, nicht geklappt hatte. Im Kloster habe sie einen Posten als Küchenhilfe, dürfe kostenlos wohnen. Eine schlimme

Krankheit habe sie vor zwei Jahren heimgesucht und sich dermaßen verschlimmert, dass der Wunsch in ihr aufgekeimt sei, noch einmal die Schwester zu sehen. Der alte Klosterabt sei ihr behilflich gewesen bei der Suche nach Maria, was gar nicht so einfach gewesen sei, da diese durch die Heirat einen anderen Namen trug. So habe sie erfahren, dass die Schwester verstorben sei. Trotzdem habe sie sich entschlossen, nach Gelsenkirchen zu reisen, um das Grab der Schwester und mich, den Sohn, zu besuchen.

Das alles erzählte sie so lebendig und treuherzig, dass ich an Mutters Überzeugung zweifelte, die Tante, das schwarze Schaf der Familie, sei vom Satan besessen.

»Hast du denn kein Gepäck dabei?«, fragte ich sie mit einem Blick auf die zerfetzte, schwarze Handtasche.

»Das habe ich schon bei deiner Frau abgestellt. Ich konnte den Koffer kaum mehr tragen. Vom Hauptbahnhof in Gelsenkirchen bis hier nach Erle mit der Straßenbahn. Mann, das war eine Strecke.«

Ich bekam das kalte Grausen. Sie war bei Heike gewesen? Wollte die Tante etwa bei uns übernachten? Heike würde ausrasten, und ich wollte die Tante wegen dieser Vorgeschichte auch nicht bei uns haben.

Nachdem sie einige Gebete am Grab meiner Mutter gesprochen und laut gesungen hatte, brachen wir auf. Mir wurden die Knie weich. Keine 300 Meter bis zum Wetterweg, in dem ich mit meinen Lieben ein kleines Reihenhaus bewohnte. Heike würde einen Tanz aufführen, wenn sie uns, zwei verschneite Gestalten, sehen würde.

Doch es wurde halb so schlimm, denn Heike ließ mich samt Tante gar nicht erst ins Haus. Als ich die kleine Veranda betrat, mir den Schnee von den Schuhen stampfte, stand neben dem Koffer der Tante auch meiner. Die Tür ließ sich nicht aufschließen, da der Schlüssel von innen steckte. Auf mein Klingeln reagierten weder meine Frau noch meine beiden Kinder. An meinem Rollkoffer klebte ein Zettel, auf dem kurz und bündig stand: »Mache dich vom Acker! Ich lasse mich scheiden. Den Rest deiner Klamotten kannst du dir nach den Feiertagen abholen.«

Weinend brach ich auf meinem Rollkoffer sitzend zusammen. Ich konnte es nicht fassen, am Heiligabend warf sie mich hinaus! Mir fehlte die Kraft, mich dagegen zu wehren.

Die Tante strich mir mit ihrer dicken Pranke über den verschneiten Kopf. »Ach, dann kommst du erst mal mit zu mir. Die Mönche freuen sich über Besuch.«

»Bis nach Leipzig? Heute noch?« Ich starrte auf mein zugeschneites Auto, dann auf die gefrorene Straße und den vielen Schnee, der vom Himmel fiel. Autofahren konnte ich vergessen. Da käme ich niemals in Leipzig an.

Wie konnte ich nur so blöd sein und mit der alten Tante in den Zug steigen. Schon die Straßenbahnfahrt war die Hölle gewesen. Nur gemeckert hat sie. Dies ist hässlich, das ist schäbig. Im Osten sei alles viel besser. Wenn ich an Heike und die Kinder dachte, stiegen mir die Tränen in die Augen. Wieso hatte ich mich nicht zusammengerissen und ihr in den letzten Wochen alles allein überlassen? An ihr Handy ging Heike nicht. Mir gegenüber die Olle. Ihre Mütze hatte sie abgesetzt, den alten Mantel ausgezogen. Ein Ebenbild meiner Mutter.

Noch kannst du zurück, sagte ich mir. Mir wurde heiß und kalt. Noch stand der Zug im Bahnhof. Steig aus! Doch schon ertönte der Pfiff des Zugführers und der Zug fuhr los.

Was sollte ich in Leipzig? In einem Kloster? Zu mir finden? War das eine Fügung des Schicksals, dass die Alte gerade heute aufgetaucht war? Zu Weihnachten?

Fahrzeit: 5.18 Stunden, zweimal umsteigen, in Dortmund und Hannover. Um 17.17 Uhr würden wir Leipzig erreichen.

Der Mund der Tante stand nicht still. Irgendwann schaltete ich ab und sah aus dem Fenster. Als wir in Dortmund umstiegen, musste ich ihr Gepäck schleppen. Sie erwartete es von mir. So einen großen Koffer? Hatte sie etwa vorgehabt, länger zu bleiben?

Bis Hannover dauerte es nun eine Zeit lang und ich entspannte mich, nachdem der Zugbegleiter die Fahrkarten – die ich mangels Barschaft der Tante bezahlen musste – kontrolliert hatte. Von dem kleinen Wagen suchte sie sich einige Naschereien aus und kriegte sehr schnell spitz, dass ich mein Geld um den Hals trug.

Nun kam sie auf ihr Erbe zu sprechen. Wollte wissen, wie viel meine Mutter geerbt habe und wo ihr Anteil sei, schließlich hätten die Eltern einen schönen Hof besessen.

»Schönen Hof? Dass ich nicht lache. Eine Trümmerbude war das. Die wenigen Fotos sprachen Bände. Mein Vater hat dafür gesorgt, dass ein Erbe vorhanden war. Das Wenige, das meine Mutter von ihren Eltern bekommen hat, reichte nicht mal für einen Urlaub. Und wieso solltest du ein Anrecht darauf gehabt haben? Zeitlebens hast du keine Mark verdient, hast stets allen auf der Tasche gelegen, hauptsächlich dem Staat. Vielleicht hättest du dich besser aufführen und nicht ständig jemanden zusammenschlagen und nach dem Leben trachten sollen.«

Jetzt wurde sie pampig. »Die, denen ich eine reingehauen habe, hatten es verdient. Sollte ich mir alles gefallen lassen?«

Ich merkte, dass ihr Hals bebte und sie auf 180 war. Halt den Mund, sagte ich mir, sonst schlägt sie dich womöglich nieder und haut mit deinem Geld ab.

Ich schaute aus dem Fenster. Wir verließen das Ruhrgebiet und fuhren über plattes Land, verschneite Wiesen und Felder. Einsamkeit pur. Wie in Sibirien, dachte ich und kämpfte gegen den Schlaf an. Bloß nicht einnicken, sonst kannst du deine Ersparnisse vergessen.

Jetzt lächelte sie mich süffisant an, und ich fragte mich, wieso sie mich nach Leipzig mitnahm, in das Kloster, in dem sie lebte. Lieber wäre ich bei meiner Familie, bereute inzwischen bitter, dass ich mich in den letzten Wochen so hängengelassen hatte. Hätte ich die Polizei holen sollen, als Heike mich nicht ins Haus ließ? Dann hätte sie mich reinlassen müssen. Die Mädchen! Was sollten die von ihrem Vater denken? Der Gedanke, in den Osten zu reisen, um dort Weihnachten zu verbringen, behagte mir überhaupt nicht. Und was war nach Weihnachten? Am 2. Januar musste ich in der Firma auf der Matte stehen. Wo sollte ich wohnen, wenn ich wieder in Gelsenkirchen war?

Emmas blaue Augen bohrten sich in meine. Sie ließ den Blick nicht von mir. Gut, dass wir allein im Abteil waren. Wer war auch so blöd und fuhr über Weihnachten durch die Gegend. Ausgerechnet am Heiligen Abend!

Plötzlich fing sie wie irre an zu lachen. Speichel floss aus ihrem breiten Mund. »Die werden mich schon vermissen im Kloster. Ich darf nicht über Nacht wegbleiben. Bei Einbruch der Dunkelheit muss ich zurück sein. Doch das schaffe ich nicht mehr.«

»Holen die uns vom Bahnhof ab?«

»Wo denkst du hin! Die wissen doch gar nicht, wo ich bin und wann ich in Leipzig ankomme. Du wirst uns ein

Taxi spendieren müssen. Ich habe auch keine Telefonnummer vom Abt, sonst hättest du ihn anrufen können.«

»Ich? Wieso ich?« Jetzt dreht sie durch, dachte ich.

Ihr Mund wollte nicht stillstehen. Sie erzählte aus ihrer Kindheit, von Maria, die bei den Eltern immer an erster Stelle gekommen war. Oft habe sie mit dem Gedanken gespielt, sie zu beseitigen. Laber, laber!

Diese Ähnlichkeit, stellte ich erneut fest. Fast wie Zwillingsschwestern, Emma und Maria. Wollte sie tatsächlich von Maria Abschied nehmen und hatte sich deshalb von Leipzig nach Gelsenkirchen aufgemacht? Ihren Frieden zu Weihnachten finden? Sie sei schon gestern Abend angekommen und habe bereits eine Nacht am Bahnhof übernachtet. Bestimmt wurde sie bereits polizeilich gesucht.

Acht Minuten Umsteigezeit in Hannover. Wieder musste ich das Gepäck schleppen. Kaum saß sie im Zug, hielt sie endlich die Klappe und nickte ein. Der Pfiff des Zugführers ertönte, und weiter ging die Fahrt. Das Abteil war auch hier leer. Ich ging ganz nah an Emma, die mir gegenüber saß, heran und entdeckte an ihrem Kinn drei lange schwarze Haare, die mir schon von Weitem aufgefallen waren. Der Teufel mit den drei goldenen Haaren? Diese hier waren schwarz. Schwarz wie ihre Seele.

Irgendwann wachte sie auf – wir passierten gerade Braunschweig – und verlangte nach Kaffee und Kuchen. Tickte die Frau noch ganz richtig? Wieso sollte *ich* ihr Kuchen spendieren? Und doch tat ich es, gutmütig wie ich nun einmal war. Wieder starrte sie auf meinen Brustbeutel, als ich diesem Geld entnahm.

Wir durchfuhren Magdeburg und wenig später Halle und fuhren pünktlich um 17.17 Uhr in den Leipziger Hauptbahnhof ein. Soviel Prunk und Protz hatte ich nicht erwartet, herrliche Arkadengänge, hübsch angeleuchtete Rolltreppen, die ins andere Stockwerk führten. Ganz anders als bei uns in Gelsenkirchen.

Doch die Tante hatte es eilig, wollte heim in ihr Kloster. Direkt vor dem Bahnhof wartete ein Taxi mit einem brummigen Fahrer auf uns, der uns in zehn Minuten ins sechs Kilometer entfernte Kloster brachte.

Nichts mehr mit großer Klappe bei der Tante. Kleinlaut und ziemlich gebückt steuerte sie auf den Eingang zu und stöhnte. Genau der Richtige öffnete die Tür und wedelte mit seinem dicken Zeigefinger vor den vor Angst aufgerissenen Augen der Tante.

»Na, da bist du ja. Du störst unsere Heiligabendandacht, liebe Schwester. Wo warst du? Wie du weißt, darfst du nicht über Nacht wegbleiben. Wir haben dich schon überall gesucht, sogar die Polizei verständigt. Ich als dein gesetzlicher Betreuer habe die Verantwortung für dich!«

»Ich weiß, lieber Bruder Dominikus.« Emma kroch dem Abt tief in den Allerwertesten und leistete Abbitte. »Ich war in Gelsenkirchen am Grab meiner verstorbenen Schwester, und da traf ich ihn hier.« Sie deutete auf mich, und erst jetzt schien dieser bullige Mönch in seiner schwarz-weißen Kutte mich wahrzunehmen. Abfällig schaute er auf meinen Koffer.

»Seien Sie gegrüßt, junger Mann, und frohe Weihnachten.« Er zwang sich, freundlich zu sein, schließlich war es das Motto der Mönche, die frohe Botschaft Jesus Christus weiterzugeben. Wieder an seinen Zögling gewandt: »Nun hast du die Heilige Messe verpasst, liebe Schwester. Wir versammeln uns gerade zum festlichen Mahl.«

»Mein Neffe wurde von seiner Frau vor die Tür gesetzt und hat keine Bleibe mehr. Kann er hier übernachten?«

Genervt zog der Abt sein Handy aus der Tasche seiner Kutte und telefonierte. Auch hier hinter Klostermauern hatte der Fortschritt Einzug gehalten, dachte ich.

Keine fünf Minuten später, und Bruder Abraham, ein junger Mönchsanwärter, schnappte sich tief verbeugend meinen Koffer und geleitete mich in das Gästehaus, das zum Kloster gehörte. Man bot mir ein schickes Einzelzimmer an. Ich atmete tief durch vor Erleichterung, nicht im Zimmer meiner Tante nächtigen zu müssen.

Tatsächlich durfte ich am Heilig-Abend-Festmahl der Brüder teilnehmen, was einer großen Auszeichnung gleichkam. Wenn ich mich auf eine gebratene Gans mit Klößen, Rotkohl und Soße gefreut hatte, wurde ich bitter enttäuscht. Eine Art Erbsensuppe, ohne jegliche Einlage, wurde mir aufgetan, dazu selbst gebackenes Brot. War wohl nichts mit Wein, man trank Kräutertee, und das zu Weihnachten. Ich fand meinen Platz zwischen Dominikus, dem Chef der Truppe, und meiner Tante Emma, die auf ihrem Stuhl kauerte, als wäre sie verprügelt worden. Der Abt wird ihr die Leviten gelesen haben, dachte ich.

Als ahnte Dominikus meine Gedanken, wandte er sich flüsternd an mich. »Sie glauben nicht, was Ihre Tante uns schon für Schwierigkeiten bereitet hat, für die ich dann geradestehen musste. Sie haut öfters ab, auch über Nacht. Ich kann Ihnen sagen.«

»Ich habe meine Tante heute erst kennengelernt. Sie hatte innerhalb der Familie nicht den besten Ruf.« Ich versuchte, mich da rauszuhalten. Konnte den Mann jedoch gut verstehen.

»Das kann ich mir denken.«

Ich nahm gleich drei Teller von der Suppe und aß dazu drei Scheiben Brot. Nebenbei hörte ich mir einen Vortrag von Dominikus darüber an, dass die Mönche sich in Enthaltsamkeit – vor allem beim Essen – üben würden.

Ich hatte mich gefreut, dass der Gottesdienst schon vorbei war, doch jetzt gab es noch eine kleine Andacht von immerhin einer Stunde. Was für ein Weihnachtsabend! Keine Leckereien, kein Wein, kein TV. Dafür wurden wir von einem Blockflötenensemble regelrecht taub geflötet.

So war ich dankbar, als ich um 23 Uhr mein Zimmer aufsuchen durfte. Mit Dominikus hatte ich noch sehr aufschlussreiche Gespräche geführt. Ich vereinbarte mit ihm, dass ich am nächsten Nachmittag wieder abreisen würde.

Das Zimmer konnte mit jedem Hotelzimmer mithalten, helles Mobiliar, gelbe Tapeten und Bettwäsche, ein schicker Schreibtisch, schöne Gardinen. Überall moderne Steh- und Deckenlampen, ansprechende Bilder an den Wänden. Das bodentiefe Fenster bot einen Blick in den verschneiten Klostergarten, in dem eine riesige beleuchtete Tanne für heimeliges Licht sorgte.

Ich fragte mich, was meine Lieben zu Hause jetzt wohl machten. Würden sie mich hereinlassen, wenn ich morgen am späten Abend ankam? Immerhin hatte Heike mir mein Akku-Ladekabel in den Koffer gelegt, sodass ich wenigstens ein bisschen Musik über mein Smartphone hören konnte.

Emma war den Abend über sehr still geworden. Hatte Dominikus so einen Einfluss auf sie?

Durch ein lautes Türknarzen wurde ich geweckt. Ich spürte, dass sich eine Person meinem Bett näherte. Stockdunkel war es im Zimmer. Jemand zog an meinem Brustbeutel, riss ihn mir ab. Es dauerte, bis ich endlich wach wurde und mich aufrichtete. Eine kräftige Hand stieß mich nach hinten. Dann legte sich das Lederband meines Brustbeutels um meinen Hals. Ich versuchte es mit meinen Händen zu lösen, doch um meine Kehle wurde es immer enger. Ich bekam kaum noch Luft. Schweigen war angesagt. War es meine Tante Emma, die mir nach dem Leben trachtete? Nein, so viel Kraft hatte die Alte nicht. Es waren Männerhände. Wieder stieß die Hand mich nach hinten. Beide Pranken zogen das Lederband strammer und strammer. Nun bekam ich überhaupt keine Luft mehr. Irgendwann hörte ich in weiter Ferne gregorianische Gesänge und fühlte mich plötzlich ganz leicht. Vorbei.

Erster Weihnachtstag!

Dominikus schlug dem jungen Mönchsanwärter Abraham auf die Schulter und lächelte ihm wohlwollend zu. »Das hast du prima gemacht, mein Junge! Gott wird dir ewig dankbar sein. Du hast uns alle von einer großen Last befreit. Diese Frau hat unseren guten Ruf ruiniert. Nichts als Ärger gab es mit ihr. Das war die Gelegenheit. Praktisch von Gott gesandt. Die Kripo hat keine Zweifel, dass sie es war, die ihren Neffen umgebracht hat. Sie war scharf auf sein Geld, das er ihr natürlich nicht freiwillig gegeben hat. Heulend ist sie zusammengebrochen, hatte geschrien, dass sie es nicht war. Doch wer glaubte dieser brutalen Irren schon? Die wird jetzt für immer weggesperrt. Auch können wir das Geld gut gebrauchen!«

ENDE

Weitere Titel finden Sie auf den folgenden Seiten und im Internet:

WWW.GMEINER-VERLAG.DE

Margareta Sommerfeld ermittelt:

1. Fall: Eisaugen
ISBN 978-3-8392-2818-0

2. Fall: Zechenbrand
ISBN 978-3-8392-1382-7

3. Fall: Hochzeitsglocken
ISBN 978-3-8392-1601-9

4. Fall: Rosensalz
ISBN 978-3-8392-1924-9

5. Fall: Opferstock
ISBN 978-3-8392-2136-5

6. Fall: Schneeflöckchen, Blutröckchen
ISBN 978-3-8392-2137-2

7. Fall: Bergmannserbe
ISBN 978-3-8392-2564-6

8. Fall: Fröhliches Morden überall
ISBN 978-3-8392-0028-5

weitere:
Wer mordet schon im Hochsauerland?
ISBN 978-3-8392-1780-1

Advent, Advent, die Zeche brennt
ISBN 978-3-8392-2499-1

Karpfen, Kerzen, Kohleofen
ISBN 978-3-8392-0270-8